U0943635

风起天下

路非·著

【典藏版】

1 黑水禁牢

【上册】

青岛出版集团 | 青岛出版社

图书在版编目（CIP）数据

黑水禁牢. 上 / 路非著. — 青岛：青岛出版社，2022.8

（凤逆天下：典藏版；1）

ISBN 978-7-5552-9236-4

I. ①黑… II. ①路… III. ①言情小说—中国—当代 IV. ①I247. 5

中国版本图书馆CIP数据核字（2022）第026568号

FENG NI TIANXIA〔DIANCANGBAN〕1 HEISHUI JINLAO（SHANG）

书　　名　凤逆天下〔典藏版〕1 黑水禁牢（上）

作　　者　路　非

出版发行　青岛出版社

社　　址　青岛市崂山区海尔路182号

本社网址　http://www.qdpub.com

邮购电话　18613853563　0532-68068091

责任编辑　龚雅琴

特约编辑　孙红彦

校　　对　耿道川

装帧设计　小　贾

照　　排　孙顾芳

印　　刷　三河市良远印务有限公司

出版日期　2022年8月第1版　2022年8月第1次印刷

开　　本　16开（700mm×980mm）

印　　张　134

字　　数　1668千

书　　号　ISBN 978-7-5552-9236-4

定　　价　260.00元（全8册）

编校印装质量、盗版监督服务电话　4006532017　0532-68068050

目录

【上册】

目录

【下册】

第一章 神秘黑玉

如果连苍天都在阻挡我靠近他的脚步，

那么我只好……逆天而行！

你之所在，便是我心归处。

夜幕下，滚滚的江水被两岸灯光映照得波光粼粼、璀璨炫目，高耸的电视塔在满天星辉下显得壮观而宏伟。

没有人注意到电视塔顶端有个身着黑色长风衣的少女站在那里。她双手环抱于胸，双目冷冷地盯着江上一艘缓缓驶来的游轮。

在这艘世界顶级的豪华游轮上，由北野财团举办的拍卖会正在进行，无数价值连城的珍宝正在被拍卖。

这么值钱的东西，她最喜欢抢了。

游轮行驶到她脚下的位置，她唇角微微一勾，足尖一点，纤瘦的身体向上跃起，一双巨大的黑色羽翼在她后背张开。她红发似火，眸如点漆，浑身散发着诡异而肃杀的气息。

她的身体在空中停留一瞬，便猛地朝那艘游轮扑去，动作快如闪电。

眨眼间，她便悄无声息地降落在游轮上，背上的双翼变成一只凶猛的苍鹰飞入夜色中。随即，她身子一闪，像猫一样从侍卫们身后掠过，进了拍卖大厅。

大厅里布置得优雅奢华，连小小的摆设花瓶都是昂贵的青花瓷。

上一件珍宝已被高价拍出。用那令人咋舌的天文数字买一顶王冠，在凰北月看来就是疯了。她才不会花那么多钱去买那东西呢！想要的话，直接抢过来就好了。

“各位贵客，今天的压轴宝贝是一块来自古老东方的黑玉，名为‘万兽无疆’。”美艳的首席拍卖师捧着一个精美的翡翠圆盘出来，单是那个盘子便价值连城，“这块寸许大的黑玉上面雕刻了上万种兽类，形态栩栩如生，技艺巧夺天工。传说，这块黑玉带有神秘的力量，可以超脱生死，逆转时空。”

“呵……”下面一片笑声。

原来是一块被传得神乎其神的黑玉！这个时代科技发达，谁会相信这种怪力乱神的无稽之谈？与其看黑玉，不如看这美艳的拍卖师。

真是一群草包！这么珍贵的宝物，居然没人识货。

凰北月冷笑。

她走进来的那一刻，就感受到了黑玉传来的强烈感召力。

她掏出枪，推开挡在前面的人，向前走去。

“推什么推？知不知道……啊！有枪！”被她推开的美女看见她手中的枪，陡然尖叫起来。

台上的拍卖师是受过训练的，听到声音立刻想护着黑玉离开，可是，她动作再快也快不过凰北月手中的枪。只见凰北月手起枪响，一颗子弹穿过人群径直打进拍卖师的额头正中，拍卖师连惨呼都没来得及便毙命当场。

凰北月闪身上前，伸手准确无误地接住了将要坠地的黑玉，暗黑的眸子中闪着冷傲的锋芒。

这一切发生在眨眼之间，等那些训练有素的保镖反应过来的时候，凰北月已经傲慢地转身往外走去。这些蝼蚁，她才不屑动手。

“凰北月，万兽无疆果然把你引来了！”一个清冷的声音在凰北月身后响起。

凰北月眉梢微微一挑。这个声音的主人，不用转身看，她也知道是谁——蓝斯。她的死对头，从南美一直追杀她到这里。

整整五年，难道他还不清楚他和她之间的差距?

“凰北月，束手就擒吧！一百多个国家对你发出了绝杀令，你逃不掉的。”蓝斯看着凰北月纤秀的背影，冰冷的语气中带着一丝不忍。

“束手就擒之后，你们国家会怎么对我？”凰北月慢慢地转过身，眼神不屑而冰冷。

“以你的天赋异能，国家会重用你的。”蓝斯赶紧道。如果可以把这个绝色又狂傲的女人留为己用，那是最好不过的。

“笑话！”回应他的只有冰冷的两个字。

看着凰北月眼中流露出来的讥讽，蓝斯不禁感叹道：“当年的事……”

“闭嘴！”凰北月冰冷的目光里陡然多了几分恨意。

当年，她的父母对组织忠心耿耿，出生入死，最后却落了个被诛杀的下场，死后还要背负着“叛徒”的罪名。这血淋淋的事实没日没夜地折磨着她，午夜梦回时，她总会被无尽的恨意惊醒。

“哼！想让我为你们国家卖命？这么多年，你们的人被我杀得还不够多？我一旦归顺，还有活路？”她冷眼看着蓝斯这个英俊漂亮的北欧男人。初见时，他博闻广识，温柔儒雅得如同春风一般，可惜他们处于敌对面。

“只要你愿意，我一定会帮你的。”

“我不愿意。”

此时，拍卖大厅已经被特种兵包围了，无数黑漆漆的枪口对着她。

不惧！凰北月冷傲地抬着头，张扬的红发下，容颜倾世。她嫣然一笑，刹那间不知道多少人失了神。

“小心！”蓝斯一声大喝。看见凰北月的笑容，他也有一瞬间的失神，不过他很快清醒过来。但还是晚了一步，凰北月已经拧断了一名特种兵的脖子，来到了游轮的甲板上。

“蓝斯，想抓我，再等一百年吧！”

她可是这个世界上最出色的杀手，翻手为云，覆手为雨，无所不能，除了那个不肯跟她打的N，恐怕没人能跟她匹敌。

凰北月手一抬，一只巨大的苍鹰自夜幕下飞来，那锐利的鹰眼宛如铜铃，让人看一眼便觉得胆寒。

苍鹰尖利的鹰爪抓住凰北月的手臂，巨大的羽翼一展，立刻将她带上浩瀚的星空。她那火红色的头发在夜色中肆意飞扬。

与此同时，无数重型机枪对着她疯狂地扫射。

蓝斯走到甲板上，看着夜空中越来越远的娇小身影，对身边的人道：“都准备好了吗？”

“长官，准备就绪！上头决定以牺牲一座城市的代价击杀凰北月！”

蓝斯抬头望着墨染般的夜空，有些怅然若失地道：“我早就说过，总有一天你会为你的狂傲和冷血付出代价……北月！”他的心口掠过一抹尖锐的痛楚。北月，追杀你这么多年，其实每一次我都下不了手，可是这一次，真的永别了。

十分钟后，位于边界的一座城市发生了爆炸，狂卷上天的蘑菇云把夜空映得亮如白昼，所幸那座城市的居民都已提前转移，并无人员伤亡。只是爆炸之时，有一道诡异的黑色光芒从蘑菇云中射出，宛如一条巨大的黑龙冲向了天空。

第二章 强者为尊

南翼国。

深夜的都城中，谁也没有看见一道黑色煞气翻卷着涌入了长公主府后院的祠堂。

幽暗的烛光映照下，一双漆黑清冷的眸子缓缓地睁开。凰北月看着那晃动的烛光许久，才慢慢消化了脑海中那部分多出来的记忆。

她无力地呻吟了一声，不得不接受一个事实——她来到了另一个世界!

此时的凰北月乃是当今皇上胞姐、惠文长公主的嫡女，身份很是尊贵。可她也是整个南翼国的笑话。她天生病弱，不能习武，御医说她活不过十八岁。不仅如此，她还是个不折不扣的傻子，被那群庶出的兄弟姐妹欺负得连奴才都不如。姨娘跋扈嚣张，父亲对她冷漠厌恶，四年前惠文长公主仙逝后，她在家中的地位更是一落千丈。这次便是因为说错话得罪了父亲最宠爱的琴姨娘，她被罚入祠堂跪了一天一夜，水米未进，最后竟生生要了她的性命。只是谁也没想到，机缘巧合之下，在现代被称为“终极武器”的凰北月会成为这个十二岁的姑娘。

凰北月慢慢地从冰冷的地上爬起来，看了一眼祠堂正中供奉的惠文长公主的牌位。不知道是不是烛光的作用，她看到那牌位上有一道微弱的光芒闪烁着。

凰北月轻轻叹了一口气，说：“放心吧，既然占了你女儿的身体，就不会让她白白枉死。”

她的话刚说完，牌位上的光芒便散去了。

凰北月理了理素白的长裙，从祠堂里慢慢地走出去。

“讨厌，不要在这里嘛，祠堂里还有人呢！”娇柔的女声在院子里一个黑暗的角落响起。

"怕什么？里面那个病鬼能怎么样？你不是说她是个傻子吗？连奴才都比不上！"

"可是人家害羞呀！"

"害羞什么？"

接着，窸窸窣窣脱衣服的声音响起，然后凰北月就听到了一阵急促的喘息。一来就撞见这种事情，倒霉！

凰北月慢慢走过去，月光照在她的脸上，那苍白的面色、消瘦的脸颊、深陷的眼窝，显得她整个人异常憔悴。她头发凌乱，因为身体过于消瘦，白色的长裙飘飘荡荡的。

角落里，一个身体壮实的男人根本不知道致命的危险正缓缓靠近。

凰北月冷着一张脸一步跨过去。正好那个少女抬起头来，乍一看见白衣飘飘的她，吓得一激灵："鬼……鬼……"

"哪有鬼？"男人的喉咙里只来得及发出一道模糊的声音，脖子就被拧断了。

"啊……"少女瞪大双眼，惊叫一声。

"想死就尽管叫。" 凰北月将男人的尸体扔在地上，拽起少女的上衣擦了擦手。

闻言，少女赶紧闭住了嘴巴，浑身抖得跟筛糠一样。她眼前这人，不是跪在祠堂里的三小姐吗？为什么三小姐会在这里？

"我不是鬼魂。"凰北月擦干净手，唇角扬起一抹冰冷十足的笑，"你看到的，要是敢对外透露一个字，你的下场就和他一样。你别想着去琴姨娘那里告状，我可不是以前的凰北月。"

没人会拿自己的小命开玩笑，特别是亲眼看见她毫不留情地拧断了一个人的脖子后。

"三……三小姐，我错了，求你留我一条小命，我再也不敢了。"想到以前自己和其他人一起欺负三小姐的情景，佩香只觉得脖子上一阵阵发凉。

"要我留你小命，就看你这张嘴听不听话了。"留着这丫头还有一点儿用处，否则，哪里还会有她开口说话的机会。

"奴婢一定听话，一定听话！"

"把尸体处理了。" 凰北月淡淡地吩咐了一声，径直走出院子。

"原来传闻中长公主府的废物竟这么霸道。"清冷的声音像是一阵风轻轻地从一旁吹拂过来。

凰北月心里一惊。是谁这样悄无声息地躲藏在周围，她竟一点儿都没有察觉？

声音一出，她自然能准确判断出方位。她猛地抬头，看见一棵枝繁叶茂的树上，一袭纯净的白衣垂下来随风而动，黑如墨玉的长发散落在白衣上，一时之间，月色竟有些迷离。

树上的男子容颜精致得几乎让人忘记了呼吸。他剑眉微挑，浅紫色的眼眸在夜色中多了两道潋滟的波光，高挺的鼻梁下，淡粉色的唇也闪着让人目眩神迷的光芒。微风拂过，几缕黑发轻抚过他的面颊，他的五官怎么看都无比完美，夺尽了人世间雪月风花，却不会显得太过阴柔，身上散发出的凌厉的杀伐之气又恰好彰显出了他的霸气。

此时，他靠着一根粗大的树枝，紫色的眼眸在月光的晕染下显出几分妖精的邪气。

凰北月抱着手臂打量他。这个人不存在于她的记忆中，他不是长公主府的人，也绝对不是南翼国的人。能这样无声无息出现在她周围，这人绝对不简单。不过，不管他是谁，都不关她的事。

“少管闲事，命才会长。”凰北月收回目光，头也不回地走了出去。

真是个冷酷高傲的小家伙呢！风连翼淡淡一笑，混合了恶魔和天神两种截然不同的气质中，让人的灵魂都为之沉醉。

凰北月？想不到来一趟长公主府，竟然会有这样意外的收获。该狠心的时候绝不手软，该冷漠的时候头也不回！他对那个小家伙突然很感兴趣。

“殿下！”黑暗中传来一声低唤。

手一挥，白色衣袂翻飞，他的身影瞬间消失在夜色之中。

流云阁。

这是长公主府内最偏僻的院子，荒草丛生，树影婆娑，晚上一个人在这里，胆小的恐怕会被吓死。

惠文长公主仙逝后不久，有大夫说凰北月身患重疾怕会传染，爹爹便让她搬到了这荒废已久的院子里。她以前住的碧水院，现在是雪姨娘和二小姐萧韵住着。

记忆中，雪姨娘并没有像琴姨娘那样毒打过她，她重病缠身，每每都是雪姨娘给她送药送吃的。

不对，送药！

凰北月推开流云阁的门，飞快地回到阴冷黑暗的房间，点燃蜡烛，拿起平时雪姨娘送药用的药罐子闻了一下。果然有古怪！这药罐里有微量的毒药，一次服用不会致命，时间长了，身体就会变得越来越虚弱，最后不死也只能在床上躺一辈子。

好毒啊！怪不得凰北月的身体一直这么差，长公主在世的时候请了无数名医都束手无策！这种微量的毒药很难被人察觉，只有凰北月这种在现代接受过各种毒药测试的人才会一闻便知。

好一个雪姨娘！长公主待你不薄，没有长公主，你现在只是个没有名分的外室！你不知感恩，反而用这么狠毒的手段害她的女儿，咱们走着瞧！

凰北月坐下来，慢慢理顺了气。不急，这些人，她会一个个慢慢收拾！死，太便宜他们了！

此刻，天快亮了，凰北月却没有困意。她坐在榻上运了一会儿气，奇怪的是，每一次元气沉入体内，就会立刻消失得干干净净。

"还真是一个废物！"她低声骂道。这身体病弱就算了，竟然连元气都无法凝聚！

在这个尚武的时代，强国并存，战争不断，实力是决定地位的唯一标准，没有人会同情弱者，只有强者才会受人尊敬。

凰北月很快在脑海中调出这个世界的资料。

卡尔塔大陆，混乱持续了一百多年，文风衰败，武道兴盛。武者备受尊重，只要实力足够强，可以在任何一个国家横行霸道。

混乱的世界衍生出了许多职业，其中修行武道的人是最多的，占了总修行人数的五分之四。其他职业，像召唤师、炼药师、幻术师等对血统和天赋的要求极其严格，因此修行的人很少。但是，物以稀为贵，修行这些的人只要有一点儿成就，在这个大陆上都是了不得的存在。

萧家，也就是凰北月所在的家族，是南翼国武道传承的大家族，族中出过不少武道上的人才，萧老爷子更是一位德高望重的七星召唤师，拥有灵兽烈火豹。娶了长公主的驸马萧远程却不怎么样，一直无法步入召唤师的行列。反倒是二小姐萧韵遗传了老爷子的优秀基因，从小就显露出召唤师的天资，如今在年轻一辈中风头很盛。

召唤师这种职业和凰北月以前的身份倒是非常相似，只不过在这个时代，召唤师是和召唤兽缔结契约，共存共生，而她以前是降伏了灵兽，让它们心甘情愿地听命于自己。虽然都是和兽类合作，两者之间的高下却是显而易见。

既然这个职业这么吃香，她暂时也不用苦恼凰北月病弱的身体不能凝聚元气了。驯兽这种事，她可是宗师。

晨曦微露，凰北月伸了个懒腰，站起来倒了一杯茶水喝。

忽然，房门被撞开，一个血淋淋的人跌了进来。

“小姐……”

凰北月立刻放下茶杯走过去扶起那人。她拨开那人额前的头发一看，是从小和她一起长大的丫鬟东菱。在这钩心斗角、处处倾轧的长公主府中，只有东菱一直对她不离不弃。

“东菱，怎么回事？”

东菱抬起头看见她好好的，哭着趴在她怀里：“小姐，你没事就好。奴婢怕你出事，去求琴姨娘，谁知道……”

看着她满身的鞭痕，凰北月瞬间明白发生了什么事。

那个琴姨娘仗着萧远程的宠爱，并育有长子萧仲琪，向来嚣张跋扈，且以当家主母自居，对她和东菱百般欺辱。

凰北月紧紧地握起拳头，今日之仇，他日必十倍奉还。

她把东菱抱起来放在床上。

东菱愣了一下，眼神怪异地看着她。小姐怎么会有这么大的力气？以前她连桶水都提不起来，而且，今天的小姐似乎和以前不太一样。

“小姐？”

“你先休息，别说话，我出去给你找点儿药来。”凰北月淡淡地道。她看出了东菱眼里的疑惑，但是现在不是解释的时候。

她从柜子里找了一件黑色的斗篷披在身上，帽檐压得很低，把自己的脸遮挡得严严实实，打开门出去了。

流云阁在长公主府最偏僻的地方，平时如果不是来欺负凰北月，基本不会有人过来。

虽然没有了内力，但是她在之前学的东西可没忘，两三米高的围墙她轻而易举就能翻出去。在这个时代，她依然算得上是一个高手。

南翼国的都城临淮是一座历史悠久的大城市，人口众多，各行各业都相当发达。宽阔的主街道可以容纳十多辆马车并排而行，两边的建筑宏伟壮观，商铺林立，繁华热闹。街上有很多来自各个国家的商贩，着奇装异服的不少，因此披着黑色大斗篷的凰北月没有引起他人的注意。

城东的布吉尔市场是南翼国最大的交易场所，这里除了有各种药材、晶石、宝物被交易，每天还有成百上千的佣兵来这里交接任务。

凰北月凭着记忆走到市场入口，里面传来鼎沸的人声。有许多体格壮硕的佣兵进进出出，她灵活地从人群中钻了进去。

市场里大大小小的摊位无数，凰北月主要在贩卖药材的摊位前看。她需要药材给东菱疗伤，还需要一些特殊的药材调理自己常年病弱并且中了毒的身体。可是询问了一下价钱后，凰北月只有咋舌的份儿了。

这么多年被府中的人欺负敲诈，她已经没有什么钱了。她算是明白了，钱这种东西，不管在哪个时代都是无比重要的，当务之急就是赚钱。如此想着，凰北月慢慢走向市场另一边的佣兵公会。

花了十个铜币注册成为一名佣兵，凰北月觉得肉疼，因为她口袋里只剩下二十多个铜币和一些零散的铁币了。

赚钱，赚钱，一定要赶紧赚钱。

凰北月走到公会门口，看到一块巨大的白色石壁上贴满了佣兵任务。任务等级不同，报酬也不同。凰北月直接忽略了一二级的低级任务，去看高级任务。

高级任务栏前没有多少人，因为只有真正有点儿实力的人才敢过来。突然瞧见凰北月这个矮小瘦弱的小姑娘，大家都露出惊讶的表情。

“这是萧家大少爷发布的任务，我们佣兵团缺一个用短剑近身搏斗的武士，有兴趣的不妨来试试啊！报酬非常高。”一个男人贴了一张新任务单到墙上，任务是到都城边的迷雾森林寻找提升实力的碧灵果。

碧灵果是一种巩固元气的药材，修炼的时候使用，可以起到事半功倍的效果。因为这种药材三年才结一次果，所以非常珍贵。

短剑近身搏斗？凰北月嘴角一扬。她十岁就是个中高手了。

见有好几个人过去报名，凰北月也挤了过去。她矮小的身材立刻让那几个身形高大的佣兵笑起来。其中一个佣兵爽朗地笑道：“小孩，别来闹，哥哥们有正事儿呢！”

凰北月目光一闪，身形一动，那个佣兵只觉得眼前一花，腰上的短剑就被凰北月抽出来抵在他心口上了。如果不是剑太短，这一剑就架在他脖子上了。唉，才十二岁的瘦小身体还真是不方便。

那个佣兵的脸色顿时一白。

周围的人都把目光移过来，满脸震惊地看着这一幕。这个小家伙居然有这么快的速度，恐怕已经是高级战士了。

在这个世界，强者为尊，凰北月稍微展露了一下实力，刚才还对她不屑一顾的佣兵看向她的眼中立刻充满了敬意。

她把短剑还给那个佣兵，刻意让声音听起来有些嘶哑："得罪了。"

"不，是我不对，尊敬的武士先生，请原谅我先前的无礼。"那个佣兵丢了面子居然没有生气，反而深深一弯腰，向凰北月致歉。

"好厉害！武士先生，请问您愿意加入我们，一起执行这次任务吗？"贴任务单的那个男人诚挚地邀请凰北月。

凰北月点点头。当然要加入，只要报酬高，做什么都无所谓！

"请问武士先生，您的名字是……"

"戏天。"她回道。注册佣兵的时候，她用的也是这个名字。

这个临时组建的佣兵团团长是萧家大少爷，先前凰北月以为是同姓而已，看见了真人，凰北月才觉得世界真小。

这萧家大少爷竟然就是萧仲琪——琴姨娘的长子。

萧仲琪十八岁，实力不错，是帝国的白银战士。他立有战功，人也英俊潇洒，是很多少女的梦中情人。年纪小一些的时候，他最喜欢捉弄凰北月，长大了也老是找她的麻烦。以前的凰北月对这个大哥非常惧怕，一看见他就被吓哭。

这个小浑蛋今天撞在她手里，一会儿一定要给他一点儿苦头吃！凰北月暗暗想着。

"萧凡，这就是你找的高级战士？"萧仲琪穿着一身精致的白银战铠，坐在一匹高大的黑马上，低头看着凰北月。

萧凡就是贴任务单的那个男人。听到萧仲琪有些不屑且怀疑的语气，他连忙上前，在萧仲琪耳边低声说了几句话。

萧仲琪点点头，对着凰北月抱拳道："在下萧仲琪，失礼了。"

萧家在南翼国是大家族，通常报出名字来，对方都会惊讶一下，这个叫戏天的小矮子居然一点儿反应都没有，只是轻轻地点了下头，就跨上了马背。那一身酷劲儿，倒让萧仲琪心中生出几分赞赏来。高手就应该狂傲，不过这小矮子没见过他的实力，一会儿他露两手，定让这小矮子大吃一惊。

二十几个人的佣兵队伍朝着城外的迷雾森林进发。

众人行至半路，忽然看见一支非常气派的队伍从主道上飞快而来，队伍中至少有五名召唤师。他们所到之处，炽热的火焰和寒冷的冰霜交织在一起。

除此之外，队伍上空还有两个拥有飞行灵兽的召唤师，一前一后驭兽而行。前面那人的灵兽庞大的身体上红光隐现，紫色火焰肆意飞舞，气势如虹，整个天地都黯然失色。

“是紫焰火麒麟！”

“是太子殿下的紫焰火麒麟，‘五灵’之一，太强悍了！”

佣兵队伍立刻停下来，每个人的脸上都流露出惊艳而崇拜的神色。

召唤师啊！那可是最令人羡慕的职业。能成为一名召唤师，不知道是多少人梦寐以求的事情！而他们的太子凰战野年仅十六岁就已经是九星中级召唤师了，并且他的召唤兽还是“五灵”之一的紫焰火麒麟。

只要一提起战野太子，南翼国的人无不激动崇敬。他可是近百年来整个卡尔塔大陆最天才的召唤师！他是整个南翼国的骄傲啊！

隔着一段距离，凰北月也能感受到紫焰火麒麟身上散发出来的张狂气息。那是火属性灵兽中的至尊，因此格外骄狂。

紫焰火麒麟背上，紫焰和红光交织之间，一名一身黑衣的俊美少年坐在上面。

十六岁，九星中级召唤师，拥有“五灵”之一的紫焰火麒麟……这一条条信息在凰北月脑海飘过。这才是真正的天才啊！

气派的队伍很快到了眼前。阵阵炽热的气息扑面而来，佣兵们立刻伸手去挡，然后齐齐后退了一步。只有凰北月，黑色斗篷翻飞，镇定如常。

黑衣少年看了凰北月一眼，暗黑色的眸中闪过一抹细微的锋芒。

“太子殿下！”萧仲琪策马上前，兴奋异常地道，“北地一别，终于又见到您了！”

萧仲琪的实力不俗，上次在北地和蛮族作战中，他不像一般的世家子弟那样畏首畏尾，给凰战野留下的印象很不错。

“萧公子，别来无恙！你们要去迷雾森林吗？”

“受家父之命，去迷雾森林寻找碧灵果。”能够和太子殿下说上话，萧仲琪激动得脸都红了。

他身后那些佣兵都是临时招揽的，身手都很不错。他虽然是萧家长子，在实力为尊的卡尔塔大陆上，身份却是不能服众的。若是让他们看到自己和太子殿下关系不错，他们也许会服他。

萧仲琪的这点小心思，凰战野哪里会不明白，他只想客套两句便离开。

这时，远处的迷雾森林中突然传来一声巨响。轰！天空瞬间乌云密布。

紫焰火麒麟狂躁地仰起了头，发出一声咆哮。

“好像出事了！太子殿下，您先回宫见陛下，属下去打探情况。”凰战野身后驾驭着灵雕的中年男人上前道。他的衣领上有六枚闪着金光的火焰云纹，他竟是一位六星召唤师。

“现在还早，我们也去看看吧！”凰战野刚说完，就看见刚才站在佣兵队伍中的那个披着黑色斗篷的人策马朝迷雾森林奔去了。他眉眼一沉，不知道为什么心中竟闪过一丝异样的感觉，立刻驱使着紫焰火麒麟追了上去。

迷雾森林面积不大，但是因为和大陆中央魔兽横行的浮光森林接壤，所以里面危机四伏，一般的高手绝对不敢单独闯进去。

凰北月却是不怕的，那一世丰富的作战经验使她能准确地分析出危险系数，何况在兽的世界里，她是王者。

进了迷雾森林一会儿，凰北月就感觉到一阵阵彻骨的寒意袭来。前面已经被冰封起来，迷雾森林彻底变成了一个寒冰的世界。她骑的马靠近寒冰时就停步不敢上前了，她干脆弃了马徒步向前走去。身体里的血液沸腾起来，她敢肯定发出那一声震彻天地的咆哮的绝对是一只等级不低于紫焰火麒麟的灵兽。

呼哧呼哧……紫焰火麒麟已经追上来了。

“上来吧！”凰战野对站在迷雾森林中的凰北月伸出手。

森林里到处是寒冰，他有火麒麟的紫焰护体都觉得一阵阵发寒，何况这个身体单薄的人了。

凰北月微微抬头看了他一眼，从容地翻身跃到了火麒麟的背上。

火麒麟发出一声愤怒的低吼，凰战野安抚地拍了拍它的背。

“不要太靠近，我叫停的时候就停下来。”凰北月沙哑的声音从斗篷的风帽下传出来。

凰战野挑了挑眉。敢在他面前这么狂妄的人，这个小矮子是第一个！

这时，森林的上空开始降下雪花。狂风卷起，雪花随风飘落，参天的大树全被冻住了，来不及逃走的魔兽也都被冰封了，一切都发生在一瞬间。

越往森林深处去，他们越感觉不安。

“停。”凰北月突然低声道。

凰战野依言让火麒麟停下。

凰北月从紫焰火麒麟背上滑下来，站在厚厚的冰层上。猎猎寒风中，她那娇小的身体散发出一种高贵冷傲的气息。她慢慢朝前走了几步，心脏猛地一跳。一股强烈的感召力钻入心间，她立刻施展步法朝前狂奔。

“喂……”凰战野喊了一声，转眼就不见了她的踪影。

森林的中心，被冰封的树木全都变成了晶莹的碎渣，闪烁着耀眼的光芒，让这个世界看上去无限宽广。

少女孤傲地站立着，猎猎狂风把她的斗篷吹起来，露出一双通透纯净的黑色眼眸，她正目不转睛盯着前方。

“我，叫凰北月！”那不被风声掩盖的清冷声音中带着不可一世的骄傲冷酷。

人与兽的对决，她凰北月从来不会输！

她是王者，在兽的世界里，所有规则遇到她，都要被打破。

第三章
红发如火

回应着她的声音，一只巨大的冰鸾鸟出现在空中。冰鸾鸟扇动着冰之羽翼，缓缓地降落在凰北月的前方，那属于强大灵兽的威压使得地表出现了放射状的皲裂，其中一道裂痕延伸到了凰北月的脚下，最后在她脚尖前止住了。

凰北月一动不动，面色不改，目光清澈冷寂。

冰鸾鸟睁着翡翠色的眼眸瞪视着她：“我名为冰灵幻鸟。小女娃，你想和我缔结本命契约吗？”

随着冰灵幻鸟的声音落下，周围的空气如同在拒绝凰北月般迅速变冷。凰北月身上的黑色斗篷保持着被风吹起的样子冻结了。凰北月却安然无恙，发丝甚至还微微飘动着，一点儿都没受周围寒冷空气的影响。

冰灵幻鸟眼中闪过一丝惊讶。

超级灵兽已经有人类的思维了，而冰灵幻鸟是灵兽中最孤傲的，从来没听说过有人类和它们缔结契约。除了孤傲，冰灵幻鸟还是最凶残的灵兽。

凰北月在脑海中飞快地调出了有关冰灵幻鸟的一切信息。

她嘴角微微勾起，和冰灵幻鸟对视着。冰灵幻鸟从来不和人类缔结本命契约，难道她就和灵兽缔结过本命契约吗？

“服从于我，冰灵幻鸟！”

吼！冰灵幻鸟发出一声愤怒的咆哮。顿时，寒冰炸裂，像蜘蛛网一样布满了整个迷雾森林。

一个小小的人类竟敢如此放肆！愤怒的冰灵幻鸟释放出猛烈的威压，冰之羽翼朝凰北月拍下来。

凰北月迅速闪身避过，然后以光一般的速度奔向了迷雾森林的中心——月落谷。

“想逃了吗？小女娃！”咆哮着的冰灵幻鸟转身追上来。

逃？一会儿到底是谁逃还不一定呢！凰北月的唇角扬起了一抹微笑。

越靠近月落谷，凰北月心中的感召力越强烈。待她奔到了月落谷边缘，飞身从悬崖上跳了下去。

头顶响起震耳的咆哮声，冰灵幻鸟已经追了上来。它的翅膀用力一挥，想将凰北月拍下去摔成一摊肉泥。

像是早就料到冰灵幻鸟的动作，凰北月向下坠落的过程中，伸手抓住了悬崖壁上的藤蔓。身子一荡，她稳稳地踩在崖壁上，然后健步如飞向前疾行几步，一把从崖壁缝隙中抓了一个东西出来。接着，她放开藤蔓，任由自己向下坠去。

冰灵幻鸟刚才一冲之下到了凰北月的脚下，巨大的身体让它没有办法立刻在狭窄的峭壁间转身回飞。凰北月随即稳稳地落在了冰灵幻鸟的头顶，这一切不过发生在眨眼之间。

凰北月一只手按在散发着阵阵极寒之气的鸟头上：“再说一次，服从于我，冰灵幻鸟！”无数黑气从她掌心散发出来，钻入了冰灵幻鸟的脑中。

吼吼吼吼……冰灵幻鸟仰起头，不断地朝天空咆哮着，翡翠色的眼眸迅速被黑气浸染。随即，黑色光芒一闪，又迅速退开，冰灵幻鸟翡翠色的眼眸已经变成了墨绿色。

凰北月看见这种变化，脸上露出满意的笑容。她看上的灵兽，一般只有两条路，服从于她，或者死，很明显，这只超级灵兽选择了前者——服从。

和这个时代的召唤师不一样，凰北月轻易不会和灵兽缔结本命契约，因为一旦契约成立，召唤师和灵兽的生死便紧紧连在了一起。万一灵兽运气不好，遇到比自身强大的灵兽而战死，召唤师也就只有死路一条了。不保险的买卖，凰北月从来不做。

凰北月的手慢慢地从冰灵幻鸟头顶移开，她的掌心有大片被寒冰冻伤的痕迹，里面赫然躺着一块寸许大的黑玉——万兽无疆。

如果不是感受到万兽无疆的气息，她不会这样冒险来降伏这只强大如斯的神兽。

“主人。”一旦灵兽决定服从，便会和主人产生心灵感应，所以，凰北月已经可以听到冰灵幻鸟的声音了，“早知道主人是这样强大的召唤师，吾也不会反抗了，请主人原谅吾刚才的无礼。”冰灵幻鸟收敛了狂傲，在凰北月脚下语气温顺地道。

凰北月拍拍它的脑袋。既然已经收服了这只神兽，她对自身的情况就不再隐瞒："相信你能够感知到，我身体里一丝元气也没有，所以，在我没有完全恢复之前，我需要你保护我。"

冰灵幻鸟本以为凰北月刻意隐藏了实力，没想到她是真的没有召唤师的元气。听凰北月这样说，冰灵幻鸟并没有产生挫败的情绪，因为向一个没有丝毫元气的人类臣服不是一件丢脸的事情，而是一件非常恐怖的事情。一个没有元气的召唤师根本没有办法催动驭兽诀，也就是说，凰北月靠的不是强大的力量让它臣服，而是超乎常人的恐怖意念。不动用元气就可以让灵兽屈服，古往今来，从未听说过。

"主人放心，吾一定誓死保护主人安全。"这么强大的主人，还用说什么？当然要誓死跟随了。

凰北月点点头，简单地吩咐道："平时你要藏起来，不能让人发现你的存在，等我召唤，你再出来。"

在这个陌生的大陆上，随时会有危险，她得给自己留一条后路，没有能够逆天而行的能力，就暂时收敛锋芒。

"是，主人。"

"我们上去吧！"

冰灵幻鸟振翅高飞，转眼就飞到了迷雾森林上空。

冰灵幻鸟的背上有个身穿黑色斗篷的娇小人儿稳稳地站着。风吹开她斗篷上的风帽，她那如同火焰一般的长发飘散出来。

凰北月也有些诧异。万兽无疆出现后，她的头发就一下变成了张狂耀眼的火红色。她的容貌也慢慢发生着变化，越来越接近她在二十一世纪的模样。另外，这种变化是可以控制的，只要掐断万兽无疆传来的力量，她就恢复成了病恹恹的样子。这样也好，以后行事就更加方便了。

"殿下，那是'五灵'之一的冰灵幻鸟吗？"六星召唤师沈炎不敢相信地抬头看着天空中巨大的冰灵幻鸟。

他的召唤兽灵雕被冰灵幻鸟身上散发出来的强大威压所迫，已经躲到灵兽空间里去了。附近的灵兽，除了凰战野的紫焰火麒麟，没有一个敢露面。

凰战野冷眸微眯，对紫焰火麒麟道："你和它相比，谁更强？"

"哼！"紫焰火麒麟骄傲地冷哼一声，"除非和它结契的召唤师比你强，否则我不会输。"

召唤师和灵兽缔结了本命契约后，不仅两者的生死连在一起，能力也会息息相关。

听到紫焰火麒麟的话，凰战野抬头看着冰灵幻鸟背上的凰北月。从身形上看，这人至多十二岁，有可能是九星召唤师吗？一个十二岁的九星召唤师，那是什么变态级别？

沈炎转过头，道："殿下，冰灵兽已经出现了，这个消息一定要赶快告诉陛下。"

继火灵兽紫焰火麒麟和太子殿下成功缔结本命契约后，"五灵"之一的冰灵兽也出现在了南翼国，这是一个天大的好消息啊！这说明天神也在眷顾南翼国。这件事一定要尽快禀报陛下，请陛下将那个斗篷人留在南翼国。

"沈先生，您见识广博，可看得出这人的等级？"凰战野问道。

沈炎皱眉思索。这个问题他也一直在想，可是那个斗篷人好像深不见底的海洋般，旁人根本无法看透其实力。

"看不出，不过，冰灵幻鸟是'五灵'之一，和殿下的紫焰火麒麟同级，这人的实力恐怕也不下九星啊！"

沈炎的推断还算谨慎，不敢往大了说。他要是知道凰北月现在连一星召唤师都不是，估计要吐血而亡了。

说话间，冰灵幻鸟已经降落在满是裂痕的地面，一侧冰翼倾斜，让凰北月慢慢走了下来。风帽遮挡下，外人看不见凰北月的脸，她那冷酷优雅而神秘的气质却更让人倾倒。

"召唤师大人，请问您是第一次来南翼国吗？"沈炎的语气带着尊敬。

凰北月点点头，对现在的她来说，算是第一次吧。

"请问召唤师大人，您的名字是……"

沈炎刚开口，身后就响起了喊叫声："戏天大人！戏天大人！"

刚开始，凰北月没反应过来这"戏天"是自己，随即想起自己在佣兵公会登记的时候用的名字就是"戏天"，这才抬头朝前看去。

萧仲琪领着一群佣兵冒着风雪赶过来，每个人都是一脸兴奋之色。

"戏天大人，非常荣幸能和您组成佣兵团。"萧仲琪的身体控制不住地颤抖着，这里实在太冷了，他的表情却是异常兴奋，一双眼睛闪着精芒。

凰北月轻轻地点了点头。

看着萧仲琪，她心里却在冷笑，要是他知道让他这么尊敬的召唤师竟是他常常欺负的废物妹妹，不知道他会是什么心情。

萧仲琪一点儿都没因为凰北月的冷淡而觉得尴尬，反而越来越兴奋。

沈炎怕这个萧家大少爷太莽撞，得罪了这位实力超强的召唤师，赶紧说："戏天大人，您来到南翼国就是贵客，不介意的话，请在南翼国留一段时间，我们陛下一定对大人您欢迎至极！"

"我最近都会在南翼国。"实力没有恢复之前，凰北月不想离开这里去外面闯荡，何况长公主府还有不少事情等着她去做。

沈炎眼睛一亮，道："那就太好了！"说完，他朝一直沉默不语的太子殿下投去一个激动的眼神。

对于实力强大的人，任何国家都会极力挽留。战争频繁，实力就等于一切。多了一位拥有冰灵幻鸟的召唤师，南翼国的战斗力会提升很大一截。

"在下凰战野，代表南翼国欢迎你。"一个和自己实力差不多的高手能留下，对于战野来说，是挑战，也是莫大的惊喜。南翼国太需要强者了！

凰北月对这位太子殿下颇有几分好感，刚才他怕她受不住寒气，让她坐在了紫焰火麒麟的背上。她这个人一向恩怨分明，奉行的是——

滴水之恩，涌泉相报。一箭之仇，杀你全家。

"在下戏天，多谢太子殿下赏识。"凰北月抱拳道。

"阁下在何处下榻？"凰战野问道。

在卡尔塔大陆，对于和自己实力相当的人，都会敬称一声"阁下"。

"我刚来贵国不久，还没找到下榻的地方。"

凰北月的话刚说完，一旁兴奋的萧仲琪便开口道："如果戏天大人不嫌弃，可以住在我家，我爹娘一定非常欢迎你。"

凰北月哪里会不明白，萧仲琪是想借她的威势打压萧韵等人。她暗想，你这臭小子跟我有仇，我怎么可能帮你？不收拾你，已经算你运气好了。

"我这个人喜欢安静，不劳烦萧大少爷了。"她语气淡淡地拒绝了。

萧仲琪顿时一脸失望。

凰战野本想邀请她住在自己宫外的别院，听到她言语间对人有疏远之意，便没提。

"既然这样，我们如何能联系到大人呢？"沈炎急忙问道。

凰北月想了想，说："我会经常去佣兵公会，你们有事的话就去那里留个消息，我看到了自然会去找你们。"

这个时代的高手都有一点儿傲气，这位戏天大人肯留下联系方式已经算非常好了。沈炎当即点头道："多谢大人。"

天色不早了，她还要买药回去给东菱疗伤，可是现在佣兵任务没有完成，她找谁要钱去？钱这东西，必要的时候没有，还真是难倒英雄汉啊！一会儿离开这些人，再让冰灵幻鸟带着她去找药材吧！

凰北月向战野等人告辞，转身走向冰灵幻鸟。

"戏天阁下，"凰战野突然开口，从纳戒中取了一个巴掌大的绿色瓶子扔过来，"你的手受伤了，包扎一下吧！"说完，他驾驭着紫焰火麒麟，眨眼间消失在了众人的视线中，只留下一团火热的麒麟火。

凰北月接住那个绿瓶子，微微一怔。

"是翡翠玉液！"萧仲琪惊呼。作为萧家的大少爷，他见过不少疗伤圣药，这翡翠玉液是非常珍贵的药品，有钱都买不到。果然是太子殿下，一出手就这么大方！

"六品灵药，可是难得一见啊！"沈炎也露出羡慕的表情。

凰北月可不知道翡翠玉液有多珍贵。她没想到的是那个太子外表看起来冷酷，居然会注意到她的手受伤了，看来他并非那么不近人情嘛！

"请沈先生替我向战野太子致谢。"临走之前，凰北月礼貌地对沈炎说。

沈炎顿时受宠若惊，回了一礼。此人这么年轻便如此强大，还这么谦逊，在整个大陆都非常少见啊！

凰北月乘着冰灵幻鸟返回长公主府，在一个隐秘的地方让冰灵幻鸟离开，然后自己悄悄地回到流云阁。她现在不能凝聚元气，没有灵兽空间可以让冰灵幻鸟休息，只能暂时委屈它自己去找地方了。

想起刚才凰战野拿出翡翠玉液的那枚纳戒，凰北月万分羡慕。她也想拥有一枚。纳戒里面相当于另一个空间，可以任意存放物品，而且纳戒里的时间是静止不动的，食物存放多久都不怕会过期。只可惜在卡尔塔大陆，纳戒的价格太昂贵了，她现在根本买不起。钱，果然还是钱最重要，她得想办法先弄点儿钱来。

这样思索着，她断了和万兽无疆的联系，又变回那个病弱憔悴的三小姐。

凰北月是早上出去的，现在已经是中午了。东菱在床上昏睡着，凰北月轻手轻脚地给东菱上药。这翡翠玉液非常神奇，冰绿色的液体涂抹在伤口上，伤口便以肉眼可见的速度愈合了。她以前没见过这样神奇的东西，果然，这个大陆处处存在着不可思议的事情。

简单地处理了一下自己掌心的伤，凰北月想研究一下那块万兽无疆，到现在她还不知道它究竟有多大的威力。彼时，她却听到了敲门声。

凰北月皱眉。流云阁很少有人来，这个时候会是谁？

“三小姐，我是佩香。”门外传来小心翼翼的声音。

佩香？凰北月回想了一下，原来是昨晚她在院子里遇到的和家丁偷情的那个丫鬟。

凰北月走过去打开门。一个长得很漂亮的丫鬟站在门口，带着一脸谨慎又讨好的笑容。

“三小姐，我知道东菱受了伤，没去厨房领午饭，就给送来了。”佩香举起手中的篮子。

凰北月看了篮子一眼，侧身让开，道：“进来吧。”

佩香大喜过望，连忙拎着篮子进了门。

“这是厨娘做给琴姨娘吃的菜，我特意留了一些。三小姐，您吃吃看喜不喜欢？”佩香把饭菜一样一样摆在桌上。

凰北月一手拿着筷子，一手撑在下巴上：“你偷菜出来，不怕琴姨娘知道？”

“三小姐说笑了，您才是这府里的正经主子呢！”佩香连忙跪下来，磕了三个头，白皙的额头都磕红了，“奴婢以前被猪油蒙了心得罪了小姐，还请小姐大人不计小人过。”

凰北月夹了一筷子菜放进嘴里，慢悠悠地吃着。第一次吃古代的菜，味道还不错。凰北月不怕佩香下毒，借她十个胆子她也不敢。

“佩香，我要跟你计较，昨天就会杀了你。”

“是是是，多谢小姐不杀之恩！”佩香又磕了一个头。

“你起来吧。”凰北月抬了抬手，“有几件事，我想问问你。”

“三小姐尽管问，奴婢一定知无不言。”佩香连忙表忠心。

凰北月知道佩香识相。这里是长公主府，凰北月才是正经主子。她以前懦弱，现在可不同了，要是佩香不见风使舵，等她掌了家，佩香只有死路一条。

凰北月也不说破，只是问道：“这几年，长公主和我的封地税收是谁在掌管？”

听到她过问封地税收的事情，佩香面露喜色，连忙将自己知道的一切都说了出来。

惠文长公主在民间最得人心，她的封地密阳，那里民风淳朴，人人勤劳耕种，每年的税收都很丰厚。而凰北月是整个南翼国唯一拥有封地的郡主，她的封地是南方富庶的清河郡，自古以来都是鱼米之乡。她出生的时候，皇上亲自下旨将清河郡赐给她。那时候，人人都说北月郡主是南翼国最有钱的小孩，连太子都比不上她。

长公主去世后，密阳和清河郡的税收本应都归凰北月，但她年纪小，账本自然是看不懂的，就交由萧远程管理，可萧远程是个武夫，对账本哪里有什么兴趣，在美貌的姨娘吹了几次枕边风后，他便将密阳的账本交给了雪姨娘，清河郡的账本交给了琴姨娘。

这两个女人自从掌管了这么庞大的税收后，就成了南翼国最风光的姨娘，走到哪里都前呼后拥。她们出手阔绰，被商家奉为上宾，不少家族的正室夫人都看得眼红不已。

“哼，拿着我的钱这么嚣张！”凰北月暗暗磨牙。她穷得连药都买不起，这两个姨娘却挥金如土。

凰北月一下一下敲着桌子，盘算着怎么把那些税收夺回来。忽然，她想起了什么，问道：“这个月十五，太后和曦和公主是不是要回来了？”

佩香笑道：“对，太后和曦和公主回来，一定会为三小姐撑腰的。”

凰北月但笑不语。

记忆里，太后和曦和公主都对她不错。她如此问，倒不是为了找个靠山帮助她夺回财产，而是想给死去的凰北月讨回一个公道。并且，她觉得惠文长公主的离世也非常蹊跷。长公主性情温和，风华正茂，身体一直很好，却突然生了一场重病暴毙了。她占了凰北月的身体，有些事情，她是有必要帮凰北月查清楚的。

打发走了佩香，凰北月走进内室，见东菱挣扎着要坐起来。她连忙过去按住东菱：“别乱动。”

“小姐，我听到了佩香的声音，她是不是又来欺负你了？”东菱在睡梦中也提心吊胆的，隐约听到佩香的声音，立刻醒了过来，本能地想要出去保护凰北月。

“放心，以后不会有人欺负我了。你饿了吗？佩香送了饭菜来。”凰北月安慰着这个忠心的丫鬟，顺便探了下她的脉搏。她的伤已经好了，之所以这么虚弱，是因为一直饿着。

“吃的？”东菱瞪大眼睛，好像听到了不可思议的事情。

她呆愣了一下，大叫起来：“佩香送来的饭菜？你吃了吗？小姐，你怎么能吃？”东菱急得快要哭出来了。那个佩香从来没安过好心，不是欺负小姐就是捉弄小姐。有一次，她佯装好心地给小姐送来一块肉，结果小姐吃下去就一直吐个不停。这一次居然送饭菜来，她又想要什么把戏？

凰北月微微笑着，这个年幼的女孩对自己的担心是真切的，没有半分虚假，这让凰北月很感动。

“东菱，听我说，以后没人敢欺负我们了。我已经长大了，知道该怎么保护自己。”

“小姐……”东菱眼中泪光闪闪，忽然跪下来，趴在凰北月的腿上放声大哭。她一定是在做梦，否则小姐怎么会说出这种话来？

凰北月无奈地摇摇头，拍拍她的肩膀，说：“好了，哭什么？看看你身上的伤是不是好了？”

东菱一怔，这才发现自己的身体竟然一点儿都不疼了。之前她明明伤得很重，琴姨娘的鞭子从来不是吃素的，现在怎么会一点都不疼了呢？她掀起衣服看了又看，发现不仅伤好了，连皮肤都变得光滑柔嫩。

东菱激动得面颊泛红，道：“小姐，究竟发生了什么事？”

“我现在是个召唤师。”凰北月靠在枕头上慢悠悠地道。

东菱的眼睛瞪大，再瞪大。召唤师？做梦，她肯定是在做梦，连元气都没有办法凝聚的小姐怎么可能成为召唤师？

凰北月知道东菱心中的疑惑，要是告诉她，自己不用凝聚元气也可以让灵兽臣服，这个单纯的丫头肯定不会相信。

“以前可能是因为我年纪小，掌握不好要诀，昨天晚上突然有了感觉，我现在已经学会召唤术诀了。”

东菱看着她，激动得跳了起来：“太好了，小姐！只要你成为召唤师，哪怕只是一星，也不会有人欺负你了。”

在卡尔塔大陆上，无数人梦想成为召唤师，但是因为严格的血统和天赋要求，召唤师少之又少。十二岁成为召唤师，勤加修炼的话，将来一定会出人头地。

一星？凰北月挑了一下眉。她召唤了冰灵幻鸟，实力怎么都要直逼太子战野啊！才一星，太弱了吧？不过看东菱这么高兴，她也不想解释什么了。

“东菱，我现在实力很弱，为了避免不必要的麻烦，这件事先不要声张。等太后和曦和公主回来再说，好吗？”

“我知道的，小姐。”东菱连忙答应。小姐确实跟以前不一样了！小姐能把事情考虑周全，还这么有主见，是真的长大了。如果长公主还在，看到这样的小姐，该多么高兴啊！

之后，凰北月没有出门，一直在屋子里研究万兽无疆。她试着用精神力查探黑玉内部，却好像有一堵高大的墙壁挡着，无论她怎么集中精力，都没有办法突破进去。

她隐约感觉到黑玉内部有一股无比强大的力量在涌动，如同万兽奔腾。她心想，如果把这股力量释放出来，该是怎样毁天灭地的破坏力？

她虽然无法查探黑玉内部的情况，却能和黑玉取得联系，就像今天借助黑玉的力量降伏了冰灵幻鸟。它还让她的发色和容貌发生了改变，如果她能够凝聚元气的话，也许可以更深入地了解这块万兽无疆。

不知不觉中天暗了下来，东菱匆匆推门进来说："小姐，老爷叫所有人到前厅去。"

"发生什么事了吗？"凰北月一边问着，一边收起黑玉站起来。

东菱摇摇头。府中的丫鬟、仆从都是势利眼，不肯跟她有牵扯，所以她也打听不到什么消息。

"去看看吧。"她正好想见见那些逼死凰北月的人。

第四章
奇耻大辱

凰北月没有换衣服，只披了一件素色的披风便和东菱走出去，走了好久才听到人声。

长公主府人丁兴旺，钱财丰厚，府邸建造得恢宏大气，亭台楼阁、飞檐斗拱、假山流水，古典韵味扑面而来。

凰北月走到一个拐角处，听到家丁们的议论声。

“她的头发像火一样红，她的召唤兽是‘五灵’之一的冰灵幻鸟。”

“什么？冰灵兽出现了？那个召唤师究竟是什么人啊？竟然能和冰灵幻鸟缔结契约。”

“那是一位了不得的大人物呢！我告诉你们，我们大少爷和这位大人是朋友呢！”

“一位拥有冰灵幻鸟的召唤师和大少爷是朋友？这是真的吗？”

“那是当然！今日大少爷还要请这位大人来家里住呢，只是这位大人喜欢安静就没来。大人物嘛，都不喜欢被打扰。”

“大少爷真了不起！我们跟着大少爷也沾光不少啊！”

跟萧仲琪是朋友？凰北月在心中冷笑。今天没有弄死你算你走运！做朋友？你这是做什么春秋大梦呢？！

此时，一群人正围着趾高气扬的萧仲琪奉承拍马屁，拍得萧大少爷舒舒服服，好像九星召唤师是他一样。

突然，一人抬起头来。看见凰北月，他脸上立刻露出嘲笑的表情，扬声说：“快看啊！那个废物居然出门了。”

闻言，围着萧仲琪的人都转过头来，一起讥笑起来。

“她能不出来吗？今天可是她的大日子啊！”

“三妹妹，你最近身体还好吧？要是不好的话，还是别去前厅了，万一被气死了怎么办？”萧仲琪说着，肆无忌惮地哈哈大笑起来。

围着他的那群人也跟着大笑。

“果然是萧家的耻辱啊，又要丢老爷的脸。”

“活成这样还不如死了好。”

“你们住口！”听到这些人说话比平时更不客气，东菱顿时怒了。

“哟，敢对大少爷大喊大叫，死丫头，你活腻了？！”一个家丁凶狠地朝着东菱抬起了巴掌。

凰北月目光转冷，刚想动手，忽听萧仲琪出声道：“住手。”

那个家丁立刻毕恭毕敬地放下手，狗腿般地冲萧仲琪笑道：“大少爷还有什么吩咐？教训这个臭丫头，我们还有很多手段。”

“这丫头，今天就不打了，一会儿三妹妹气死了，总要有个人给她收尸不是？”萧仲琪嘲讽地看了凰北月一眼，然后得意万分地带着他的几个狗腿子走了。

“小姐？”东菱担忧地看着凰北月，“刚刚大少爷说的话……”

“我会那么容易被气死吗？”凰北月不疼不痒地道。

凰北月刚走进院子，就看见不少身穿盔甲的护卫站在厅外。

前厅里传来一阵爽朗的笑声。

守在门外的周管家看见凰北月，立刻走过来，骂骂咧咧地道：“怎么这么慢？还要贵客等着你！没教养，丢尽萧家的脸了。”他一边骂着，一边把凰北月往前厅里推，完全没有注意到凰北月那和平时截然不同的清冷目光。

前厅里坐了很多人，主位上坐着萧远程和一个腆着大肚子的中年男人。大厅左侧分别坐着琴姨娘、雪姨娘、二小姐萧韵、大小姐萧灵以及几位年幼的少爷小姐。右侧坐着几个陌生人。其中，坐在右侧首位的是一个年轻的华袍男子，相貌还算英俊，衣领上有四枚闪着金光的火焰纹，看起来不满二十岁，已经是四星召唤师了。他的下首坐着的是看起来实力均不俗的几个武士。

华袍男子频频去看美貌的萧韵。萧韵却不理他，骄傲地摆弄着自己刚涂好的指甲。

在座的萧家女眷都是各有千秋的美人，其中十五岁的萧韵最为出色。今日，她着浅玫瑰红折枝玉兰花的锦缎长裙，头发绾成了一个繁复的朝云髻，发间别着金丝攒珠的头钗，耳坠着翡翠流苏的耳环，胸前还挂着双鱼送吉的玉锁项圈。她妆容不浓，配着这一身华贵的行头却是明艳照人，顾盼神飞，加上那天才召唤师的响亮名号，浑身更是透着一股清高的傲气。

华袍男子见萧韵不理自己，不免有些失望。他的目光四处扫，扫着扫着就看到了刚走到门口的凰北月。

此时的凰北月白衣胜雪，清冷出尘，巴掌大的小脸虽然苍白，却更显秀丽清雅。华袍男子心里一震。这少女不会就是北月郡主吧？几年不见，她居然长得这么漂亮了！

凰北月走进来，倒是让萧韵失色了不少。只不过凰北月是个废物，长得再好看也没用，女人还是得像萧韵这样才有味道。华袍男子心中有了定论，看向凰北月的目光便带了几分讽刺。

凰北月无视他，径直走到厅中，寻了大小姐萧灵身边的位子坐下。她一声不吭，好像这一屋子的人都不存在一样。

萧远程的面色瞬间阴沉了一下，只不过有贵客在，他不好发作。于是，他歉意地对中年男人说："让安国公见笑了，这便是小女北月。"

安国公努力睁大胖得快挤没了的眼睛看着凰北月，呵呵笑道："这位就是北月郡主啊，果真如当年的惠文长公主一般貌若天仙啊！"

安国公是南翼国最有权势的人之一，心思狡猾险诈，平日里喜欢重金招揽门客，如今门下高手如云。

听到家里这个不起眼的废物被安国公夸奖，琴姨娘笑了一声，娇声说："是啊，有长公主的美貌，却没有长公主的才华，可惜啊！"

安国公呵呵笑着，肥胖的身子抖动着，附和道："可惜，可惜了！"

但凡这位北月郡主有一点儿实力，就算比不上萧韵，也是很不错的，毕竟她身后不仅有长公主的威名，还有太后和皇上庇佑。若长公主还活着，她是个废物也没关系，可惜长公主已经去世了，这废物还能有什么用处？

"国公爷，刚才所说之事……"萧远程看了凰北月一眼，慢慢地道。

"不知道驸马爷意下如何？"安国公眼中露出一抹精光。

萧远程抚着下巴上的胡须，看向一言不发、面无表情的凰北月，又看了看端庄大方的爱女萧韵，这两个人确实是一个天上一个地下。

惠文长公主在世的时候，有太后撑腰，以及皇上的隆恩，再加上老安国公和惠文长公主有几分交情，便订了凰北月和安国公世子薛彻的婚约。

以前，安国公觉得这是一门顶好的亲事，将来一定会给安国公府带来更大的荣耀，可谁能想到，年纪轻轻的惠文长公主会突然离世，留下这个没用的废物呢？一个废物，怎么能和已经是四星召唤师、前途无量的安国公世子相配？安国公考虑再三，便带着薛彻上门来取消婚约了。

“父亲，”华袍男子薛彻站起来，自以为风度翩翩地朝萧韵笑了笑，然后看向安国公，“孩儿已经十九岁，希望婚事可以自己做决定，还请父亲和萧叔叔谅解。”

薛彻的话一出，无疑把大家都心照不宣的事情挑明了。一时间，几位姨娘和小姐、少爷的脸上都露出兴奋的表情。

萧韵讥讽地笑了一声，看向凰北月的目光带着几分高高在上的怜悯。

站在凰北月身后的东菱顿时气得脸颊涨红，眼中泪水打着转儿，两个小拳头在身侧紧紧握起。

凰北月微微偏头看了东菱一眼，那漆黑的眼眸如同宝石一样，闪着高贵淡然的光芒。

东菱看到这样的目光，情绪一下子平静了下来。哼，什么安国公世子，眼睛瞎了！如今的小姐可不是废物了，你今日敢大张旗鼓来悔婚，将来可不要后悔！

“世子，以你如今的实力和地位，北月确实配不上你。”萧远程根本不在乎三女儿是什么心情，现在一门心思只想着不能失去安国公这个亲家。嫁一个凰北月过去，什么用处都没有，不如让韵儿嫁过去，以韵儿的才智和能力，定能让萧家更上一层楼啊！

“萧叔叔说笑了，北月郡主身份尊贵，是彻儿配不上她才是。”薛彻口中说着谦逊之词，语气却分明充满了嘲讽。

安国公肥肉颤颤地说：“北月郡主今年才十二岁，而彻儿已经到了成亲的年纪，这门婚事确实不妥。但是，老安国公和长公主订下的婚约，我不敢擅自废除，若萧家有适龄女儿，我们安国公府也会八抬大轿迎娶回去。”

听到安国公这样说，薛彻眼睛直直地看着萧韵，眉目传情，大胆示爱了。

众人正各怀心思，凰北月稚嫩的声音响了起来：“世子彻，你要跟我解除婚约，不就是担心我的无能将来会让你丢脸吗？你若想娶一个能给你长脸的妻子，我二姐就是个不错的人选。”

此话一出，安国公和萧远程皆一怔。

“凰北月，你胡说什么？”萧韵看向她，气得胸口起伏。凰北月这话说得好像她是菜市场上的大白菜一样，可以任人挑拣。薛彻确实是南翼国的青年才俊，可她萧韵也是人人称道的天才，只有她挑别人，哪能别人挑她？！

“二姐姐，我说错话了吗？你貌美如花，世子彻英俊潇洒，你们俩是天造地设的一对啊！”凰北月仰起精致的小脸，清澈的眼眸泛着灵动的光芒，话又说得那么自然，让人一点儿生气的理由都没有。

萧韵到底年纪小，听到她这么直白的话，顿时羞得脸都红了。

薛彻倒是非常高兴，凰北月说的正是他心里想的，只是他没好意思说出来而已。他高兴地朝凰北月投去一个感激的目光。这个丫头虽然是个废物，但是废物偶尔也是有点儿用处的啊！

薛彻朝萧远程拱手道：“萧叔叔，韵儿妹妹天资聪慧，彻儿心仪已久，请萧叔叔成全。”

萧远程心中一喜，看了雪姨娘一眼，道：“如果韵儿喜欢，当然是再好不过了。”

萧韵羞涩地别开脸，轻轻拉了一下雪姨娘的衣袖。

雪姨娘道：“听凭老爷吩咐。”

“不如这样，韵儿和世子彻同在灵央学院念书，可以互相交流切磋一番，等他们熟悉一些，便把婚事定下来。”萧远程看向安国公，“国公爷意下如何？”

“好！当然好了！彻儿能娶到萧韵，是他的福气啊！”安国公大笑起来，肥胖的肚子上下颤动着。

“多谢萧叔叔，多谢父亲！”薛彻大喜过望，连忙朝两位长辈鞠躬，又转身朝雪姨娘鞠躬，然后看向萧韵：“多谢韵儿妹妹。”

萧韵娇嗔地看了他一眼，心里喜滋滋的。

解除了一份婚约，又促成了另一份婚约，萧家上下除了琴姨娘，个个都喜滋滋的。当然，最喜滋滋的还是凰北月，一个烫手山芋就这么扔了。

安国公招了招手，外面站着的侍卫捧着一个锦盒走进来，打开后放在桌子上，只见锦盒里有一个玉锁，还有一份休书。

凰北月看见那白纸黑字，目光彻底冷了。她是不在乎和薛彻解除婚约，可这不代表她是被休弃的那一个。

“这玉锁是先父和长公主为他们定亲时，长公主给彻儿的信物，先父当年也给了北月郡主家传玉佩一枚，如今既然解除婚约了，本公送还了玉锁，北月郡主是否也该将玉佩还回？”安国公看着凰北月，高高在上地说。

凰北月走过去拿起那张休书，用食指和拇指夹着举到安国公面前：“休书？”

“北月郡主难道不识字？不识字的话，让彻儿念给你听也行。”

凰北月摇摇头，唇边缓缓漾开笑意，道：“薛彻有什么资格休弃本郡主？安国公，你别忘了，我是皇上钦封的北月郡主，论官职和你不相上下。你儿子薛彻不过是五品的都尉，他见了我不下跪行礼已犯有重罪，还胆敢来休我？”

凰北月这一席话说出口，整个前厅静悄悄的。刚才还在嘲笑凰北月的人，此刻都瞪大了眼睛看着她。这个三小姐是不是受的刺激太大，脑子糊涂了，居然敢跟安国公叫板？她这个郡主如今已经是有名无实了，她还拿出来压人？要是安国公一发怒，她吃不了兜着走！

“北月，你胡说什么？！不得无礼！还不快滚下去！”萧远程一拍桌子站起来，满腔怒火就要爆发。他对这个女儿向来没什么感情，当年她母亲惠文长公主让他入赘，他觉得自己受尽了屈辱，因此对她们母女恨之入骨。

“我胡说了吗？我说的哪一条不是事实？”少女的话语掷地有声，堵得所有人都哑口无言。

“你……你让我丢尽脸面还不够吗？”萧远程暴跳起来。

凰北月觉得心寒，亲生父亲都这样，自己何必给他脸面？

“让你丢脸的是你自己，不是我！当初要娶长公主的是你，现在希望安国公府悔婚、撮合薛彻和萧韵的也是你，关我什么事？”

所有人都瞪大了眼睛。这个三小姐疯了！她彻底疯了啊！

萧远程只觉得眼前发黑，手指颤抖地指着她：“看我今天不打死你！”

打死她？做梦呢？凰北月站在那里一动也一动，目光冷冷地看着萧远程，等着他过来打死她。

萧远程当然不敢过去，他要是有那个胆子打死凰北月，八百年前就打了。

这丫头让他看着心烦，可她的身份，他惹不起啊！暗地里授意其他人不让她过一天好日子，已经是他能做的最大程度的报复了。如果凰北月真的死了，太后和皇上怎么可能放过萧家。

“老爷，快息怒，别被这贱丫头气坏了身子。”雪姨娘连忙上前来拍着萧远程的背给他顺气，低声说，“安国公府的人还在呢！这丫头疯了，等人走了再慢慢收拾她。”

也是，现在和安国公府的联姻要紧！萧远程喘了几口气，慢慢平静下来，狠狠瞪了凰北月一眼，转身对安国公道：“国公爷，这丫头没教养，让您见笑了。”

安国公和薛彻都被凰北月的几句话气得脸色铁青。这丫头目中无人，他们一定会让她付出代价的。当然，这事不能明着来，原因和萧远程顾忌的一样，这丫头背后的靠山可是太后和皇上。哼，明着不能来，那就暗着来。

“无妨，童言无忌嘛。”安国公那张肥腻的脸上堆起虚假的笑意，“北月郡主身份尊贵，我们是惹不起，但是今日我们是来解除婚约的，难道郡主不同意，非要赖着我们安国公府？”

“赖着？”凰北月讥讽地笑了，“安国公真幽默啊！你以为人人都跟你一样，当你儿子是个宝？在我眼里，他什么都不是。”

“那你为何不肯交出玉佩？”

凰北月扑哧一声笑出来，道：“玉佩？早不知道被我送哪家当铺去了。按照习俗，遗失订婚信物的一方，等于主动放弃婚约，所以，是我休了薛彻。”声音落下，那张休书被她重重地拍在桌子上，那力道、那声音，震得满屋子高手的心都一紧。

“好……好一个北月郡主啊！”安国公一怔之后，呼哧呼哧喘着气，冷笑道，“想不到萧家还有这么一个嚣张的女儿，今天算是开了眼界了。”

“过奖了。”凰北月淡淡笑道。嚣张？她凰北月就是嚣张，因为她有资本。

“驸马爷，既然事情已定，本公就告辞了。”安国公对萧远程说。

“小女无知，得罪了。”萧远程连忙送安国公出去。

临走之前，薛彻看了一眼凰北月，压低声音说：“北月郡主，今日之耻，我记住了！”

凰北月冷哼一声，很好，我会让你一辈子都忘不了的。

安国公等人走后，凰北月没有理会任何人，带着东菱回了流云阁。

萧韵一脸怒意，恨恨地说：“那个丫头今天发什么疯？突然像变了一个人似的。”

正要走出去的琴姨娘听见了，媚笑道：“韵丫头，你抢了人家的未婚夫，她能不发疯吗？”

“关我什么事？她那种没用的病鬼谁会想娶？倒霉透顶才会和她定亲！”萧韵是雪姨娘所生，素来和琴姨娘不合，一听到琴姨娘的声音她就来气。

琴姨娘冷哼道：“得了便宜还卖乖。”

雪姨娘拍拍萧韵的手，笑道：“韵儿，很快你就会和安国公的世子定亲了，将来你就是安国公府的正室夫人了。”

她特意加重了"正室夫人"四个字，气得琴姨娘两眼冒火，跺着脚离开了。

萧韵骄傲地说："她一辈子只能做个姨娘。"

雪姨娘道："韵儿，你也别总欺负那个病秧子。"

"她就是个废物，而且娘你也看到了，她就是故意给我难堪。"萧韵想起凰北月说的话就来气。

雪姨娘皱皱眉，道："她今日确实有点儿奇怪，可能是因为受的刺激太大了。你还不知道吗？她一直想着赶紧嫁去国公府，就不用被欺负了，现在美梦破碎了，她当然要疯了。"

"也对，那废物还做美梦呢！真好笑！"萧韵得意地笑起来。

雪姨娘拍着她的手说："现在还要哄着她点儿，下个月太后就回宫了，如果能哄得她去太后那里进言，让你爹把我扶正，你就是这府里的嫡小姐了。"

萧韵眼睛一亮。嫡小姐……她做梦都想成为嫡小姐啊！

她虽然是召唤师，可在灵央学院那些贵族嫡小姐面前，她这个庶出的小姐总是低人一等。明着谁都不会瞧不起她，可暗地里，谁不说她是姨娘生的？如果母亲可以被扶正，她变成嫡小姐，也许……也许就可以见到太子殿下……萧韵的心里陡然升起了希望，她心跳加快，两眼放光。

"我知道的！娘，我一定好好哄她！"萧韵坚定地说。

"小姐，刚刚会不会太冲动了？那个安国公不像好人啊！"回到流云阁，东菱担心地说。

安国公手下可是有一大批高手呢，他要是想对小姐不利，绝对可以神不知鬼不觉地把小姐杀了。

"放心，我敢那样说，就能应付以后的事。"

一个小小的安国公，手下最厉害的高手也不过是九星中级召唤师，还没有超级灵兽。要知道，同级召唤师所拥有的召唤兽之间的实力相差太多，总体实力就是天差地别。她现在有冰灵幻鸟，一个小小的安国公，她怎么可能放在眼里。

安慰好东菱，凰北月见她在不甚明亮的烛光下做着针线活，心里不禁有些酸楚。东菱只比凰北月大了一两岁，过去几年全靠着东菱做些小物件去变卖，她们的生活才算好过一些。

"小姐，虽说你和世子的婚约解除了，可是小姐你还年轻，以后会有更多更好的机会。"东菱抬起头来，认真地说，"小姐以后成了召唤师，多的是青年才俊上门来提亲呢！”

这丫头是在担心她会因为薛彻解除婚约而伤心吗？她怎么可能会伤心！薛彻悔婚是她求之不得的，她还怕以后安国公府像苍蝇一样粘上来，赶也赶不走呢！那个薛彻本来就不是好东西，和萧韵倒是极配。

“东菱，我们真的没有值钱的东西了吗？”不想继续讨论婚约的问题，凰北月转移了话题。

“还有长公主留下的一支玉箫。这箫，长公主生前极其喜爱，奴婢不敢变卖。”

东菱说着站起来走到墙边，将墙上的一块砖拿下来，然后从墙里面取出了一个长盒子。她打开盒子，一支玉箫静静地躺在里面。看得出来，这玉是上等的白玉，晶莹剔透，好似冰雪凝成的一般。

凰北月的目光瞬间凝住了，开口道：“好漂亮！”

记忆中，惠文长公主经常坐在院中对月吹箫，她的背影那么萧索，谁也不知道她在吹给谁听。

凰北月对音律也懂一些。她拿起玉箫放在唇边，吹了一个简单的调子。

东菱面露惊喜之色，道：“小姐什么时候学会吹箫了？奴婢都不知道呢！”

“嗯，以前母亲偶尔会教我，这么多年没吹，都生疏了。”

神情一阵恍惚，东菱开口道：“长公主殿下的箫声，奴婢毕生难忘呢！”

凰北月拍拍她的肩膀。这个丫头真的忠心。

“东菱，我出去试试音，很快就回来。”

“小姐，都这么晚了……”东菱担心地道。

凰北月拿起斗篷披在身上：“晚才好呢！”说完，她从窗口跃出去，身形一闪，不见了踪影。

第五章
北国质子

凰北月驾驭着冰灵幻鸟在迷雾森林外围飞了一圈，发现几乎整个森林都处在冰封之中。

“冰，你怎么会来到这里？”凰北月盘腿坐在冰灵幻鸟的背上轻抚着玉箫，问道。

“我感应到了召唤。”

召唤？大概是万兽无疆的召唤吧！她也是因为这召唤才闯进迷雾森林的。

“主人，长公主府的人竟那样对你，不如我把他们……”

“不用，我自有打算。”

“是。”

凰北月举起玉箫轻轻吹响，箫声轻柔而空灵，在夜色中百转千回，余音绕耳。

冰灵幻鸟飞过迷雾森林，朝临淮城飞去。

忽然，琴音铮铮，婉转传来，似杏花微雨流转纷飞，与箫声和鸣，缠绵缥缈，如泣如诉。凰北月一怔，在心里默默下令，让冰灵幻鸟追踪琴音而去。

进了都城，凰北月听见琴音就在前面，正要命令冰灵幻鸟继续追，那琴音一转，一个音调拔高，戛然而止。

怎么回事？她的箫声还没停下，琴音怎么突然断了？一时间，凰北月心里空落落的。她放下玉箫，对冰灵幻鸟说：“能感觉到在什么地方吗？”

冰灵幻鸟巨翼一展，飞到了一座有些破败的宅子上空：“应该就是这里。”

凰北月低头看去，宅子里黑漆漆一片，没有一个人。那曼妙的琴音真的是从这里传出来的？到底是什么人弹出这样的琴音呢？凰北月心里充满了好奇，性格清冷如她，却无端地对一个从未谋面的人产生了莫大的兴趣。她一定要找到这个人，不管他是谁，她喜欢这样的琴音，喜欢这琴音里蕴含的情感。

回到流云阁，冰灵幻鸟隐去后，凰北月意外地发现院子里躲藏着一个人。那一世的她可是天才杀手，即便在黑暗中，她也能立刻感知到那个人的气息和所在方位。

今日，她让安国公父子受了奇耻大辱，他们这么快就忍不住要对她动手了吗？敢来，就让你无回。

她鬼魅般的身影悄无声息地潜行过去，黑色斗篷融入夜色中，如同修罗降临。

躲藏在凰北月房间外的黑衣人正用竹管戳破窗户纸往里面放迷烟，他眼睛里满是猥琐的笑意。安国公这次可是给了他一个大大的奖赏啊！这长公主府的嫡小姐凰北月有着跟当年惠文长公主一样的绝世美貌，虽然年纪还小，但是嫩，他喜欢。

白色烟雾吹进房间里后，黑衣人淫笑两声，搓着手准备翻窗进去，浑然不觉身后站了一个人。

凰北月拉下斗篷上的风帽，露出清丽无双的面容，伸手轻轻拍了拍黑衣人的肩膀。

黑衣人吓了一跳，回过头，看见本该在屋子里昏迷不醒的少女出现在眼前，顿时惊得后退了一步。

不用害怕，这只是个十二岁的小丫头而已，就算她没有被迷倒，以他中级战士的身手，也能轻而易举把她放倒。想到这里，黑衣人理了理衣领，道：“北月郡主，乖乖听大爷的话，大爷心情好，说不定能饶你一条小命。”

凰北月眼睛里闪着寒光，冷笑一声道：“你可知近日临淮城出了一个红发魔女，九星召唤师的实力，拥有冰灵幻鸟？”

黑衣人一怔，不知道这小丫头说这话是什么意思。

“当然听过！”

他话音刚落，就见眼前的少女勾唇一笑，乌黑的头发慢慢变成了火一般的红色。

黑衣人瞪大眼睛，惊恐瞬间从脚底爬到了头顶：“你……你……”

“让你看清楚，是怕你到了地狱还不知道死在谁手上。”

“饶……饶命啊……”黑衣人只能从喉咙里发出颤抖而低弱的呻吟声。惹了一位九星召唤师，他是倒了八辈子血霉啊！

突然，一只巨大的冰灵幻鸟出现在他眼前，冰灵幻鸟大口一张，就把他整个吞了进去。

临死前，黑衣人只能在心里大喊：老天啊！长公主府的这个废物郡主，竟然是九星召唤师。

“味道如何？”

冰灵幻鸟嚼了一阵，觉得味同嚼蜡，道：“不好吃。”

凰北月呵呵笑起来，伸出手去。冰灵幻鸟立刻温顺地低下头，让她抚摸它那巨大的脑袋。

“放心，跟着我，以后会有很多肉吃。”敢惹她？她凰北月可是吃人不吐骨头的。

房间里，东菱被迷烟迷倒了。凰北月探了下她的脉搏，只是普通的迷烟，没有大碍。她把东菱移到床上，自己也躺下来休息。

凰北月手中握着那块万兽无疆，知道有它在，自己一定会越来越强大。可是这块黑玉太神秘，她到现在一点儿要领都掌握不到，心里非常焦急。九星召唤师在卡尔塔大陆已经算是高手了，但也仅限于卡尔塔大陆。她要想在这个世界立足，必须得让自己快速强大起来。因此，她得抓紧时间研究明白这块黑玉才行。

第二天，是靖安王府老王妃寿辰，萧远程和琴姨娘、雪姨娘带领着府中的小姐、少爷们去赴宴了，独留下凰北月这个正牌嫡女。以前有大夫说她身患重疾不宜出门，萧远程便下令让她待在家里，这样也好，少了许多麻烦。

凰北月简单地吃了早饭，披上黑斗篷就出去了。

布吉尔市场，佣兵公会。

昨天迷雾森林里的事情发生后，红发九星召唤师戏天的名字就在临淮城传开了。凰北月刚走进布吉尔市场，就有许多人驻足围观。

“这位就是戏天大人啊？！哇，冰灵兽的契约者啊！”

“这红色的头发太帅了！戏天大人太帅了！”

凰北月身材娇小，因为看不到风帽下她的真面目，很多人猜测她是个老头子。

凰北月走进佣兵公会，立刻有人上前迎接：“戏天大人，您来了，有什么需要效劳的吗？”

“我想赚钱。”凰北月毫不隐讳地说。

那人一愣，赚钱？九星召唤师，不仅是身份地位和实力的象征，更是金钱的象征啊！

“我很缺钱，有什么任务是最赚钱的，都交给我吧！”

“是，请大人稍等。”那人不敢怠慢，立刻去准备了。

很快，那个人拿着一张高级任务单过来：“月落谷有一只雷属性的红蛛，它守护着一枚水晶果，如果能拿到这枚水晶果，就有一百万金币的奖励。”

凰北月眼睛一亮，一百万金币啊！

“我很快就回来。”她拿过任务单，立刻往外走去。一百万金币，迟了就被人抢了啊！

她走到佣兵公会外面，立刻召唤出冰灵幻鸟，然后纵身一跃，跳到冰灵幻鸟的背上。那潇洒利落的身姿，不知道迷花了多少人的眼。

月落谷在迷雾森林的中心，她从悬崖飞下去，谷底一片开阔，高大的植物、横行的兽类，简直是另外一个迷雾森林。

一百万金币的奖励太吸引人了，因此，不仅凰北月来夺水晶果，还有几个实力不错的佣兵已经潜伏在谷中了。

红蛛所在的地方一棵草都不长，地面泛红冒着黑烟，一道道雷电闪耀在它四周。红蛛在雷电的中心结了一张又一张网，网上挂满了灵兽的尸体，基本上靠近的灵兽都成了它的腹中餐。

那几个佣兵看到这番场景都忍不住吞了吞口水。

“太强了！这红蛛是多少级的灵兽啊？”

灵兽和召唤师一样也会划分等级，从一级到十二级，当然，像紫焰火麒麟和冰灵幻鸟这样的灵兽是不在这些等级中的。“五灵”是大陆最强的灵兽，是五个属性中的至尊，它们的成长潜力太大，每一个时间段都会有不同的变化，而这种变化是一般灵兽望尘莫及的，所以“五灵”不划分等级。

“至少十级以上吧？！蛛网上可是挂着一只十级蓝蝙蝠的尸体啊！”

“跟十级以上的灵兽作战，找死啊？！”

“没办法，一百万金币啊！”

“咦？快看，那是什么？”一个佣兵忽然指着天上一个雪白的影子，惊讶地道。

那个影子越来越近，璀璨的晶芒闪过，巨大的翅膀伸展在晴空之下。

“冰灵幻鸟！戏天大人也来了吗？”

随着佣兵的惊呼，那个巨大的影子压下来，属于超级灵兽的威压带起一阵狂风，整个月落谷顿时被席卷其中。

冰灵幻鸟扑下来的瞬间，那只红蛛抬起头来。十级以上的灵兽都是不好惹的，它们的思维已经相当发达了。红蛛通体发红，它一张口，一团雷火从它嘴巴里射出，直冲向冰灵幻鸟。

凰北月在冰灵幻鸟的背上站起来，红色的发丝从风帽下散落出来，随风飞扬。她抬起右手，一道黑气在掌心回旋，然后，她伸出左手，在冰灵幻鸟的背上拔了一根冰羽，以冰羽为箭，极速挥下。

两个简单的动作，却产生了惊天动地的效果。黑气顺着冰羽之箭钻入了红蛛射出的雷火中，刹那间，雷火轰燃，那道黑气如破竹般径直钻进了红蛛的口中，刚才还嚣张狂妄的红蛛瞬间一动不动了，围绕在它四周的雷电也慢慢散去了。

雷电散去后，层层叠叠的蛛网下，一枚通体晶莹的果实长在一簇嫩绿的枝叶间。

凰北月从冰灵幻鸟的背上跳下来，走向那枚水晶果。

这时，那些躲在四周的佣兵才反应过来，戏天大人只用了一招，就将实力在十级以上的红蛛秒杀了？！天啊！这样变态的实力，存心要让人嫉妒死啊！

凰北月一脚踢开一动不动的红蛛，伸手就要去摘水晶果，突然一个声音响了起来："戏天大人，不能那么摘啊！"

凰北月一愣，转过头就看见一个唇红齿白、长得秀气可爱的少年，正一脸紧张地看着她。

少年十三四岁的模样，穿着佣兵短袍，腰上围着雪狐皮，脚上套着鹿皮靴，一柄黑色短刀握在手里，那刀一看就不是凡品，应该是用珍贵的玄铁打造的。

见这少年忽然跑出来，其他佣兵都不由得翻了一个白眼。哪里跑出来的小子，人家高手做事自有高手的道理，你插什么嘴？

少年几步跑到凰北月面前，伸手指着水晶果，清秀的脸上浮起一抹红晕："那，不能用手碰的。"少年紧张地说，一双大而清澈的眼睛都不敢去看凰北月。

凰北月还真不知道水晶果不能直接用手摘，她听到少年的话，立刻把手缩了回来。

少年从腰后的布包里扯出一块上等的丝绸递给她，小声道："水晶果碰到人气会融化的。"

凰北月恍然大悟，刚才差点儿就把一百万金币弄没了啊！

她接过丝绸，对少年说了一声："谢谢。"

少年听到她说“谢谢”，清秀的小脸上又染了一抹绯红。

见凰北月用丝绸包着那枚水晶果轻轻地摘了下来，少年又说：“戏天大人，您真的会留在南翼国吗？”

凰北月点点头。这个少年在关键时刻提醒她，避免她损失一百万金币，她对他不禁有了几分好感。

“你帮了我，这枚水晶果就等于是我们一起摘到的，等拿了酬金，我们一人一半。”凰北月淡淡地说，她一向不喜欢欠别人人情。

“我们一起”这四个字撞进少年的耳中，他顿时晕乎乎的。一起？戏天大人居然说和他一起摘得了水晶果？！

“真的是我们一起摘的吗？太好了！这是我有生以来完成的第一个佣兵任务。”少年高兴地跳了起来。

看着他天真的样子，凰北月心里也有些轻松。

“戏天大人，我不要金币，我……我想……”少年的脸红红的，他抬头看了一眼冰灵幻鸟，“我可以摸摸它吗？”他知道灵兽都非常骄傲，甚至有的灵兽连召唤师都要惧怕三分，也许他这个要求有些过分了。

凰北月目光一闪，摸一下而已，一百万金币就全是自己的了，何乐而不为呢?

“没问题。”她爽快地答应着，招了招手。

冰灵幻鸟现在已经臣服于凰北月，凰北月一招手，它立刻低下头来，虽然不太乐意被人摸，但是满足主人的要求是它的义务。

少年见冰灵幻鸟朝自己低下了头，他激动又不敢置信地瞪大了眼睛。

那几个佣兵也跟见了鬼似的，嘴巴张得大大的。这个小鬼走了什么狗屎运，居然能摸到冰灵幻鸟的头。估计回去之后，他那只手剁下来都能卖钱了吧？！

“谢……谢谢！”少年飞快地摸了一下冰灵幻鸟的头。

虽然在凰北月的命令下，冰灵幻鸟收敛了身上的极寒之气，没有冻伤少年的手，但是自己高贵的头颅被一个臭小子摸了，冰灵幻鸟还是哼了一声。

“主人，这个小子细皮嫩肉的，一定很好吃。”冰灵幻鸟在心里对凰北月说。

凰北月低声笑了出来，回道：“你可别乱来，他的来头恐怕不小。”

“戏天大人，请问这只红蛛您要怎么处理？”少年兴奋地举着那只摸过冰灵幻鸟脑袋的手问。

凰北月看了一眼红蛛，本来她打算扔了，既然少年这么问了，就表示它还有用处。

“你有什么建议吗？”

“嗯！”少年猛点头，“这只红蛛的气息还在，可以作为被驯服的灵兽去拍卖，价格很高呢！”

“哦？”听说还可以卖钱，凰北月立刻产生了兴趣，“有多高？”

“召唤师若想提升自己的实力，就必须和比自己的星级高的灵兽结契，比如一个三星初级的召唤师若是拥有一只五级灵兽，实力可能会提升到三星高级或者四星，但是高级的灵兽不会找等级太低的召唤师，只有一种情况除外，那就是灵兽被打败后，如果打败它的召唤师在没有与它缔结本命契约的情况下将它转让出去，别人就能和它缔结本命契约。”少年滔滔不绝地说着，越说越兴奋，“一只十级以上的红蛛，捧着钱都买不到呢！”

原来还可以这样！可是，她不认识拍卖行的人，没门路一般都会被坑的。

“戏天大人，如果您不嫌弃，就去我家的拍卖行吧！我不抽您的佣金。”少年期待地看着凰北月，这位神秘的戏天大人若能去自己家的拍卖行拍卖十级灵兽，父亲大人绝对会高兴得合不拢嘴。

原来这个少年家里是开拍卖行的，怪不得对这件事这么了解。有了门路就好，她现在急需用钱。

“什么时候可以拍卖？”

“您来的话，随时都可以，不过为了卖个高价，我建议明天拍卖吧！今天我们先把消息放出去，都城中想买灵兽的有钱人多得数不清呢！”

“没问题！”钱越多越好，她就不嫌钱多。

少年从布包里拿出一张金光流转的卡片递给凰北月：“明天您来拍卖行，拿出这张卡片，就会有人通知我了。”

凰北月低头一看，卡片正面印有“布吉尔拍卖行”几个字，背面印着布吉尔家族的十字星徽章。布吉尔家族是卡尔塔大陆最负盛名的家族，他们在任何一个国家都有非常高的地位和声望，被称为“贵族中的贵族”，原来这个少年是布吉尔家族的人。

“洛洛少爷，原来您在这里！”这时，有两个人从佣兵们身后钻了出来，皆是满脸焦灼之色。

少年原本神采飞扬的，看到这两个人，他瞬间萎靡下去，耷拉着脑袋道：“被找到了。”

不用想，凰北月也知道这个少年的身份了。大家族的少爷偷偷跑出来跟着佣兵团历练，这种事情并不罕见，因为在这个时代，成为一名强者是每个人的梦想。

“这只红蛛，你们保存吧！我明天会去拍卖行的。”不想继续和布吉尔家族的人纠缠，凰北月跳上冰灵幻鸟的背，很快就离开了。

少年依依不舍地看着越飞越高、越飞越远的冰灵幻鸟，一边用左手摸着自己的右手。真不敢相信，刚才他不是在做梦吧？！

“洛洛少爷！”那两个人奔过来，他们都是高级战士，“您让我们担心死了！老爷知道您不见了，大发雷霆，您快跟我们回去吧！”

洛洛·布吉尔仰起俊脸，忽然哈哈大笑道：“这次，父亲大人肯定会夸奖我的。”

两名武士面面相觑，而当他们看到地上的红蛛时，都露出了震惊的表情：“洛洛少爷，这是……”

“这是那位传说中的戏天大人留下的灵兽，准备在我们拍卖行拍卖。”洛洛骄傲地说。

那位戏天大人？两名武士崇拜地看着洛洛，道：“少爷，您真有一手啊！”

“不愧是我们布吉尔家族的顶尖天才啊！”

“哈哈哈哈……”

凰北月回到佣兵公会交了任务，领了一百万金币。

在卡尔塔大陆，流通的货币有金币、银币、铜币和铁币，1000铁币等于100铜币等于10银币等于1金币，若货币数量太多，可以用10金币办理一张兰姆卡，把货币存进去，需要的时候再取出来。

兰姆卡的功能和纳戒差不多，只是兰姆卡只能储存货币，价格也相对便宜一些。现在钱不是特别多，凰北月也就没打算立刻去买纳戒，而是在布吉尔市场逛了一圈，了解了一下这个世界的药材，然后买了一些，准备回去好好调理下自己的身体。

她拎着一个装满药材的布包正想回长公主府，身后忽然有人叫她：“戏天大人！”那个人气喘吁吁地跑过来，郑重地递了一张烫金大帖给凰北月，“终于找到您了，这是太子殿下让我交给您的。殿下去了浮光森林，不能亲自前来，非常抱歉。”

这是皇族的邀请函？

“宫宴吗？”凰北月问道。

记忆中，惠文长公主未过世前，凰北月常去宫中走动，但是因为那时她个性懦弱胆怯，皇后不怎么喜欢她。这次宫宴便是皇后设的，虽说只是一般的宴会，却用了这种规格的帖子，显然都城中的大人物都会去。不过，太后不在宫中，凰北月和往年一样称病不去参加便可。

“是皇后娘娘设的宫宴，大人您是贵宾呢！”

“多谢你了。”凰北月淡淡地说着，收好帖子便离开了。

她特意选了昨晚和冰灵幻鸟追琴音时去的那条街走。此刻，这里人比较少，那座宅子门口却有不少侍卫，来来去去的巡逻士兵也毫不松懈。这破破烂烂并不起眼的地方，怎么会戒备这么森严呢？

凰北月靠近了一点儿，立刻被巡逻士兵发现了。

“这里是禁地，不得踏入！请阁下离开！”一名武士大步走过来，说话还算客气。

凰北月看了一眼陈旧的木门，也不想多事，转身正要走，对面来了一辆马车，马车前后有许多武士，看起来不像保护，倒像是监视。

凰北月眯起眼睛，退到一个角落里，默默地看着。

马车在宅子门口停下，刚才让凰北月离开的那名武士走过去，一脸刚正不阿：“王子回来了，请下车接受搜查吧！”

回家还要被搜查？这世界可真稀奇！

车帘掀开，一张愠怒的脸露了出来：“殿下正在生病，有什么好搜查的？我们什么时候藏过东西了？”

“这是我朝皇上的命令，我等不过奉命行事，请宇文大人见谅。”

“荻，算了。”一道虚弱的声音从马车里传出，缥缈低沉，好像风一吹就会散了似的，然后，一只苍白的手从马车里伸出来，“扶我下车吧。”

听到这声音，刚才还态度冷硬的武士，神色顿时缓和了几分，还带了几分尊重：“翼王子，多有得罪了。”

“无妨，是荻太失礼了。”这位翼王子语气温和，让人听着心里很舒服。

翼王子？凰北月搜索记忆中的各国王子，想起十年前北曜国和南翼国争战，中途和解，互相交换了质子，北曜国送来的是年仅六岁的九王子风连翼，当时还是惠文长公主亲自带人出城去迎接的。十年已过，当年的幼子长大了，只可惜依然在敌国过着质子生活。北曜国似乎没有把这位九王子接回去的意思，自然，南翼国也没有意思接回送去北曜国的王子。

自古以来，皇帝子嗣繁多，被送去敌国当质子的王子，通常都没有机会回国，他们不是抑郁而亡，就是因为受不了在敌国的卑微苦楚而自杀，抑或是战争再次爆发，被敌国虐待致死。这位翼王子，会是哪种下场呢？

那个叫宇文荻的年轻男人转过身掀开车帘，小心翼翼地将车里的翼王子搀扶下来。

雪白的衣摆最先映入眼帘，紧接着是那黑得如同墨染般的长发，这位翼王子低着头走下马车，完美的侧脸让人看着几乎忘记了呼吸，任春花秋月也夺不去那清雅的气质。

他解开身上的披风，抬起手，声音有些沙哑："搜吧。"

那名武士只是象征性地看了一下他的袖口，便挥手让人放行。

"多谢。"风连翼道了谢，在宇文荻的搀扶下，脚步有些虚浮地慢慢走了进去。

门关上，质子府外面恢复了平静，巡逻的士兵依旧来来回回地走动，不敢有一丝疏忽。

没有什么可看的，凰北月也转身离开了。虽然对昨晚那个抚琴之人有几分好奇，可是看这位质子在南翼国的待遇也不怎么好，她还是不要去给他添麻烦了。

昨晚的琴箫合奏，她毕生难忘，那轻灵婉转的琴音里藏着一颗孤傲的心，如果有机会，她期望再与那人合奏一曲。

质子府内，风连翼往前走了几步，忽然停下来，转过身看了一眼紧闭的大门。他刚才还温和内敛的目光，此刻却是一片清冷，且透着几分妖邪凌厉之色。

"殿下，怎么了？"宇文荻也不似刚才那般冲动易怒，语气沉稳地问道。

"没事。"风连翼摇摇头，嘴角微微扬起，露出一抹笑容。

宇文荻一怔。没人的时候，殿下从来不会笑，就算在人前，殿下也不会笑得这么温柔，这让他心里生出了几分寒意。

风连翼收回目光，继续往前走。

宇文荻道："明日宫中设宴，帖子也照例送来了，殿下要不要出席？"

虽然翼殿下是质子，但是在南翼国，大大小小的宴会，主人都会派人把帖子送到这里来，特别是南翼国的几位权贵，对翼殿下的人品、才学很是仰慕，做质子的十年，翼殿下也结识了不少人，对于宫里或者贵族举办的宴会，他偶尔还是会去参加一下的。

“听说南翼国出现了一位和太子战野实力不相上下的九星召唤师，召唤兽是‘五灵’之一的冰灵幻鸟，这样的高手，我也想见见。”

一提起那位红发召唤师，宇文荻就忍不住冷哼道：“不知道南翼国走了什么运，九星召唤师一个接一个地来。”

之前是太子战野，现在又来了一个神秘的戏天大人，并且两个人都拥有超级灵兽。“五灵”中，已经有两灵出现在南翼国了，这样的实力太气人了。

“荻，天外有天，你忘了吗？”风连翼摇了摇头。

平时在外面装惯了浮躁的样子，这宇文荻倒是越来越沉不住气了。

宇文荻笑道：“殿下说得对，再厉害的九星召唤师，在修罗城面前也不值一提。”

风连翼但笑不语，眸中泛起淡淡的紫色光芒。

“这次的宫宴，应该是为了拉拢那位九星召唤师吧？”宇文荻说，“殿下，属下要不要去查探一番？”

“不必了，顺其自然吧！我们静观其变即可。”

第六章
体内封印

晚上，凰北月在房间里研究那些草药。

在卡尔塔大陆，除了召唤师，还有两种更加神圣的职业，那就是炼药师和炼器师。一般来说，懂得炼药和炼器的人必须是罕见的天才，除了血统的传承外，更重要的便是材料了。各个国家掌握材料的都是有权势的大家族，没有背景的人想成为一名炼药师或炼器师是非常艰难的，除非有奇遇，因此，炼药和炼器又被称为“贵族专属技能”。

今天，凰北月在布吉尔市场买了一包低级药材就花掉了几千金币，她算是明白了，没钱想修炼都不可能啊！

今晚的月光特别皎洁，凰北月坐在窗边，从天地间吸取一丝元气注入了黑玉中。元气在黑玉中流走，她能感知到黑玉的内部空间非常大，可是里面黑漆漆的，什么都看不见。

元气不能在她的身体里凝聚，因此，元气注入黑玉中后，很快就消失了。凰北月生气地重重一拍桌子，到底为什么不能凝聚元气啊？就算她身体虚弱，也不至于把元气都吸走了啊？！

等等，吸走了？！她脑海忽然闪过一道亮光，她立刻又吸取了一些元气，然后缓缓地将其沉入身体里。慢慢地，慢慢地……顺着经脉流转的元气缓慢地被某种力量吸走了，不是消散，而是吸走了。这个发现瞬间将她的疑虑打消了，原来她不是不能凝聚元气。

“哈哈哈，终于让你发现了这个秘密啊！”一个诡异的声音突然响起。

凰北月猛地站起来，目光冷冷地扫过，道：“谁？”

“不用看了，你看不到我的。”

"你到底是谁？"她很不喜欢这种被人窥视的感觉。

"你可以叫我魇。"

"老子没问你名字！滚出来！"凰北月冷声喝道，浑身杀气暴涨。

魇似乎怔了怔，随即慢慢地道："我要是能出去就好了。"

凰北月的冷眸眯了起来："你什么意思？"

"嗯……你把眼睛闭上，我让你看看我。"

凰北月没有任何顾虑和害怕，她闭上眼睛，身体猛然下坠，她又立刻睁开了眼睛。她的面前，一盏孤灯泛着幽光，四周是伸手不见五指的黑暗，她的脚踩在黑水中，水朝着一个方向缓缓流动着。那个魇说让她看看他，就是在这个地方吗？

她顺着水流慢慢往前走，那盏孤灯像是永远在前面，不管她怎么走，都没有办法靠近。最后，她的面前出现了一座高大宏伟的牢狱，四十九根铜柱矗立在前方，每一根都要四五个人手拉手才能围过来，铜柱上方用暗金色的颜料绘着无数奇奇怪怪的符咒，元气在四周缓缓流动，那些符咒不断地闪现出刺眼的光芒。她抬起头，看不到铜柱究竟有多高，那些铜柱像是延伸到另外一个世界去了。

凰北月走上前去，伸手按在一根铜柱上，一道金光闪过，一股巨大的力量把她的手推开了，随即，两只房子那么大的红色眼睛出现在了铜柱后，诡异地看着她。

凰北月娇小的身躯毫无畏惧地挺立着，清丽的脸庞上表情平静淡然，清澈的双眸上上下下打量着那双巨大的眼睛。

"你是什么鬼东西？"她问道。

那双巨大的眼睛缓缓靠过来，然后，一张红色的兽脸出现在她面前："我就是魇。"

"我知道你叫魇，我是问，你是什么东西？"

魇巨大的双眼中露出一丝惊讶，这个人类少女看到他竟一点儿都不害怕，反而如此嚣张。

"呵呵，不愧是那个人选中的人啊！"魇意味深长地笑起来，笑声中带着刻骨的恨意。

凰北月抱着双臂，冷哼一声，道："少废话，再不说我就走了。"

"凰北月，你难道对我一点儿都不好奇吗？"魇被少女淡然的表情刺伤了自尊心。

"笑话，你只是一只兽而已，在我眼中，没有什么兽是我不能降伏的。"

魇重重地呼吸了一下，道："那么，你不想知道，你现在在哪里吗？"

“我想知道自然会知道，你个老怪物，少在我面前装神秘。”她上辈子连航空母舰都开着玩儿过，这个怪物在她面前装什么大头蒜？！说完，凰北月抱着手臂往回走。

魇看着她的背影，低低地咆哮了一声，道：“凰北月，这里是黑水禁牢，你走不出去的。”

“哼！就算是地狱，我也会打一个窟窿出去。”说着，她开始召唤冰灵幻鸟。

闻言，魇哈哈大笑起来，道：“打一个窟窿？凰北月，这是你身体里面啊！”

凰北月猛然转头：“你说什么？”

见她平静的表情终于被打破，魇怪笑着道：“我被封印在你身体里十二年了。你现在知道为什么你无法凝聚元气了吧？因为你吸取的元气都用来巩固这座黑水禁牢的符咒了。”

魇的咆哮声带起狂风，吹乱了凰北月的头发，她脚下的黑水如同煮沸了般，咕噜咕噜翻滚着气泡，那盏孤灯却始终岿然不动。

“哈哈哈……”魇狂肆的笑声在黑暗中回荡。

凰北月眼前一黑，再睁开眼睛时，她发现自己回到了流云阁的房间里。她额头上冒出一层细密的汗珠，本就苍白的脸色，此时更是惨白。

“魇，出来！”她沉声怒喝道。

无人回应她。

“三姑娘，我们夫人来看您了。”外面响起敲门声，凰北月透过门缝见几个丫鬟提着灯笼，引着雪姨娘走了进来。

宴会散了，萧家的人也都回来了，前面的院子里吵吵闹闹的，这大半夜的，雪姨娘来这里干什么？

凰北月顺了一下呼吸，擦干额头的汗，站起来去开门。

雪姨娘一看来开门的是凰北月，不由得诧异道：“三姑娘，东菱那丫头怎么不来开门？”

“东菱生病了。”凰北月一开口，声音和刚才的沉怒完全不一样，变得虚弱无力。

雪姨娘在心里冷笑一声。这病秧子脸白得跟死人似的，看来昨天安国公世子悔婚一事把她打击得很重啊！看她也活不了多长时间了，先假意哄哄她也不碍事。

“哎呀，三姑娘，你这是怎么了？是不是身子又不好了？”雪姨娘走进厅中，贴身丫鬟立刻拿出柔软的锦垫放在椅子上让她坐下。

“我这身体，老毛病了。”凰北月说着，煞有介事地咳嗽了两声，脸上一片忧郁愁苦之色。

雪姨娘笑道：“昨天的事情，你别怪你二姐姐，薛家做那样的决定，我们事先也不知情啊！”

她知道凰北月性格单纯，只要稍微说点儿软话，凰北月就什么都相信。这么多年，她偶尔对凰北月施舍一点儿，凰北月就感激涕零。

果然，凰北月听了，立刻说：“我怎么会怪二姐姐？谁不知道二姐姐是年轻一辈里的翘楚，不仅有着天才之名，还貌若天仙，以她的才貌，连皇子都配得上。”

雪姨娘一听她这话，眼睛瞬间亮了起来，这个废物说话竟然会这么动听。

“三姑娘，你这话说的，你姐姐的身份，你又不是不知道，一个庶女怎么能配皇子呢？”

凰北月心里冷笑着，面上却是一片天真无知：“您怎么能这样说？以您的端庄贤良，父亲早该扶您为正室的。”

雪姨娘心中狂喜，这废物果然好哄，这么多年，没白让她花心思。

雪姨娘假意惶恐地道：“三姑娘快别打趣雪姨了，我怎么敢觊觎长公主的位子呢？”

“母亲大人仙逝多年，这家中不能没有主母啊！”

这么多年，这丫头的口风终于松动了，看来是昨天受的打击太大，让她连最后的希望都破灭了。她不能指望着嫁去安国公府，就只能投靠自己了。等自己成了当家主母，韵儿成了长公主府的嫡女，那个薛彻，她们还不一定看得上呢！

雪姨娘心里得意，面上却忧虑道：“只可惜你父亲偏爱那个琴贱人，加上她生有长子，恐怕不久之后，你父亲就会扶那贱人做正室夫人了。”雪姨娘说着，竟然装模作样地擦起眼泪来，“我和你二姐姐受点儿委屈倒是没什么，只是三姑娘你没有母亲做依靠，琴贱人又总是虐待你，雪姨看着心疼啊！若她掌了家，三姑娘你往后的日子可怎么办？”

凰北月紧锁着愁眉，忧郁地思索了一会儿，道：“早些年，琴姨在宫宴上引诱父亲，太后她老人家十分不满，对琴姨更是不喜，若父亲要扶她为正室，太后也不会同意。”

“太后当真不喜那贱人？”雪姨娘像是抓住了救命稻草般高兴。

凰北月点点头，道：“当年父亲收她入房，太后得知后，让皇上罚了父亲一年俸银。”

“对，对啊！”雪姨娘喜上眉梢，这件事当年可是传得沸沸扬扬的，只是他们都不敢说罢了。

琴姨娘是丞相府的庶女，地位不高，那次在宫宴上公然引诱驸马爷，驸马爷才把她收入房中做了姨娘，只是现在再也没有人敢提当年那件事情了。

凰北月看着雪姨娘喜不自禁的模样，知道她已经走进自己的圈套里了。

“这么多年过去了，不知道太后她老人家还记不记得，要是她老人家忘了，那可就……”

“不能让太后忘了！”雪姨娘双眸中闪烁着恶毒的精光，“不仅如此，还要让整个都城的人都知道。”

凰北月心中暗笑，对，就是要这样。

“可是……”雪姨娘又有些犹豫，“那贱人这两年风光了，在丞相府也有些地位，要是让她知道我做的事情，岂不是……”

雪姨娘的娘家是密阳的一户平民，如果不是有萧韵这个召唤师，她哪能和琴姨娘分庭抗礼。如果丞相知道她背后搞鬼害他的女儿，她会吃不了兜着走的。这一点，凰北月当然考虑过了，只不过凰北月敢设套，就绝对会让雪姨娘高高兴兴、心甘情愿地钻进去。

凰北月轻轻咳了两声，声音弱弱地说：“雪姨，她有丞相府撑腰，我也有太后撑腰啊！她这么多年虐待我，我也受够了。你对我好，我自然会站在你这一边。若出了事，你只管说是我授意的。”

雪姨娘差点儿狂笑出来，等的就是你这句话。

“三姑娘，你放心，等我做了正室，一定把你当成亲生女儿一样对待。”雪姨娘假惺惺地哄骗着。

“这么多年被雪姨‘照顾’，我已经感激不尽了。”

雪姨娘从丫鬟手中接过药罐将药倒在碗中，喜滋滋地说：“现在我只求你的病赶快好起来，我们一起铲除琴姨娘，你就不用受苦了。”

这雪姨娘倒真不是草包，这种时候还不忘让她喝一碗毒药。

凰北月接过药碗，感叹道：“要不是雪姨天天送药来，我这身子恐怕早就垮了。”她说完，一仰头把一碗毒药喝下去了。

雪姨娘在这件事上非常精明，每次都要亲眼看着凰北月喝完药才肯走。

“应该的，三姑娘以后肯定是有福气的人。”雪姨娘满意地笑起来。

你的福气，到地狱和你那死鬼老娘一起享受吧！

“喝了这药，好想睡一觉。雪姨，我就不起来送你了。”

“好，你休息吧！我明日再来看你。”

雪姨娘领着丫鬟、仆妇走了之后，凰北月的眼睛里忽然闪现精锐的光芒，蠢女人！她抬起手，墨黑的毒素从中指一滴一滴逼出来，滴落在盆栽里。

“哈哈，这么多年，我竟是小看你这小女娃了。”魇诡异的声音又响了起来。

“哼，鹬蚌相争，渔翁得利。”对付那两个女人，她才懒得自己动手。

“小小年纪有这么歹毒的心思，可不好啊！”魇感叹道。

“更毒的，你还没见识过呢！我这人恩怨分明，谁惹了我，我让他祖宗十八代都不得安宁！”凰北月冷冷的目光一转，“当然也包括你。”

魇的心一颤，是不是他离开这个现实世界太久，世上的人都变了？一个十二岁的小丫头竟然这么嚣张猖狂！

“我是被人封印在你身体里的。”凰北月这个宿主身上的强大气场，以魇现在的状况有些扛不住，看来是他在黑水禁牢里待得太久了。

“封印你的人是谁？”

“我不能说出他的名字，但是我可以告诉你，他和你那块黑玉有莫大的关系。”

“你知道我的黑玉？”凰北月有些惊讶，那块黑玉的存在，恐怕连冰灵幻鸟都没有察觉到。

万兽无疆把她带到这里，她知道这块黑玉里肯定藏着很多秘密，并且黑玉具有无穷的力量，也许它是她在这里安身立命的最大法宝，因此，她一直小心翼翼的，不让人知道黑玉的存在，这只怪物是怎么知道的？

“那块黑玉……”魇犹豫了一下，继续说，“是那个人的。”

“那你知道这块黑玉是做什么用的吗？”

魇思索了一会儿，说：“这块黑玉具有无穷的恐怖力量，如果你能掌控这力量，小女娃，你会成为像他一样的人。”

这一点，凰北月倒是不怀疑，只是把魇封印在她体内的封印术让她惊叹，这种古老的术法连师父都未提及过。

“那个人是天地间唯一懂得使用符咒术的，他曾经傲视天下，当年修罗城和光耀殿合力围剿他，三百多位天级召唤师在他手中死于非命，那是一场旷古之战啊！”

魇说得很激动，凰北月却听得糊涂了。天级召唤师？开什么玩笑，整个卡尔塔大陆都没有天级召唤师吧？

召唤师的级别从一星到九星，每一星中又有低级、中级、高级之分，实力超过九星的召唤师就会进入传说中的天地玄黄，只是到了九星，一般人就很难突破了，甚至有的人几百年都会停留在九星，无法向前跨越一步。她只听说过玄级召唤师，如今南翼国的太子战野便是最有望突破九星的超级天才，天级召唤师真的是闻所未闻，这老妖怪不是在吹牛给她听吧？！

“这么厉害的人，后来怎么死的？”

听到凰北月这么问，魔怪笑起来，那笑声听得凰北月浑身直起鸡皮疙瘩。

“他是为了封印我才死的。”

“你？”凰北月冷笑，“看来你被封印得太久，实力退步了不少啊！”

刚才她在黑水禁牢里看见魔的时候，感应出他的实力和冰灵幻鸟的不相上下，只不过最后他狂笑的时候，陡然间让她感觉到一股巨大的压迫力。这样的实力和天级召唤师比起来，连颗芝麻都不算，他还敢说那个一战杀死三百位天级高手的神秘前辈是为了封印他而死的？

“哼，要不是那个雪姨娘天天给你喂毒，我怎么可能这么弱？！”说起这个，魔就开始咬牙切齿。

凰北月差点儿笑死，雪姨娘本是要害她，没想到竟做了一件好事。

“现在你想从封印里出来估计更难了，因为我很不喜欢你这只怪物的作风。”

魔冷哼道：“我们可以做交易，你帮助我解除封印，我帮助你成为一名超级的炼药师，如何？”

超级的炼药师？这条件蛮诱人的，炼药师在卡尔塔大陆多吃香啊！可是……

“老怪物，你以为我买那么多药材回来只是放着看的？”

“那些低级药材，莫非你想……”

“你知道吗？姑奶奶可是从小顶着超级天才的名号长大的，这个时代的炼药跟我那个时代的虽然有点儿差距，但是对我来说只是时间而已。”她就是想试试手，才买一些低级的药材回来，实验嘛，当然不能一开始就找极品了。

魔呼哧呼哧地喘着气，听起来非常愤怒。这女人怎么这么变态？那么神圣的职业在她眼中就跟砍瓜切菜一样简单。

“那你想让我和你交换什么，你才肯帮我？”魔现在是人在屋檐下不得不低头。

封印术太强大，那四十九根铜柱重重禁制，还源源不断地吸取着凰北月身上的元气来加固，这样下去，他永生永世都要被囚禁在这黑水禁牢里了。

凰北月拿出黑玉，对着月光看了看，她漂亮的唇角勾起一个鬼魅的弧度：“我要万兽无疆里的功法，你告诉我怎么才能进去，我就考虑帮你。”

“这……这我如何会知道？”魇要暴走了。他跟那个人是仇人啊！仇人的东西，他怎么会了解？

“那不好意思了，你想不到办法就滚吧！等我身体好起来，吸取元气的能力越来越强，还不锁死你这个老怪物？！”凰北月发狠地说。

一点儿利用价值都没有的话，要来干什么？这个怪物不是好东西，正好她也不是善良之辈，有点儿用处的时候留着他，没用的话，她就该考虑怎么弄死他了。让一个怪物在自己身体里封印着，她时时刻刻都感觉很别扭。

“凰北月，你……”

“你再说话，我一个机会都不给你，滚回去好好想办法吧！”凰北月厉声说。

这个女人言出必行，说到做到，并且心思歹毒狠辣，她说不给机会，绝对不能当成普通的威胁。魇愤怒不已，但还是只能悄悄地隐到黑暗中去了。

打发走了魇，凰北月开始把买来的药材一一试验。

前世，她的师父是一位非常了不起的隐世高人，对于奇门术法样样精通，驭兽术、炼药术，师父都教过她。

在她那个时代，灵兽已经非常少见了，珍贵药材更是少之又少，很多方面都限制了她的才能施展，而卡尔塔大陆资源丰富，人类和灵兽共存，高级药材也不少。

她从布包里拿出一个药炉。这破玩意儿花了她五十个金币。

药炉上有五个孔，用于放置不同属性的药材。炼药术和炼器术一样，把不同属性的药材通过火候、元气、规则等融合在一起，然后催动炼术要诀，就可以得到不同品级的灵药，而炼药师需要具备强大的精神感知力以及纯净的本体元气，才能感受和控制炼药的过程。

凰北月深吸一口气，把一棵冰属性的雪芝草从对应的小孔投了进去，然后吸取元气开始运转，慢慢地，她的掌心出现了一个小小的元气旋涡。她又立刻把一块低级炼药师用来点火的火晶石放到掌心，元气旋涡中顿时燃起一团红色的火焰。火焰和元气汇聚在一起后，她通过药炉上的火焰孔将其灌输进去。雪芝草被火焰炙烤，慢慢融化了。

看来现代和古代的炼药术之间并没有多大区别，她学会的炼术要诀同样适用于这个时代的材料。

雪芝草完全融化后，凰北月正想把一棵风属性的绿莹草放进去，药炉突然出现了一丝裂缝。凰北月暗道不好，她立刻收起元气跳到床上，用被子蒙住了脑袋。砰！不大不小的响声，药炉炸得四分五裂，一块碎片打在凰北月的大腿上，疼得她眼泪直流。

房间里，一股烧焦的药草味儿。凰北月的脑袋从被子里钻出来，她眼神呆呆地看着一地的碎片，半晌，她才大喊道："无良奸商，还老子金币啊！"

第一次炼药，失败。

凰北月气得脸都绿了，要知道一大包药材中数那雪芝草最贵，价值两千多金币，就这样被她炸没了。

"你本体元气很强，那种破烂药炉怎么承受得住？买个品级高一点儿的吧！"魇的声音响起，带着幸灾乐祸的味道。

凰北月冷哼一声，道："说得容易，品级高的药炉是那么容易遇到的吗？"

"安国公府那尊净莲炎火鼎倒是非常不错，镇府之宝啊！"魇优哉游哉地说。

"哪里的净莲炎火鼎？"

"安国公府啊！"

凰北月眼睛一眯，嘿嘿笑了起来："不错不错，安国公府的东西，一定合我的胃口。"

"凰北月，那可是人家的镇府之宝啊！"

"就是镇府之宝我才喜欢啊！"

"你喜欢有什么用？就算你有九星召唤师的实力，安国公也不会把净莲炎火鼎送给你的。"

凰北月大笑起来，道："谁要让他送？他送的我还看不上呢！我看上的东西，自己去抢！"

魇彻底对这个女人无语了。看上的东西就去抢，真是剽悍的性格啊！

第七章

拍卖大会

第二天中午，身穿黑色大斗篷的九星召唤师戏天大人来到了布吉尔拍卖行，凰北月还没拿出洛洛少爷给的金卡，伙计看见她这一身诡异的行头立刻认出了她，恭恭敬敬地把她请了进去。

"戏天大人请稍等，洛洛少爷很快就来。"一个美貌的侍女送上茶水和点心，偷偷地打量着凰北月，俏脸绯红。

"多谢！"凰北月端起香茶，在风帽的遮掩下喝了一口。

她瘦瘦小小的身躯，却有一种难言的高贵优雅，看得侍女一脸钦慕。

很快，接到消息的洛洛赶来了。

"不好意思，让您久等了。"洛洛歉意地说，英俊的脸上浮起一抹浅红。

"无妨。"凰北月淡淡地说，"来竞拍的人多不多？"

"多，非常多呢！"说起这个，洛洛兴奋不已，"我们拍卖行的鉴定师已经鉴定了，那只红蛛为十一级灵兽。这个消息一放出去，帝都的权贵几乎都来了，现在拍卖场上可是座无虚席呢！"

凰北月微微点头，站起来，说："是不是可以开始拍卖了？"

"快开始了，我们先去贵宾室吧！"说着，洛洛引着凰北月走了出去。

拍卖场非常大，灯光璀璨，座无虚席，人们兴奋地交谈着，看样子都志在必得。

一只十一级的灵兽啊！拥有了它，实力至少可以提升七八成，一个三星中级的召唤师，说不定立刻就能跃升为四星呢！

洛洛少爷引着凰北月走向贵宾室的时候，在场的人都朝这个神秘的九星召唤师投去崇敬的目光。

洛洛十三岁，凰北月十二岁，一个是布吉尔家族的少爷，一个是九星召唤师，两个小孩子的风头盖过了拍卖场中的其他任何一个人。

凰北月前世早就习惯了这样被人瞩目的场景，她从容不迫地走着，气质冷傲高贵，不知不觉间散发出强者的气势。

凰北月和洛洛快走到贵宾室的时候，一群人从另外一个方向走来。

“太子殿下来了！”拍卖场上的人们立刻骚动起来。

“连六公主殿下也来了呢！”

在布吉尔家族现任族长赛斯·布吉尔的引领下走进来的正是一脸冷峻的太子战野。

“皇兄，这里可真大啊！”一个灵动秀丽的少女跟在战野身边，一双黑白分明的大眼睛好奇地看着拍卖场。

“公主殿下见笑了。”赛斯谦逊地说，脸上带着长者的慈爱微笑。

布吉尔家族在卡尔塔大陆非常受人尊敬，任何一个皇族人都不会把他们当成普通百姓对待，这位樱夜公主却有些娇蛮，听到赛斯的话，她哼了一声，说：“布吉尔家族富可敌国，本公主可不敢见笑，听说你们连皇族都不怕呢！”

太子战野微微皱了皱眉。

赛斯却笑道：“不敢！在下不过是一介商人，各国皇族给几分薄面而已。”

被战野冷冷的目光扫了一眼，樱夜公主也不继续纠结这个话题了。她想起今天来的目的，开口道：“那只十一级的红蛛，本公主非常喜欢，这么多人来竞拍，岂不是要让本公主吃很多亏？”

“红蛛是雷属性，你拿了也没什么用。”战野语气淡淡地道，明显有些不快。

这个刁蛮的妹妹被皇后宠得太过了，以至于不知天高地厚了。

“我喜欢嘛！我喜欢的东西，还不让我买来玩儿吗？”樱夜公主任性地说。

赛斯族长只是微笑，对一个十四岁的少女，没有必要计较太多，何况她还是公主。

赛斯对战野说：“今日，戏天大人也来了，安排在第三贵宾室。”

战野心中一动，眼前好似飘过一缕火焰般的红发。他点点头，脸上没有什么表情，脚却已经朝第三贵宾室迈去了。

“父亲大人！”还没走进贵宾室的洛洛听到声音迎了上来。

他身后，凰北月一身黑色斗篷站着，并没有要上前来行礼的意思。

樱夜公主柳眉一竖，仰头，娇蛮地说：“你就是那个新来的九星召唤师，戏天？”说着，她抢在战野之前一步跨到凰北月面前，一双杏眼上上下下打量着凰北月身上质量非常一般的黑色斗篷。

拍卖场上的人都朝这边看着，皇室公主对上九星召唤师，好像很有看头啊！

赛斯这个老滑头抱着手臂站在一边，微笑不语。

洛洛道："公主殿下，今天要拍卖的红蛛，就是戏天大人降伏的。"

"我当然知道是他降伏的。"樱夜公主冷哼一声，"我很喜欢那只红蛛，不如你别拍卖了，直接卖给我，我给你很高的价钱。"

洛洛俊脸一冷，朗声说："那只红蛛已经交给我们布吉尔拍卖行拍卖了，公主殿下喜欢的话，就请按照正常程序竞价吧！"

自从在月落谷和凰北月说了几句话，亲眼见过还亲手摸过她的冰灵幻鸟，洛洛对这位神秘的高手可是满心敬仰崇拜，不容许任何人挑衅羞辱。

"我可是公主，我说不要拍卖就不要拍卖！"樱夜公主任性地说，瞪向凰北月，"怎么样？你答不答应？"

凰北月一声不吭，却一身冷酷气息。

"喂，本公主在问你话呢！"没有得到回应，樱夜公主跺着脚就要冲过去。

战野一步上前抓住她的肩膀，面色严肃地说："够了！"

"皇兄，这个人根本不把我放在眼里。"樱夜公主气恼地指着凰北月，生平第一次有人敢对她的问话不予回应。

目光牢牢锁定这边的人们忽然一阵骚动，戏天大人动了！

凰北月绕过樱夜公主，径直走进第三贵宾室，好像根本没有看到这位尊贵的公主殿下一样。

这人果然是没有把樱夜公主放在眼里啊！洛洛脸上露出喜色，太帅了！戏天大人又优雅又霸气，丝毫不逊色于皇室贵胄呢！

樱夜公主气得鼻子都歪了，要不是被兄长拉着，真要冲过去找凰北月理论一番了。

"戏天阁下，"战野终于开口了，"樱夜年幼不懂事，希望阁下不要放在心上。"

凰北月站定，微微偏头，语气平淡地道："我不跟两种人计较，一种是弱者，一种是……"风帽下的眼睛似乎瞥了樱夜公主一眼，"傻子。"

樱夜公主呆住了。洛洛和赛斯族长也呆住了。距离他们近一些的人听到凰北月的这句话，纷纷呈现石化状态。只有战野在一怔之后，冷峻的嘴角微微上扬。

这个戏天，外表看起来冷酷神秘，没想到居然还会揶揄人。只是，当着这么多人的面，樱夜这次面子丢大了，肯定会想更多办法来报仇，他以后又要头疼了。

拍卖场安静了两三秒，然后有三三两两的笑声响起来，听得出来每个人都刻意压低了声音，但是人多力量大，笑声还是传进了樱夜公主的耳朵里。樱夜公主一张俏脸都快要扭曲了，一口银牙几乎咬碎："戏天，本公主记住你了！"

"樱夜，不要任性，否则以后不带你出来了。"战野忍着笑意，面色冷峻地说。

"明明是这个人欺负我！"樱夜公主瘪着嘴巴，委屈地说。

贵宾室，装饰奢华，正对着拍卖台有一扇落地窗，贵客坐在里面可以看到整个拍卖场的情况，也可以随时出价。凰北月站在窗边看了一下周围，本想看看萧家人有没有来，却意外地看见对面的贵宾室里有一抹白色的清绝身影，竟是北曜国九皇子风连翼。

坐在风连翼对面的是一个锦衣华服手摇折扇的俊雅公子，这位公子风度翩翩，一脸温和儒雅之色，不知道风连翼说了什么，他摇着折扇笑起来，给人一种春风十里的温暖感。

"那是逍遥王宋秘。"洛洛见凰北月的目光停留在对面的贵宾室，连忙说，"那位白衣公子是北曜国的九皇子风连翼，如今在南翼国做质子。"

凰北月轻轻地点点头。记忆中的逍遥王是个隐世高人、南翼国的首席炼药师，放眼整个卡尔塔大陆，他也是顶尖的存在，他偶尔炼出几颗丹药就能让各国权贵疯抢。这个人恃才傲物、眼高于顶，很少和人交流，就算是皇室的面子，他也不一定买，想不到他竟然和敌国的质子交谈得这么愉快。

凰北月在椅子上坐下，慢慢地喝着茶。

这时，有人推门进来，在洛洛耳边说了几句话。洛洛眉头一皱，低声说："戏天大人应该不想见客，你去回了安国公吧！"

安国公？凰北月抬起头，嘴角勾起一抹奸诈的笑容，来得好啊来得好！

"洛洛少爷，请安国公进来吧！"

"是。"洛洛抓抓头。他这么小的声音也被戏天大人听见了？

不一会儿，安国公一脸狂喜地带着他那个宝贝儿子薛彻进来了。抬头看见那个坐在窗边、单手搭着窗台闲散随意，却隐隐展露出高手风范的黑斗篷人，他两眼冒着精光。

"鄙人薛仰，能和戏天大人结识，真乃三生有幸。"安国公客客气气地走上来，弯腰抱拳，满身肥肉乱颤。

现在自称“鄙人”了，之前在长公主府，对着她可是一口一个“本公”的。

凰北月用清冷却沙哑的声音说：“安国公不必客气。”

这位戏天大人的性子不像其他召唤师那么高傲，安国公内心顿时轻松了不少，连忙拉着薛彻上前，道：“这是犬子薛彻，非常仰慕大人，鄙人特带他来给大人请安。彻儿，快快拜见戏天大人。”

薛彻从一进来就喜不自胜。对面几间贵宾室里的人都可以看见这里的情形，他能和戏天大人在同一间贵宾室说话，明天整个临淮城都会传遍了。

“在下薛彻，见过戏天大人。”薛彻差点儿来了一个九十度的鞠躬，态度非常虔诚。

刚被他休弃的女人却是他顶礼膜拜的对象，若是薛彻知道眼前这黑斗篷下的女人是凰北月，肯定会气得七窍流血。

凰北月嘴角噙着冰冷的笑意，安国公父子当然看不到。

“薛公子身上的元气是雷属性吧？”

薛彻一听，顿时更加激动了。不用他出招，只看了他一眼，就能知道他身上的元气属性，这位戏天大人真是高手中的高手啊！

“是……是！”薛彻激动得语无伦次了。

“那只红蛛也是雷属性，如果薛公子能拍得，也许能让你的实力提升一个星级。”

薛彻脸上涌现出狂喜之色。一个高高在上的九星召唤师居然会关心他这个第一次见面的四星召唤师，难道戏天大人看出他身上有什么特别之处吗？对，他一定是有什么特别的地方被戏天大人发现了。

要说他身上有什么特别的地方被凰北月发现了，那就是他身上自然而然流露出来的傻气。她这么一提醒，安国公肯定铆足了劲儿去竞拍那只红蛛，就算最后价钱高到不可思议，他也会不惜代价拍下来。惹了她，他们得破点儿财才行。

“多谢戏天大人提醒，我一定会拍到那只红蛛的。”薛彻志在必得地说。

这时，喧闹的拍卖场忽然安静下来。年轻美艳的女拍卖师走上台，助手把一个非常大的金色笼子推上来。笼子被召唤师加了元气，禁制着那只十一级红蛛的暴戾。

笼子上的绸布被揭开后，元气涌动的笼子里，那只红蛛浑身通红，刺目耀眼，眼神格外凶狠，即便被驯服了依然杀气腾腾。

不少人捂住了猛跳的心脏，眼中流露出贪婪的目光。如果能拥有这只红蛛，和红蛛缔结本命契约，不管自己的实力多么弱，遇到五星以下的召唤师都可以一战了，这等于弥补了先天不足，直接一跃成为强者。并且，红蛛修炼成长，主人也会跟着成长，高级带低级，实力那是成倍提升啊！

薛彻两眼放光地看着那只红蛛，双手紧握，激动得浑身发抖："父亲，我如果能得到它，一定会变得更加强大。"

安国公摸着下巴点点头，肥胖的脸上，两只小眼睛闪着算计的光芒："不错，这只红蛛，不管付出多大代价，我们都要得到。"

另一间贵宾室里，樱夜公主趴在窗台上，一双漂亮的杏眼一眨不眨地盯着笼子里的红蛛，对身后的太子战野道："皇兄，那个戏天真的只用了一招就把十一级的红蛛秒杀了？那些佣兵不会骗人吧？"

即使隔了这么远的距离，她也能感觉到红蛛身上强大的雷属性元气。这么强大的灵兽，那个战天只用一招就秒杀，也太可怕了吧？

"戏天阁下的实力很强，你对其要尊重一些。"战野看了一眼那只红蛛，也有些诧异。

"我怎么知道大名鼎鼎的戏天居然那么小。"樱夜公主嘟着嘴道。

"你在戏天阁下面前要是敢说这种话，我以后绝对不带你出宫。"战野面色冰冷地说。

"知道啦！"樱夜公主看了看红蛛，又说，"皇兄，如果是你，能不能一招就秒杀了这只红蛛？"

战野抿着唇，拧眉一瞬，道："杀死它不难，可要驯服的话，大概不行。"

如果灵兽真的那么容易驯服的话，召唤师这个职业就不会那么稀罕了。灵兽天生高傲，宁死不屈，召唤师和灵兽之间如果不是合作，召唤师很难让灵兽心甘情愿地臣服。能让一只十一级的红蛛屈服，那个戏天的实力实在深不可测。

樱夜吐了吐舌头，那个戏天当真这么厉害吗？

这时，美艳的拍卖师在台上解释那只红蛛的等级、实力以及由来，在说到让红蛛臣服的人时，拍卖师的身体转向三号贵宾室的方向，双手交叉放在胸前，恭敬地朝坐在窗边的凰北月低头弯腰，笑吟吟地说："蕾莉丝非常荣幸能为戏天大人拍卖这只高级灵兽。"

"多谢！"淡淡的声音从黑斗篷下响起。

蕾莉丝转回身，拍卖正式开始。

蕾莉丝妩媚地缓缓道："十一级红蛛，拥有它，可以让低级召唤师提升一个星级。仅此一只，非常难得，起拍价是八百万金币，请各位出价吧！"

八百万金币？凰北月摸了摸鼻子，这个价钱超出她的预料了。她原本以为红蛛的价格不会比水晶果高，如果宣传得好，能拍个一两百万金币，她就很高兴了，没想到布吉尔家族这么能坑人，一上来就是八百万金币，她似乎看到了一条金光灿灿的发财之路。

"戏天大人，这个起拍价满意吗？"洛洛看着她，俊秀的脸上带着一抹可爱的期待。

"满意。"应该说"非常满意"，凰北月在心里暗笑，面上则是表情淡淡的，"洛洛少爷，拍卖会之后，我该怎么感谢你呢？"

洛洛受宠若惊地摆手："不……不用了！父亲大人说，您能来我们拍卖行拍卖，已经是天大的好处了，我们拍卖行还要感谢您呢！"

凰北月不再多说，这份恩惠她记在心里，将来有机会，她一定会报答。

一分钟不到，价格已经飙升到一千五百万金币了，并且还有人在不停地出价。

安国公父子还没有出价，因为老奸巨猾的安国公知道，一开始就参与竞拍，会表现出自己对这只红蛛的浓厚兴趣，被人盯死了恶意出价就亏大了，所以他在等，等到出价的人少了，价格趋于平稳了他再竞拍，一击必中。

"哼，我出两千万金币！"

两千万金币，还好还好。

"两千两百万金币！"一个清脆骄傲的声音从三号贵宾室旁边传来。

凰北月听到这个声音，眉头一抬。萧韵？啧啧，连萧韵都来凑热闹了！她记得萧韵的本体元气属性是冰，冰属性和雷属性在一起产生不了多大的效果，但是能提升杀伤力。雪姨娘舍得下这么大的本让她竞拍，可见她们母女俩拿着清河郡的税收，日子过得很滋润啊！

"两千五百万金币！"萧韵的声音之后，樱夜公主的声音立刻响了起来，随即，樱夜公主笑道，"原来是长公主府的庶女萧韵，你也喜欢这只灵兽吗？那就好好和本公主竞价吧！"

"庶女"两个字深深地刺伤了萧韵的自尊心，她脸上青红交错，可对方是公主，她又不能怎么样，只能强笑两声："还请公主殿下手下留情。"

"我可不喜欢手下留情，要是输给一个庶女，明天去学院，要被笑话死的。"

凰北月听了觉得好笑，原来这个樱夜公主这么高调，喜欢埋汰人，还夹枪带棒的，句句直戳萧韵要害，真是太有意思了。她不用看也能想象到，一向高傲、自以为是的萧韵，此刻脸上的表情会是多么精彩。

这时，琴姨娘的声音也响了起来："我说二姑娘，你怎么抢得过公主殿下呢？你一个庶女要是让公主殿下丢了面子，当心公主殿下去皇上面前告状，皇上不高兴，你父亲在朝中可就不好过了。"

"怎么会？只是小孩子闹着玩儿而已，怎么会让皇上不高兴呢？"雪姨娘连忙小心翼翼地说。

"哟，闹着玩儿？樱夜公主是皇上的掌上明珠，雪姐姐你不是不知道吧？"琴姨娘言辞刻薄地说，然后声音软软地道："是不是啊，老爷？"

萧远程声音严肃地说："韵儿，别竞价了，你是冰属性，要雷属性的灵兽做什么？"

琴姨娘的几句话都戳在了萧远程的痛处。长公主仙逝后，皇上对他的态度便日益冷淡了，为了前程着想，他现在可不能做一点儿让皇上不高兴的事情。

"爹爹！"萧韵撒着娇，"你答应过的，那只红蛛一定是我的啊！"

"韵儿，别闹你父亲了，一只红蛛而已，你父亲疼你，再有好东西，一定会想着给你的。"雪姨娘知道见好就收。

听着隔壁的动静，凰北月心里乐开了花。原来萧远程等人也来了，早知道这样，她应该阴他们才对。

脑中灵光一闪，凰北月冲洛洛招招手。洛洛俊脸一红，低下头，凰北月在他耳边说了几句话。距离这么近，他闻到一股淡淡的香味，是少女身上特有的体香混着一点儿药香。少女，这两个字闯入脑海，洛洛的脸更红了。

"可以吗？"凰北月抬起头，看见他一张俊脸涨得通红，她愣了一下，"洛洛少爷，你怎么了？"

"哦，没……没什么。"洛洛连忙低下头，心慌地说，"我立刻去办。"

洛洛说完，慌慌张张地往外跑，脚下绊了好几次，差点儿摔倒，看得凰北月跟着提心吊胆，这孩子怎么了？

她转头再去看拍卖场的情况，竞拍已经进行到了白热化的阶段。

"六千万金币！"樱夜公主清脆的声音一出，拍卖场中静了好一会儿。

公主就是公主，这么高的价格眼睛都不眨一下。

安国公阴笑两声，缓缓举起了牌子，道："六千五百万金币！"

蕾莉丝的脸上露出让男人失魂落魄的笑容："安国公出价六千五百万金币，还有人出价吗？”

一下子加了五百万金币，这样的大手笔，不愧是安国公啊！

樱夜公主看了蕾莉丝一眼，肆无忌惮地开口道：“七千万金币！”

安国公的眉毛抖了几下，但他仍非常镇定地举牌，道：“七千二百万金币！”

“七千五百万金币！”樱夜公主毫不退让。

安国公已经在心里骂娘了，这个娇蛮公主什么都不懂，要雷属性的灵兽干什么？不过，七千五百万金币也不算什么，对他们安国公府来说，钱根本不是问题。他们需要实力，越强的实力越好。

“七千八百万金币！”安国公继续举牌。

这时，一个小厮跑进了樱夜公主所在的贵宾室，恭恭敬敬对太子战野说了几句话。战野抬起头，朝凰北月这边看了一眼。凰北月朝他举了举茶杯，战野点头会意，随即拉住了正要出价的樱夜公主。

凰北月的这个小动作被时时关注着三号贵宾室动静的薛彻看见了，薛彻心里顿时一阵激动，戏天大人果然在帮他。

樱夜公主被战野说了几句，噘着嘴坐在一边闷闷不乐，但是没再参与竞拍。

接下来，只剩下安国公和几个有实力有财力的对手。安国公家底雄厚，每次都比对手多几万金币，让对手无可奈何。

眼看着竞拍的人越来越少，价格停留在九千九百万金币。

“九千九百万金币，还有人要出价吗？”蕾莉丝媚笑着看着台下众人。

一番竞拍后，不少人额头在冒汗。从八百万金币的起拍价，一路涨到九千九百万金币，着实出乎所有人意料。

就等着美女拍卖师敲槌定音了，安国公露出轻松的笑容，端起茶杯悠闲地喝茶。

“十一级的红蛛终于到手了。”薛彻喃喃自语着，激动地看着即将成为他所有物的红蛛。

这时，一个雅逸的声音突然响起：“一亿金币。”

安国公一口茶水喷出来，两只眼睛凸出来，扭头去看说话的人。

蕾莉丝娇媚的声音里充满了激动：“逍遥王出价一亿金币，还有人要出价吗？”

宋秘手持折扇，风雅地摇着，几缕墨黑的发丝拂过他的脸颊，淡淡的微笑在他唇边漾开，他淡然俊雅的风姿令窗纸上的梅花都暗淡了颜色。

宋秘似笑非笑的目光淡淡地扫过众人，最后落在安国公那肥胖的脸上："安国公，承让了。"

宋秘邪魅一笑，让见惯贵族名流的凰北月都有一瞬间的失神。逍遥王的名号果然不是虚的！他那凭窗而立、笑看天下的风雅姿态，确实足够逍遥。

他身后的风连翼则更加淡然。贵宾室里不知道什么时候摆了一副棋盘，风连翼正背对着众人研究棋局，似乎拍卖场里的一切都和他没有关系似的。

胖脸上扯出一抹难看的笑容，安国公冷冷地说："逍遥王身为炼药师，不知道要这红蛛做什么用？"

宋秘淡淡地一笑，道："本王听说就算不是召唤师，也可以和红蛛结契。本王一介炼药师，身手不行，希望可以让这红蛛保护本王的安全。"

胡说！安国公气得面容抽搐。身为卡尔塔大陆顶尖的炼药师，多少高手抢着给他提鞋都来不及，他哪会有什么危险？姓宋的臭小子，这是存心和自己作对呢！

安国公志在必得的红蛛，怎么可能让给别人？

"一亿一千万金币！"安国公气势惊人。哼，这么多的金币，整个南翼国，有几个人可以随随便便拿出来？

然而，被激怒的安国公忘了，炼药师是卡尔塔大陆最赚钱的一种职业。宋秘气定神闲，轻摇折扇，道："一亿两千万金币。"

"一亿三千万金币！"安国公怎肯示弱。

众人咋舌，真是有钱人啊，加价都是一千万金币、一千万金币的。

不管安国公怎么咬牙出价，逍遥王必定紧跟其后压他一头，到最后，安国公脸上的肥肉已经扭曲了。他抬手擦了擦额头上的汗，心想，这次玩不过宋秘这小子了，不如……

他刚起了放弃的念头，薛彻就凑过来低声说："父亲，这只红蛛和我都是雷属性，有了它，我们如虎添翼，我的实力也会提升一个层次啊！"

安国公咽了一口口水，如今这情形，他怕是斗不过宋秘啊！

"王爷，我们殿下走好了。"宇文获走上前来，低声对宋秘说。

宋秘笑了笑，走到风连翼对面，观察了一下棋局，很快落下一子，又重新回到窗前。

安国公气得胡子都歪了，这个逍遥王，今天存的什么心思？是故意要自己玩的吗？哼，敢耍我，我也不是吃素的，你要高价，我就给你一个高价好了。

"两亿五千万金币！"安国公突然喊了出来，然后得意扬扬地看着逍遥王。你加啊，继续加，这红蛛，老子今天不要也行，但绝对要给你一个高价，让你吐血。

这高价一喊出来，众人顿时议论纷纷。两亿五千万金币啊，安国公也太大手笔了吧？

众人看了看安国公，再去看眼睛都没眨一下的逍遥王。身为炼药师，每年不知道有多少人捧着金山银山去求逍遥王炼药，他的财富简直无法估计，这区区两亿五千万金币对逍遥王来说，恐怕只是小数目吧？！

心里已经有了承受能力的众人都在等着逍遥王加价，今天拍出天价来，他们也不会太吃惊的。

凰北月也看向了宋秘。这个人看起来不像迫切想要得到红蛛的样子，将价格抬这么高，完全就是坑人啊！

咦，坑人？凰北月笑了起来，这个人还真是有意思。

第八章

阴你一把

“安国公真是出手阔绰啊，两亿五千万金币。啧啧，罢了罢了，本王一向节俭，如此昂贵的灵兽，买不起啊！”宋秘一展折扇，风度翩翩，对着安国公温雅一笑，“恭喜安国公高价夺得如此稀世珍品，从此以后，南翼国又会多一位高手了。”

听到这话，安国公哪里还不明白自己被逍遥王摆了一道，顿时气得七窍生烟，差点儿一口气提不上来气死了。本来不到一亿金币就可以搞定了，被这个姓宋的臭小子一闹，自己生生多花了一亿五千万金币，一亿五千万金币啊！

不过，安国公也算个人物了，被当众这么坑，居然没有暴跳如雷。他站起来，抱拳对宋秘道：“逍遥王，承让了。”

“不用客气。”宋秘微微一笑，典型的得了便宜还卖乖。

蕾莉丝见没人出价，便一锤定音了：“恭喜安国公，拍得这只十一级灵兽，待付清款额，戏天大人会帮你们完成和灵兽的契约。”

虽然多花了一亿五千万金币，但是能得到这只十一级的灵兽，安国公父子还是感觉到了少许安慰。

薛彻已经迫不及待地站起来，要去和红蛛缔结契约了，而这时又有一个美女捧着托盘走上了拍卖台。

蕾莉丝眼睛一亮，接过托盘，道：“今天有一个非常意外的惊喜。各位都知道戏天大人的灵兽是‘五灵’之一的冰灵幻鸟，昨天，戏天大人便是用冰灵幻鸟的一根冰羽为武器，降伏了红蛛。”

在场众人听到又是和戏天以及那只冰灵幻鸟有关的拍卖品，立刻兴致勃勃地听着，两眼发光地盯着托盘。

蕾莉丝没打算卖关子，伸手揭开托盘上的红绸，顿时冰蓝色的光芒闪耀。

“冰羽！是冰羽啊！”

“难道是冰灵幻鸟身上的冰羽？”

众人惊呼不已，那叫一个激动啊！

一根冰灵幻鸟身上的冰羽，光是远远地看着，也能感觉到那充沛的元气涌动，还有属于超级灵兽的霸气。

广袤的卡尔塔大陆，灵兽无数，“五灵”却是独一无二的。拥有“五灵”的召唤师，地位在各个国家都非常尊贵。因此，这根冰羽的出现，立刻在整个拍卖场掀起了轩然大波。

蕾莉丝语气充满诱惑地道：“这根冰羽便是昨日降伏红蛛的那一根，不仅珍贵稀有，意义也不凡哦！”

“爹爹，那是冰灵幻鸟的冰羽啊！冰属性，和我一样！如果有冰羽作为武器，我的实力肯定会更上一层楼的。”萧韵低呼起来。

凰北月闻言，满意地唇角一勾。

不错，冰属性的召唤师拥有一件高等级的武器，实力确实会成倍增长，这也是炼药师和炼器师受到追捧的原因。通常一个好的炼药师也会是一个成就非凡的炼器师，如果有好的材料，高品级的炼器师便会打造出高等级的武器。武器是作战中的关键，一个拥有高等级武器的三星召唤师，能和没有高等级武器的四星召唤师打个平手。

拍卖台上，蕾莉丝报出了底价：“戏天大人决定以一枚金币的起拍价拍卖这支冰羽，请各位出价吧！”

一枚金币？！一枚金币啊！一支冰灵幻鸟的冰羽设定了一枚金币的起拍价，这简直是天上掉馅饼啊！那位戏天大人不愧是高手，如此风范，令所有人都心生敬佩。

众人在纷纷表达了对凰北月的敬意和感谢后，就铆足了劲儿竞价，都想得到那支冰羽，谁都怕被别人抢先一步，因此每个人加价的幅度都非常大，刚开始几百金币地涨，后来变成了几万金币地涨，整个拍卖场乱成了一团。

凰北月听着不断飙升的价格，笑得嘴巴都快歪了。如果没有风帽的遮挡，洛洛看到她此刻的样子，一定会大吃一惊。

“冰，想不到你的毛这么值钱，以后我再也不会愁没钱了，哈哈……”

冰灵幻鸟虽然不在这里，凰北月依然可以和它产生灵魂感应，她的话，冰灵幻鸟自然能听到。

"主人，其实还有很多药材、晶石比我的毛值钱，以后有时间我可以带你去找。"冰灵幻鸟连忙说。一想到自己会面临被拔毛的风险，它觉得世界末日快来了，它可不想变成一只没毛的鸟啊！

凰北月嘿嘿地笑道："药材、晶石值钱，你的毛也值钱啊！"

冰灵幻鸟："……"

"父亲，这支冰羽，你一定要拍下来给我！"萧韵听着此起彼伏的报价声，急了。

萧远程见对面贵宾室中的樱夜公主懒散地坐在那里，似乎无意争夺这支冰羽，他的胆子就大了，豪爽地说："好！不管出多高的价，父亲都买给你！"

萧韵立刻高兴地去竞价了，出手阔绰，让人瞠目结舌。

"五千万金币！"萧韵掷地有声地抛出一个高价，把全场的人都镇住了。

她骄傲得像个公主一样站在窗前，即使有那么多贵族小姐、少爷看着她，她也觉得这一刻自己是万众瞩目的，庶女身份带来的自卑稍微离她远了一点儿。

众人面面相觑。冰灵幻鸟的冰羽虽然珍贵，可是花五千万金币竞拍，脑子进水了吧？不过，萧韵是萧家百年来最有天赋的，正好本体元气也是冰属性，有了冰灵幻鸟的冰羽的确会增强实力，这本钱下得真是大啊！

五千万金币报出后，没有人继续出价，萧韵得意扬扬地看着蕾莉丝敲槌定音，那支冰灵幻鸟的冰羽是她的了。

"恭喜萧韵小姐拍得冰羽。"蕾莉丝笑盈盈地说。

拍卖结束，凰北月站起来，到拍卖场后面的休息室去帮助薛彻和红蛛缔结本命契约。

休息室中，安国公父子已经满脸期待地等在那里，布吉尔家族的族长赛斯也在，还有美女拍卖师蕾莉丝，以及战野太子和樱夜公主。

那只红蛛被关在笼子里，身上红光涌现，怒瞪的双眼中充满了杀气，八条带着利刺的腿张牙舞爪地挥动着，道道雷光在它的身体周围形成了一个防护圈。光是这么看着，就知道这只红蛛的实力有多强悍了。

薛彻无比激动地看着红蛛，强，太强了！

红蛛似乎知道薛彻是即将奴役它的人，它身上雷光闪耀，一双眼睛里凶芒狂涌，狠狠地瞪着薛彻，两条前腿不停地扑打着笼子，好像要冲出来把薛彻撕碎了吞入腹中。

这十一级灵兽的怒气可不是闹着玩儿的，薛彻看得狠狠咽了一口口水，心脏有些发颤。

这时，洛洛推开门，凰北月走了进来，一身清冷。

她一出现，那只张狂的红蛛立刻安静下来，眼睛转了转，往后退了几步。雷光闪动得更加密集，红蛛的八条腿却摆出自保的姿势护着它的身体，显然它对凰北月十分惧怕。

它从不可一世到唯唯诺诺，只因为一个人的出现。

战野不由得多看了凰北月两眼，暗道，这个戏天果然很厉害，也只有被她降伏了的灵兽才知道她的实力究竟有多么可怕。

“戏天大人！”薛彻眼睛一亮，兴冲冲地走过去，朝凰北月行了一个大礼，“非常感谢您！”

凰北月轻轻地点了点头，径直走到笼子前，淡声道：“开始吧！”说着，她将加持了高级元气的笼子打开了。

她这个举动把休息室中的人吓了一跳。

樱夜公主大声道：“喂，当心它的雷光伤人。”

刚才在拍卖会上，看了樱夜公主和萧韵的较量后，凰北月对这位公主的印象没那么坏了，何况樱夜公主这一声大喊虽然有点儿无礼，却是因为怕她被红蛛的雷光伤到。

“没事。”凰北月淡淡地说，语气比刚才在贵宾室外面说樱夜公主是傻子的时候不知道柔和了多少。

樱夜公主眨眨眼睛，闭上嘴，心里却在想，这人真奇怪，怎么口气一下子就变好了呢？

笼子打开，红蛛因为害怕凰北月身上的威压，哪里敢有动作。凰北月伸出手按在红蛛的背上，黑色斗篷下，只露出了她一小截白净的手指，映着红蛛通红的外壳，分外醒目。

战野的目光不知不觉就被她露出的那一小截手指吸引了。她果然是一位女子，她到底是从哪里来的？这样年幼，实力却如此强悍，没有大家族作为背景依靠，没有高人指点，正常人是很难修炼到这个境界的。

“过来吧！”凰北月抬起头看向薛彻。

薛彻心里一颤。十一级的红蛛杀伤力太大了，如果靠过去，一不小心红蛛发怒了，他恐怕会被轰得连渣都不剩，但是这个时候要是表现出懦弱的话，戏天大人怕是会对他很失望，他光明的前途也许会就此毁了。薛彻咬咬牙，最终还是大着胆子走过去了。

“开始结契吧。”

薛彻咽了一口口水，点点头，慢慢伸出手去，小心地按在红蛛的背上。他按了一会儿，确定没事，才开始念动契约文，和红蛛缔结本命契约。一抹淡淡的金光从薛彻手心射出，随即，这只张扬的红蛛真正地温顺下来。

没有人看到，在薛彻手心的金光闪现的时候，凰北月的手心也有一抹淡淡的黑光射入了红蛛的体内。

跟我斗，我阴不死你。

“成功了！”薛彻已经感受到红蛛的气息，试着叫唤一声，立刻得到红蛛的回应。他成为一只十一级灵兽的主人了，一跃进入了南翼国的高手行列。

满面红光的薛彻立刻朝凰北月行了一个九十度的大礼：“多谢戏天大人！”

“不用谢，恭喜薛公子。”凰北月淡淡地说。

她天生性格偏冷，不喜欢人多热闹，点了点头，便走出去了，仍像来时那样高傲。

“戏天大人！”洛洛追出来，把一张绘有布吉尔家族标记的兰姆卡交给她，“这是今日拍卖的金额，没有抽取佣金，一共是三亿金币。”

凰北月捏着那张兰姆卡，心里暗爽。这可是三亿金币啊！一天就赚了三亿金币，让她一下子摆脱了穷困。这一切都是这个少年的功劳，没有他给她建议，帮她拍卖，她恐怕还要很长一段日子为金钱发愁呢！

这样想着，凰北月伸出手拍了拍洛洛的肩膀：“多谢了！”

洛洛的俊脸立刻红得跟水煮过的虾子似的，他小声说：“不用谢，我很高兴为您效劳。”

凰北月还没说话，太子战野的声音从后面传过来：“戏天阁下，今晚的宫宴，期待你的光临。”

“我会的，多谢太子殿下盛情邀请。”对这位冷酷的太子，凰北月倒是没什么恶感。此人实力强大，却不嚣张狂妄，不像薛彻、萧韵之流，实力渣得不行，却招摇骄狂。

“戏天阁下，你参加宫宴的时候，可不能穿这么一身黑。”樱夜公主看了一眼凰北月的黑斗篷。她真是想不明白，一个九星召唤师，怎么会披着这样一件不入流的斗篷？

凰北月听到樱夜公主的话，不禁有几分汗颜。这件斗篷已经很旧了，穿在身上确实寒碜了一点儿。她轻轻地点点头，转身走出去。

洛洛有些不高兴地说："戏天大人穿什么都好看，有什么好挑剔的？"

"我又没跟你说话。"樱夜公主瞪了洛洛一眼，然后昂首挺胸地走了。

洛洛气得俊脸涨红。

"洛洛。"威严的声音在洛洛身后响起，赛斯走上前来拍了拍洛洛的肩膀，"这一次，你做得很好啊！"

洛洛顿时眉开眼笑，赶紧谈条件："那父亲就让我成为一名佣兵吧！"

赛斯摇摇头。洛洛的实力怎样，他最清楚。少年性情冲动，充满冒险精神，一心想出去闯荡，可是如果真的遇上危险，随时会丢了性命的。佣兵过的都是刀口舔血的生活，他现在年纪小不懂，等长大了自然会明白他这个父亲的苦心。

"佣兵的事以后再说吧！我现在交给你一个任务。"

洛洛听到前半句，笑脸立刻垮下来。听到后半句，他又立刻睁大眼睛："什么任务？"

"那位戏天大人实力强悍，我希望你能多和他接触，如果能拉拢他，那是最好不过的。"

"和他接触……"洛洛似乎想到了什么，脸有些不自然地红了。

"怎么了？"

"哦，没什么。"洛洛连忙摇头，"放心，我一定会好好和戏天大人成为朋友的！"

成为朋友？赛斯心里苦笑，一个实力那么强悍的九星召唤师，怎么会轻易和一个连召唤师都不是的小毛孩成为朋友呢？他这个儿子啊，别的都好，就是太天真了。

凰北月从布吉尔市场离开后，寻思着应该到哪里去买几套像样的衣服。一辆马车在她身边停下，从车上跳下来一个身材窈窕、相貌艳丽的少女，正是萧韵。

"戏天大人，您住在哪里？我送您回去吧？"萧韵非常殷勤地说。

我就住在长公主府，你敢不敢送？

凰北月用非常沙哑的声音淡淡地说："不必了。"

"戏天大人，今天韵儿拍到了您的冰羽，我们感到非常荣幸，想请您吃一顿便饭，不知道大人肯不肯赏这个面子？"雪姨娘也走下车来，万分热情地邀请她。

“我有事。”凰北月冷冷地抛下这三个字，绕过她们走了。

赏你面子？你的面子值几个钱？

萧韵看着她的背影，又是羡慕又是嫉妒地道：“娘，我什么时候才能成为九星召唤师呢？”只要她成了九星召唤师，就算是庶女，也会人人都仰望她。

“放心，娘会让你的愿望实现的。”雪姨娘低声说，“今天逍遥王也来了，娘已经派人准备了一份大礼送给他，请他为你炼制一枚洗髓丹。”

“洗髓丹？！”萧韵又惊又喜地道。

洗髓丹是丹药中非常珍贵的一种，可以洗髓易筋，弥补天赋上的不足，天赋一般的人服用了洗髓丹，也有可能步入天才的行列。只是，洗髓丹极难炼制，就算是六品的炼药师炼制，成功的概率也只有百分之三十，因为此丹不仅需要无数珍贵的药材，更要在斗转星移、日月交替、天地灵气最为旺盛的时刻炼制。

以萧韵现在的实力，如果能有洗髓丹加持，十年内，她一定能进入九星召唤师的境界。到时候，她就是南翼国第一位女性九星召唤师了。

“唉……只是，逍遥王不会轻易帮人炼丹的，就算皇上去求，他也不一定答应。”雪姨娘愁眉苦脸地说。

“那……那怎么办？”萧韵顿时急了。

雪姨娘脸上又露出奸猾的笑容：“没有把握，娘怎么敢让人去送礼？”

萧韵一喜，道：“娘，你有办法了？”

雪姨娘见这里人多，怕被人听到她们的谈话，便把萧韵拉到马车上，压低声音道：“长公主在世的时候曾对逍遥王有恩，逍遥王说过，只要长公主开口，刀山火海他都跳下去。”

萧韵瞪大了眼睛，道：“娘，你怎么知道这么多？”

雪姨娘阴冷地一笑，道：“我跟在惠文身边许多年，她很多事情都不瞒我。”

“可是，长公主已经死了啊！”

“她死了，还有她女儿呢！逍遥王是重情义的人，只要凰北月开口，他一定会答应。”

“又要让我去找那个废物？我看见她就有气！明明是一个废物，还占着嫡女的身份，可恨！”萧韵想起凰北月，就恨意滋生。

雪姨娘拍拍她的肩膀，安慰道：“韵儿，忍一时之气，方可成就大业。”

萧韵冷哼一声。

雪姨娘继续道：“等娘打听到逍遥王的行踪，你带着那个废物出去，遇上逍遥王，你可得给他留一个好印象。”

“娘，逍遥王有钱有势，炼药师的身份又如此显赫，比那个薛彻好多了吧？”萧韵忽然一脸羞涩地说。

雪姨娘看了她一眼，笑着捏了一下她娇俏的脸蛋：“娘的心肝儿也长大了。”

“娘，你笑话我！”萧韵娇嗔道。

雪姨娘欣慰地笑道：“娘怎么是笑话你，你有这个心思，娘高兴还来不及呢！你若是能嫁给逍遥王，娘也不用在萧家看人脸色了。你爹耳根软，那个琴贱人随便说几句他就听进去了。娘这么多年也对你爹失望了，现在只指望你了。”

“娘，你放心，我一定会让逍遥王喜欢我的。”萧韵胸有成竹地说。

雪姨娘欣然道：“不过，那个薛彻你暂时也别放弃，毕竟安国公府的势力也很大。”

“娘，我知道的。凭女儿的魅力，一定会让薛彻死心塌地，逍遥王也非我不娶！”

萧韵对自己的外貌非常自信，她才十六岁，已经是临淮城数一数二的大美女了，加上三星召唤师的实力，不知道多少男人为她倾倒。

雪姨娘和萧韵不知道，她们说的话一字不漏地被凰北月听到了。冰灵幻鸟的冰羽在萧韵那里，通过灵魂感知，冰灵幻鸟可以知道发生在冰羽附近的一切事情。一根冰羽换了五千万金币，还可以随时随地监视这对母女的动静，凰北月觉得很值。

“白痴女人！”冷哼一声，凰北月走进了一家制衣店。

斗篷是她必不可少的装备，不然怎么装神秘？所以，她特意挑了两件又宽又大可以把身体完全遮挡起来的黑斗篷，然后又拿了两件精美的黑色长袍。这个时代的衣服跟她的审美还是有一定差距的，灵机一动，她叫来了老板。

整个都城的人都知道最近出现了一位实力非常强大的九星召唤师，穿着一身黑色斗篷，浑身上下遮得严严实实。凰北月一进来，老板和小二内心就开始忐忑了，店里的其他客人也赶紧噤声，大气都不敢出，一双双眼睛全都盯着她。

听到凰北月喊自己，老板立刻飞一般赶了过来，小心翼翼地问：“大人，有什么吩咐吗？”

“你们店可以按照图纸定做衣服吗？”

“可以，当然可以！”就算不可以，这位大人想做，也得做出来啊！

“那好，我画两张图纸，你们照着样子，尽快帮我赶制出来。”

凰北月走到柜台边拿起笔，在白纸上唰唰唰画了两张图，递给老板，顺便放了一袋金币在柜台上。

老板双手捧着图纸，眼睛都直了。他还是第一次看见这种样式怪异的衣服。

“多久可以做好？”

“两天，两天就可以。”一般的衣服只要一天就做好了，而这图纸上的衣服他们从来没见过，因此需要多研究一天。

“多谢了。”向老板道了谢，凰北月拿着买好的衣服离开了。

之后，她又逛到布吉尔市场买了一枚纳戒，低级的居然也花了一千多万金币，高级的更是贵得没法想象，她忽然觉得自己怀揣着三亿金币都是个穷人了。

买了不少东西，全都放进纳戒里，凰北月这才回了长公主府。

第九章 宫廷夜宴

凰北月悄悄潜进流云阁，没被任何人发现。她从后院溜达进前院，看见东菱正在院子里焦急地走来走去。正好她买了点儿东西给东菱，趁着宫宴开始前还有一段时间，她先拿给东菱看看："东菱，我有东西……"

"小姐！"东菱一转头看见她，立刻跟见了救星一样，"您可算回来了！"

"发生什么事了？"凰北月面色一沉，第一个想法就是又有人来流云阁找东菱麻烦了。

她已经私下跟佩香说了，让佩香约束一下府中的下人，不要来流云阁闹事，难道佩香这点儿办事的能力都没有？欺负她可以，欺负东菱绝对不行！

"谁来欺负你了？我去教训他！"以她的实力，要神不知鬼不觉地弄死一个人，比捏死蚂蚁还简单。

东菱一怔，立刻摇头说："没有谁欺负我，这两天都没有人敢来，府里的人也不像以前一样处处针对我了。"

"那是怎么回事？"

东菱拉着她走进房间，一边走一边说："刚才二小姐派人送来了这些东西。"

房间的床上，整整齐齐放着两套新衣服，还有几样质地不错的首饰。凰北月拿起一件衣服，绫罗绸缎制成，是大户人家小姐才穿得起的。为了见逍遥王，萧韵母女还真是下了一番功夫。

东菱一脸焦急地说："二小姐让小姐你好好打扮一番，晚上要进宫参加宫宴。"

"什么？"凰北月蓦地瞪大了眼睛，"她们不是说我身染重疾，不让我出门吗？"

“我也是这么回话的，可二小姐说不管怎么样，今天一定要你去参加宫宴。”

凰北月心想这可难办了，她要以凰北月的身份跟着雪姨娘她们进宫，还要以戏天的身份进宫，她再强大也不会分身术啊！

萧韵这里若说不去，这个娇蛮的大小姐肯定不同意。如果在这个时候和萧韵闹翻了，她只能亮出戏天的身份来。不行，身份暴露了，她只能直接杀了萧韵和雪姨娘，那样就太便宜她们了。她们害死了凰北月和长公主，她要她们十倍偿还。

心里有了计较，凰北月从纳戒里把今天买的东西都拿出来，顿时看得东菱眼睛都直了。

“小姐，那是纳戒吗？”东菱揉了好几次眼睛，仍不敢相信眼前看到的。

一枚纳戒的价格，她是很清楚的，而她们的经济状况，她也是很清楚的。

“只是个低级的纳戒。东菱，事到如今也不能瞒你了，我今天会去参加宫宴，你也要去。”

东菱点点头，道：“东菱会跟着小姐去伺候的，绝不给小姐丢脸。”

凰北月拿起今天买的一件黑色长袍，看着东菱，笑道：“不是要你去伺候我。”

“啊？那要奴婢干什么？”东菱不懂。她就是个丫鬟，不去伺候小姐还能干什么？

“这个慢慢说，你先试试这件长袍合不合身。”

东菱比她大两岁，可是这两年跟着她吃了太多苦。她又是个隐忍的丫头，好吃的东西全都留给凰北月，自己啃干馍馍，长期营养不良，身体发育不好，因此身形看起来跟凰北月差不多。

东菱将黑袍换上，皱眉道：“小姐，这是男装吧？”

凰北月点点头，确实是男装。女装都是五颜六色的，而她天生不喜欢花哨，只喜欢黑色，和黑夜一样的颜色。黑暗世界里的人，对一切美丽的颜色都避而远之。

“还蛮合适的。”衣服的大小刚好，一身黑袍的东菱看起来还有点儿英气，不愧是小时候学过武术的人。

凰北月又拿了新买的黑斗篷给她披上，把风帽拉低遮住脸。她从近处看看，又走远看看，嗯，很像，就是少了点儿杀气。

“小姐，你到底要做什么？”东菱彻底被弄迷糊了。她穿这么一身奇怪的衣服，要是让人看到了，还以为她疯了呢！

“我要你穿这一身衣服去参加宫宴。”

“怎么可能？”东菱掀开风帽，气呼呼地道，“小姐，你快别闹了，宫里的人怎么可能让我穿这身衣服进去啊？”

凰北月目光清澈，深深地看了东菱一眼，唇角漾起一抹自信的笑容：“有了这个，就一定能进去！”说着，她从枕头底下翻出昨天太子战野让人送给她的烫金大帖，金灿灿的帖子顿时让她们简陋的房间有种璀璨生辉的感觉。

东菱小心翼翼地接过帖子。长公主去世后，她好多年没见过这种烫金的帖子了，双手摸上去，都感觉很神圣。恍惚间，好像长公主殿下还在世，她们依然住在临淮城“最气派最豪华”的府邸。

东菱小心地打开帖子，看见被邀请人的名字是“戏天阁下”时，她还以为自己眼睛花了。戏天阁下？这个名字有点儿耳熟，又好陌生，她绝对不认识这个人。

“这是战野太子邀请我的帖子。”凰北月说。

“可是名字……”

“戏天是我，只是没人知道戏天是北月郡主，明白吗，东菱？”

东菱点点头，道：“这是小姐在外面的化名。”

“对。”凰北月郑重点头，“我要跟萧韵进宫，你就以戏天的身份进宫。记住了，不管发生什么事，都不能把斗篷揭开，别让人看见你的样子，也别和人说话。”

东菱听着，一颗心怦怦直跳。冒名顶替别人进宫，要是被皇上知道了，恐怕是杀头的大罪啊！

“小姐，皇宫那么森严的地方，不可能不把斗篷取下来啊！”

“相信我，你只要拿着这张帖子，没人敢拦你。”凰北月拍拍她的肩膀，让她放心。

东菱紧张地握着双手，小小的身子有些颤抖。

凰北月目光一沉，猛地抓住东菱的手，一抹慑人的犀利精芒从她眸中闪过。“东菱，你穿上这身衣服，就不许害怕！”

东菱身子一抖，哭丧着脸说：“小姐，还是算了吧！我连戏天是怎样一个人都不知道，怎么假扮戏天进宫啊？万一被发现了……”

“有我在，你怕什么？”凰北月有些无奈，一时之间，她也没办法让东菱改变“我们是弱者”的想法。这么多年唯唯诺诺，在夹缝中求生存，她突然告诉东菱，你家小姐现在可能是整个帝都最强的人，估计东菱会立刻昏过去。可是，时间不多了，昏了之后再弄醒吧！

凰北月忽然低声道：“冰，出来！”

“冰……冰是谁？”东菱四处看看，明明没有人。

下一秒，她的眼睛就瞪得比铜铃还要大。房间里，忽然出现了一只身躯庞大、浑身散发着极寒的冰雪之气的冰鸾鸟。这是高等级的灵兽啊！听说连十一级的冰属性灵兽都不是全身冰雪的状态，这只灵兽到底有多么强大？

“小姐快走！”东菱惊恐地大喊一声，第一个想法就是保护凰北月。一定是小姐昨天得罪了安国公，安国公派高手来要小姐的命了。

被东菱张开手臂护在后面、催着赶快逃命的凰北月和冰灵幻鸟对视了一眼，都觉得很无语，却又很暖心。

冰灵幻鸟这种等级的灵兽可以随意控制自己的体形，正常状态下的它有一座宫殿那么大，现在缩小了塞在房间里，凰北月第一次发现冰灵幻鸟长得这么好看。它通体雪白，闪着莹莹的蓝光，每一根羽毛都是冰雪凝成，纯净无瑕，除了那双墨绿色的眼眸，全身上下没有一丝杂色。它长得像是中国古代神话里的凤凰，尾羽修长，姿态高傲，额头上有三根翘起来的冰羽，漂亮得让人惊叹。

此刻，冰灵幻鸟骄傲地昂着头，眼神淡淡地扫了东菱一眼，有种君临天下的霸气。

“东菱，它叫冰，是我的灵兽。”凰北月在东菱惊恐的目光中走到冰灵幻鸟身边，拍着它漂亮的冰翼。

东菱狠狠吞了一口口水，一屁股坐在床上，张大嘴巴，半晌说不出话来。

“主人，我好像吓到她了。”冰灵幻鸟很为自己给一个凡人带来这么大的震撼而骄傲。

“没事，没事，一会儿就好了。”凰北月叹了一口气，见东菱还是呆呆的，便先去换衣服。

萧韵送来的衣服虽然质地很好，但是款式一般，颜色沉闷，什么样的美女穿上去都会黯然失色，不过凰北月皮肤白皙、五官精致，穿上破布也会感觉端庄秀丽。

凰北月坐在镜子前，看着铜镜中的少女，不施粉黛的小脸素净可人，眉眼间藏不住的灵动秀气，乌黑的长发披散在肩上，衬着漆黑明亮的大眼睛、红润粉嫩的唇瓣，说不出地清丽脱俗。

这张脸还很幼稚，但是如画的眉目间，还是可以看见她前世的影子。

凰北月拉了拉头发，有些无奈。衣服她会穿，头发就不会梳了，这两天她都是随意地把头发绾起来就出门了，反正披着斗篷戴着风帽谁也看不出来。可是一会儿要进宫，说什么都得好好梳理一下头发才行。

她正苦恼的时候，一双冰凉的小手从她手里接过梳子，慢慢地梳理着她那一头青丝。

“这么多年了，今天是东菱最高兴的一天。”身后的少女声音略带哽咽，大颗大颗的泪珠顺着她的脸颊往下滚，“长公主的仇，终于可以报了。”

凰北月秀眉一蹙，偏头问：“仇？”

东菱双手一滞，立刻绕到凰北月面前跪下来，哭道：“小姐，长公主殿下不是因病离世的，而是……而是被人害死的啊！”

果然和她想的一样！凰北月双手握起，属于曾经的凰北月的感情汹涌地闯进她的内心。记忆中，惠文长公主对她百般呵护，就算她是个一无是处的废物，谁也不喜欢她，长公主依然疼她爱她。

“北月，有母亲在，谁也不能欺负你。”

温柔慈爱的声音犹在耳边。可是谁会想到世事弄人呢？年纪轻轻的长公主没有等到那个性情懦弱的女儿长大，便无奈地闭上了眼睛。她那时该是多么遗憾、多么担心？年幼的凰北月又该是多么害怕、多么彷徨？

凰北月一字一顿地问：“东菱，你都知道些什么？”

东菱哭着抱住她的腿：“长公主是喝了雪姨娘送来的药中毒身亡，老爷竟没追究。那时我国正与北曜国大战，皇上和太后都无暇过问，老爷就将长公主匆匆收殓入棺下葬。当年小姐年幼，奴婢不敢说出来，只能等小姐长大后再说，东菱该死！”

“不。”凰北月摇摇头，“你做得很对。”

如果当时东菱把真相告诉凰北月，以她懦弱单纯的性格，不是活活被气死，就是打草惊蛇，被雪姨娘斩草除根。

“东菱，你说的这些，我也猜到了。母亲的死因，我会调查清楚，并且，我会让她们都付出代价，你明白吗？”

东菱一边流泪一边不住地点头：“东菱明白。一刀杀了她们太便宜她们了，谋害长公主是大罪，一定要让她们的罪行昭然天下，让全天下人都来惩罚她们。”

凰北月欣慰地点头。难为东菱一个小丫头，竟然能明白她的苦心。一刀杀了雪姨娘母女，长公主就会死得不明不白。凰北月这么多年受的苦，谁来还她公道？

“明白就好。那今晚该怎么做，你知道了吗？”

东菱坚定地点头。知道小姐心中已经有了计划，她比什么都高兴，别说让她冒名去参加宫宴了，就算让她立刻上刀山她也会去。小姐如此聪慧，做事周全，心思缜密，将来一定不是池中物。

东菱一双巧手给凰北月梳了一个端庄的十字髻，又在发间插上一朵紫色琉璃珠花，简单低调，在一堆贵族小姐中绝对不会太抢眼。

雪姨娘要的不就是这样的效果吗？她给凰北月送来的衣服首饰虽然名贵却不出彩，既要让别人都抓不住北月郡主被苛待的把柄，又要让北月郡主衬托出萧韵的美丽高贵。好一手如意算盘啊！成全你又何妨？让你笑一笑，飞到天上去，再把你从天堂门口一脚踹下来，摔不死你！

凰北月笑着转了一圈。第一次看见自己的古装打扮，她觉得蛮新鲜的。

天快黑了，雪姨娘派了丫鬟来催她。

凰北月随便拿了一件嫩绿色的披风披上，对东菱说："记住，谁跟你说话，你的态度都要淡淡的，不必多回应，就算是皇上，你也只需淡淡应对便可。"

东菱点头。这些话她牢牢记在心里，手心虽然还是有些冒汗，但她已经不害怕了。

凰北月笑着说："没事的，我也在宫宴上，会时时看着你，真有什么事情，我会去帮你的。"说完，凰北月才走出房间，跟等在门口一脸不耐烦的丫鬟往前院走去。

琴姨娘和雪姨娘地位低下，按照宫规，没有诏谕是没资格进宫的，所以只有萧远程带着府中几位少爷、小姐进宫去。萧仲琪和萧韵自然不用多说，一定会去，此外还有琴姨娘生的四小姐萧柔、雪姨娘生的二少爷萧仲磊，以及方姨娘生的大小姐萧灵。

萧远程年轻时英俊潇洒、高大威武，几个姨娘也都是美人，生的孩子自然差不到哪里去，男的都英俊，女的都美貌。

马车停在前院，几位少爷、小姐已经到齐了，凰北月才姗姗来迟。

萧远程一看见她心中就有气。他面色铁青地看了她一眼，便骑上马，在萧仲琪的陪伴下，先行出府了。

凰北月看了一眼绝尘而去的马儿，神色淡淡的。

她来迟了，萧韵母女却摆明了拉拢她，对她态度亲热。这倒让骄横的琴姨娘有气也没地方发，只有心直口快的大小姐萧灵恶狠狠地说了几句，也被萧韵三言两语激得面红耳赤。

萧韵和凰北月同乘一辆车。凰北月舒舒服服地靠着马车里的软垫，好像要睡过去一样。反正和萧韵没什么好说的，到宫里还有好长一段路，她便闭着眼睛眯一会儿。

天黑以后，东菱会装扮成戏天的样子参加宫宴，只是东菱的身手太弱了，她必须要做点防御措施才行。

“冰，”凰北月在心里默默地呼唤冰灵幻鸟，“去保护东菱，只要她有危险，你就立刻出手，绝对不能让她受伤。”

“主人，那你怎么办？”一般的灵兽都不会离开主人，去保护另一个人，但是冰灵幻鸟和凰北月没有缔结本命契约，它只是听命于凰北月，所以可以由凰北月任意支配。

“我暂时不用保护。”她以北月郡主的身份参加宫宴，不会有什么危险，何况她的身手也不弱，这个时代的武道高手，她完全不放在眼里。

虽然才相处几天，但是冰灵幻鸟对凰北月的性格也算是有些了解，她说不用保护，那便是绝对有自信了。冰灵幻鸟便偷偷返回了长公主府。

马车有些颠簸，凰北月忽然睁开眼睛，一眼扫到了萧韵腰间荧光流动的冰羽。召唤师的武器都放在纳戒中，一般不会带在身上到处走，因为作战的时候，武器是制胜的法宝，别人对你的武器不熟，刚开始就不能分析你的战术。只有买不起纳戒的人才会把武器挂在身上。萧韵明显不是买不起，她可是有一枚高级纳戒，里面的空间足有一座城市大。她不把冰羽放进纳戒里，明显是想炫耀。

萧韵对自己那支冰羽非常重视，凰北月的目光扫过去时，她得意地把冰羽从腰上解下来，拿在手里把玩。她看了一眼凰北月，笑道：“北月，你觉得我这支冰羽怎么样？”

“很漂亮。”凰北月由衷赞叹。那可是她亲手拔下来的毛，当然漂亮了。

“不只是漂亮，你知不知道，这是什么灵兽身上的冰羽？”

凰北月摇摇头，装作不知。

萧韵得意地道：“你知道‘五灵’吧？这可是和太子殿下那只紫焰火麒麟同等的，‘五灵’中的至尊冰灵兽冰灵幻鸟身上的羽毛。”

萧韵用了好多词来形容这支冰羽，听得凰北月头都大了：“好厉害。”

萧韵别提多得意了：“凰北月，你有尊贵的身份，可惜你没有实力。在卡尔塔大陆，没有实力，可是什么都不算的。”

没有实力？凰北月还是第一次听到有人这么说自己。她没有实力的话，天底下恐怕就没有有实力的人了。

“你知不知道最近出现的那位戏天大人？”萧韵见凰北月不说话，便当她是自卑了，而让凰北月感到自卑是萧韵最喜欢做的事情，“她可是一位九星召唤师，这根冰羽就是他拔下来的。爷爷已经让人去拉拢这位戏天大人了，不出意外的话，将来戏天大人就是我的师父。”

凰北月偏着头，很是诧异地道：“师父？”

萧韵看见她这副惊讶的样子，更是得意地道：“那是当然。我可是南翼国的女性天才，戏天大人肯定会非常赏识我。”

天才？十六岁到三星召唤师的实力就算天才？她想了想，按照这个时代的规则，她到达三星召唤师实力的时候是几岁呢？五岁？一个十六岁的三星召唤师也想让她赏识，做梦呢？！

“如果二姐姐能拜戏天为师，一定前途无量。”她说的是“如果”。

“那是自然。”萧韵轻蔑地看了一眼凰北月，说，“三妹妹，有了好处，二姐姐也不会忘了你，你也不能忘了二姐姐啊！”

“嗯！”凰北月重重地点头，当然不会忘。

马车进了宫，经过几番检查后，众人下了马车，随着宫人往设宴的霞光殿走去。

大臣和各家少爷已经前去向皇上请安了，女眷们则先行到霞光殿向皇后请安。

萧韵见到几个相熟的小姐，便甩下凰北月过去搭话。

凰北月跟在宫人后面，四处看着，贵妇、小姐们个个玉环珠翠、盛装打扮、仪态动人。

走到霞光殿，当今皇后和几位嫔妃摆着华丽的仪仗走出来，贵妇、小姐们连忙下跪行礼。

凰北月一向秉承跪天跪地跪父母，三者之外谁也不跪的原则，因此只是淡淡扫了一眼，便走到门后站着，待里面皇后喊了“起”，和几位嫔妃开始说笑，凰北月才走进去。

霞光殿已经摆好了宴席，宫人们领着各家女眷，按照位次入了座。

长公主府等同于王府，长公主府人的座位自然靠近皇上和皇后。萧韵大大方方地在为长公主府嫡女设置的位子上坐下，一点儿都没有觉得不合适，她以前进宫也是这么坐的，从来没人多说什么。

凰北月一挑眉，倒也没怎么样，面色平淡地坐了下来。她刚坐下，便发现樱夜公主就坐在旁边，而樱夜公主一转头看见萧韵，皱了皱眉没说什么，再目光一转看见凰北月，倒是眯起眼睛看了一会儿。然后，樱夜公主站起来，大步朝萧韵走去。

公主的举动自然让众人纷纷侧目。

萧韵还没有反应过来，樱夜公主娇蛮的声音就响了起来："这是你配坐的位置吗？"

萧韵一愣。

凰北月也怔了一下。

"一个庶女，竟敢骑到北月郡主头上，你算什么东西？！"樱夜公主的声音很大，霞光殿里的人都能听到。

被樱夜公主当众羞辱，萧韵的脸色一阵青一阵白，她强笑着站起来："我……我不小心坐错了。"

樱夜公主冷哼一声。坐错了？装什么蒜？！

这时，高贵端庄的皇后道："樱夜，不许胡闹。"

"母后，我没有胡闹啊！长公主府的人不懂规矩，我教教她。"樱夜公主脆生生地道。

听到"长公主"三个字，皇后往凰北月这边扫了一眼，目光变得有些复杂，然后轻轻点头道："今日是一般宫宴，没那么多规矩。"

凰北月在皇后目光扫过来的时候，毫不躲闪地迎了上去。记忆中，这位皇后很不喜欢凰北月，长公主过世后，凰北月再也没有见过这位皇后，看起来，现在也一样很不喜欢啊！

她目光淡淡一扫便转过头去，清冷的眼神不含任何情绪，没有害怕，没有尊重，更没有敌意。对现在的凰北月来说，皇后只不过是个第一次见面的人罢了，她不喜欢凰北月，可也没有害过凰北月。

看到凰北月这样平淡的目光，皇后倒是有些诧异，心想，刚才是自己看错了吧，那个软弱的北月郡主怎么可能用那种眼神看自己？

她不由得又看了凰北月一眼，发现凰北月和以前相比并没有什么区别，病恹恹的，风一吹就倒的样子。果然是自己眼花了！

第十章
强者挑衅

樱夜公主这么一闹，霞光殿众人的目光都转移到凰北月身上来了，有人对她指指点点，低声议论。

“原来那位就是北月郡主啊！这么多年还是头一次见到呢！”

“仔细一看，跟当年的惠文长公主有几分神似，是个小美人儿呢！”

“长得好看有什么用？病成那样，偌大的长公主府，以后恐怕要拱手让人了。”

“唉，也是个可怜的人。这年头不能习武的人啊，只能被人嘲笑指点了。”

长公主府的北月郡主是个废物，这在临淮城是众人皆知的事。当年长公主何等荣耀，这个女儿实在是太给她丢脸了。

凰北月听在耳里，心里只是冷笑一声。她心性坚定，从来不在乎别人的看法。

不多时，太监通报皇上驾到，霞光殿众人立刻站起来，纷纷要跪下去行礼。

皇上一阵大笑，一边走进来一边抬手道：“今日不必行礼，各位平身！”

众人纷纷谢恩。

凰北月趁机抬头看了皇上一眼，记忆中的模样跟亲眼所见毕竟不同，短短几年未见，这位南翼国的帝王，已经不似从前那么年轻和意气风发了，风霜在他眼角刻下了几分勤政的痕迹。他身材高大，走动间带起一阵风，威严满满。

他身后跟着俊美冷酷的太子战野，以及几位王爷和众大臣。

凰北月一眼就看见了和太子走在一起的逍遥王宋秘。他一身青衣，风度翩翩，唇边带着若有若无的笑意。

太子和逍遥王的到来，让不少贵族小姐内心躁动起来。

皇上龙行虎步，走到龙椅上坐下，衣袖一挥，道：“贵客可都到齐了？”

他身边的太监立刻尖声说：“回陛下，还有戏天大人和北曜国九皇子未到。”

“哦？”皇上微微眯眼，轻应一声。他不愧是王者，喜怒不形于色。

逍遥王上前道：“启禀皇上，九皇子近日重疾缠身，不能按时前来，还请陛下不要怪罪。”

风连翼和逍遥王私交甚笃，在南翼国是尽人皆知的。

以逍遥王的地位，他都开口求情了，皇上自然不能不给他面子。

皇上笑道：“无妨！时辰尚早，朕和各位爱卿一起等贵客前来。”

众人齐呼万岁。

萧远程带着萧仲琪和萧仲磊入座。抬眼看见凰北月坐的位置，他不禁冷哼一声。又看见一脸委屈的萧韵，他心中一怒，道：“韵儿，你怎么了？”

萧韵委屈地低声说：“韵儿自知只是庶女，刚才不小心坐了二妹妹的位置，谁想到竟然被公主当众责骂。父亲，韵儿真的不是故意的。”

萧远程本来就对凰北月有一肚子怒火，此刻一听萧韵这话，更是火冒三丈，狠狠地瞪向凰北月。

凰北月把玩着手里的酒杯，冷冷地瞥了他一眼，道：“驸马爷，现在可是在宫里，讲究规矩的地方，你我地位悬殊，你这样对我不敬，当心御史看见了，明天参你一本。”

“你……”顿时，萧远程的怒火涌上心头。他想不到以前看见他就唯唯诺诺的废物竟然敢对他说这种话。他可是她的老子！

“嗯？”凰北月目光冷冷地看向他，唇边带着几分讥讽的笑意。

萧远程气得几乎要吐血。可是在宫中，有皇上和皇后在，他又怎么敢放肆？

萧韵看见父亲吃了个大亏，不由得心一跳，有种莫名的不安涌上心头。

太子战野走到樱夜公主身边坐下。樱夜立刻说：“皇兄，这位是皇姑母家的北月，你还记得吗？”

战野看了凰北月一眼，情绪没有多大起伏。凰北月从小就是软弱的废物，和他强硬的性子完全不一样，所以他很少留意这位北月郡主。时隔好几年，他再次看见她，还是那副病弱的样子，只是一双黑白分明的眼睛似乎变得非常清澈。

出于礼节和对去世的长公主的尊敬，战野对凰北月道：“听说你病了，可好些了？”

凰北月心里一暖，点点头，道：“好些了，多谢太子殿下关心。”

她的声音柔柔的，听起来有几分熟悉感，战野不由得多看了她一眼。这一看，他忽然发现眼前这个少女冰肌玉肤，凤目红唇，气质清冷，和印象中的凰北月大不相同。以前长公主带她进宫的时候，她看见他总是有着三分害怕三分羞怯，他稍微说话大声点便能将她吓哭，此时的凰北月却敢抬起那双清澈的眸子和他对视，丝毫没有了过去的懦弱胆小。人都说女大十八变，看来长公主去世后，她也慢慢成长蜕变了。

不知怎么的，战野竟有些高兴。

“北月，你身子好了，以后多来宫里走动走动。这些年你都不进宫来，皇祖母很是想念你呢！”樱夜公主由衷地说。

凰北月对樱夜公主的印象已经不像刚开始那么差了。樱夜虽然刁蛮任性，可是性子直爽，为人仗义，敢作敢为。

凰北月正点头答应着，太监跑进来禀报：“陛下，北曜国九皇子到了，戏天大人也到了。”

皇上大喜，立刻站起来，大步走到大殿门口亲自迎接。

各国都重视高手，果然不假。

凰北月注意到，在她对面坐着的几位身着华服的老者目露精光，个个正襟危坐。她对高手的气息分辨得很清楚，这几个人虽然没有露出杀气，属于高手的深沉内敛却是藏不住的。这些都是南翼国的高手，从那慑人的气势上看，实力都在八星以上。

这时，萧远程低声对萧韵说：“韵儿，你爷爷在那边，你一会儿过去给他老人家请安。”

“知道了，父亲。”萧韵立刻答应。

萧远程喜滋滋地道：“你爷爷会来参加宫宴，看来已经突破到八星召唤师的境界了。”

“爷爷的召唤兽是烈火豹，那可是十二级的灵兽呢！爷爷现在的实力，恐怕和九星召唤师一战都胜负难分了。”

萧远程点点头，得意得好像是自己成了九星召唤师一样。

凰北月对萧家老爷子的印象并不深。老爷子不喜欢萧远程娶长公主成了入赘的驸马，丢了萧家的脸，所以连带着对凰北月也不甚喜欢。

老爷子住在萧家主宅，这么多年，凰北月也没去过几次。而她每次去都因为害怕这个老爷子而不敢看他。所以，事实上她并不知道萧老爷子长什么样。

目光在那群高手中转了一圈，凰北月发现一个白发长须的老者朝他们这边看了一眼。他似乎看见了萧韵，冰冷的面色有几分缓和。

萧韵的脸上立刻露出了灿烂的笑容。

看来，那个白发的老头子就是萧家老爷子萧启元了。

萧启元和其他高手一起转头看着霞光殿入口，等待着那位传说中拥有“五灵”之一的冰灵幻鸟的戏天阁下。

皇上走到霞光殿门口，几位王爷和大臣自然跟了过去。

几个小太监提着灯笼在前面引路，一个全身罩在黑色斗篷中的娇小身影慢慢地进入众人的视线。

“戏天阁下，朕恭候多时了。”堂堂一国之君抱拳弯腰行了一个礼，可见其惜才之心。

跟在皇上身后的王爷、大臣见皇上行礼，哪有不跟着的，纷纷弯腰。

神秘的戏天大人只是微微点了点头，高傲，实在是高傲！

皇上也没有恼怒，一脸喜色地将戏天阁下迎进来，座位便赐在太子和樱夜公主旁边。

凰北月松了一口气。她刚才还担心东菱装不好，现在可以暂时放心了。

在东菱之后进来的便是北曜国的九皇子风连翼。他今日穿了一件比较正式的月牙白长袍，长袍的领口和袖口都绣着银丝边的如意云纹。他腰间束着一条青色的宽边锦带，乌黑的头发束起来，头上戴着一顶镶嵌宝玉的银冠，那润白的玉石如明月一般，衬得他更加清逸俊美。

凰北月看见他，怔了一下。这不是那天出现在长公主府祠堂外的神秘男人吗？那个神不知鬼不觉让她也无法察觉到的高手！今天跟那天见到他的感觉完全不一样呢！

那天的男人虽俊美却带着一股邪气，神色间充满凌厉的杀伐之气，是个相当危险的人物。今天的他却是谦谦君子，温润如玉。看来戴上面具的人不止她凰北月！

风连翼一到，几个南翼国的贵族立刻站起来打招呼，看来他的人缘很不错。

风连翼微笑着走到逍遥王身边。两个风雅卓绝的男人相视一笑，双双落座。

“我以为你不会来了。”逍遥王低声道。

“听说冰灵兽出现了，我怎能不来看看？”风连翼淡笑着说，转头朝对面看去。他没有去看那神秘的戏天阁下，一双淡紫色的眸子径直看向了凰北月，目光中含着浅浅的笑意。

凰北月冷冷地看着他。

隔着中间的过道，灯火辉煌中，两个戴着隐形面具的人互相打量，无声，眼神里却分明都有对方懂的意思。

风连翼：北月郡主，又见面了。

凰北月：少管闲事，命才会长！

她这是绝对的警告！她可不像这些南翼国的贵族这么天真，以为他真是一个温文儒雅的敌国质子。第一次见面，她就知道他不是个好对付的角色。只不过那时候他没碍着她什么事，所以她不和他计较。他若敢惹她，她照样不会手下留情。

风连翼微微挑眉，和那天一模一样的威胁！这个冷酷无情的小家伙，真是有意思极了！他的眼中闪着感兴趣的笑意，不过他非常识相，目光一转，便转到全场的焦点——戏天的身上去了。

隐藏在黑斗篷下的人异常冷傲，对全场人投来的目光都不屑一顾。

太子战野看了她一眼，知道她性子孤傲，不喜欢多说话，便只是微微点头致意。

樱夜公主倒是哼了一声，嘟着嘴说："装什么神秘？在宫里还披着斗篷戴着风帽，又不是见不得人！"

斗篷下的人似乎看了她一眼，却没有说话。

凰北月满意地看着东菱。没错，就是这样，她只要冷漠地对待他们就可以。

"恭喜陛下又得一高手相助。我南翼国将来必一统天下！吾皇万岁万岁万万岁！"百官站起来敬酒。

皇上大喜，举起酒杯一口干了，然后又让宫人斟满。他转身对着东菱道："能得阁下相助，朕深感荣幸。这一杯，敬阁下！"

东菱站起来端起酒杯，以袖遮脸，干了一杯。

群臣立刻称赞道："好，戏天大人好酒量啊！"

才喝了一杯就好酒量，这些人拍马屁的本事可以啊！

此起彼伏的赞叹声让那些高手的脸色都非常不好看。

萧启元摸着胡子冷哼一声。

他旁边一人道："萧老，听说你最近在闭关潜修，想必已经达到八星召唤师的境界了，不如上去会会这个戏天，试试他的深浅？"

萧启元是只老狐狸，哪有那么容易被哄骗？他当即抚须一笑："老夫年纪大了，跟这些后辈计较做什么？"

这个戏天的实力，临淮城可是传遍了，一招就能秒杀十一级的灵兽红蛛，他也不敢轻易上去找麻烦。

“那样一个小娃儿，被传得神乎其神，莫非萧老都忌惮了？！”另一个面色红润、六十多岁看起来却像三十多岁的男人冷哼一声。

召唤术修炼到一定境界，可以保持青春容颜，这人的相貌和年龄差距如此大，便知道他快要达到九星高级的水平了。

“司马兄这么有自信的话，倒可以上去试试看。”萧启元笑着说。

这个司马归燕确实是南翼国数一数二的高手，实力仅次于太子的老师。只是他性情太冲动，沉不住气，并且特别骄傲自大，觉得自己天下第一，其他人都不被他放在眼里。

这个凭空冒出来的戏天最近大火大热，出尽了风头，连皇上都亲自设宴拉拢他，司马归燕怎么会甘心？

“哼，老子去会会他！”司马归燕拎起酒壶喝了一大口，然后粗鲁地抹干净嘴巴，一甩衣袖站了起来。

他气势汹汹的样子，立刻引来许多目光，连正高兴着的皇上也看向他。

“司马卿有何事？”皇上笑眯眯地问。

司马归燕是他得力的高手之一，皇上当然要和颜悦色，就算司马归燕偶尔有失礼的举动，皇上也不会计较。这年头，拳头硬就是硬道理。

司马归燕走上前，两只大手抱拳，声音粗犷地说：“陛下，今日宫宴难得高兴，臣想给大家助助兴。”

“哦？”听到他这位骄傲的召唤师主动说肯在宴会上助兴，皇上立刻眉开眼笑，“司马卿要怎么助兴？”

司马归燕大手一指东菱，肃声道：“我要挑战他！”

此话一出，整个霞光殿立刻安静了，所有人都看向了司马归燕。

这个爱出风头的司马归燕，果然会向新来的戏天大人挑战啊！过去几年，每次南翼国来了高手，司马归燕都要去挑战一番，他的实力确实够强，基本上没有输过，人称南翼国的“不败将军”。

此人的大名，在布吉尔市场的时候，凰北月也听人提过。他的实力恐怕很快就会突破九星而进入黄阶，成为南翼国近五十年来第一位黄阶高手。

他一身蛮力十分恐怖，本身属性是雷，拥有十一级雷属性灵兽暴怒七尾龙。虽然暴怒七尾龙不是“五灵”之一，但龙族一向是灵兽中战斗力最强悍的。在南翼国，很少有灵兽看见太子战野的紫焰火麒麟不下跪的，而这司马归燕的暴怒九尾龙便是那不跪的一个。

这么恐怖的实力，凰北月也没有把握绝对会赢，东菱就更不好说了。凰北月微微皱眉，这个司马归燕真的很不好对付啊！

“这……”皇上有些犹豫。其实，他也很想看看戏天的实力究竟到什么程度，但是，他还没有摸清楚戏天的个性，不好下手。万一司马归燕不知道轻重惹毛了戏天，戏天一气之下离开南翼国，岂不是一大损失？这该如何是好呢？

这时，在场众人小声议论起来。

“归燕大人和戏天大人若是对战，肯定无比精彩，究竟谁更厉害一些呢？”

“戏天大人有冰灵幻鸟啊！”

“可是归燕大人的实力快进入黄阶了，暴怒九尾龙也不是好惹的啊！”

“啧啧，今晚真是不虚此行啊！”

……

听着众人的议论，皇上知道这一场比试恐怕避免不了了，他暗想，这司马归燕也太胡闹了。

“司马卿的挑战，嗯……”皇上轻抚胡须，看向东菱，“戏天阁下接不接受呢？”

如果戏天说不接受，司马归燕也没有办法。在卡尔塔大陆，一方下战书，若是另一方不接受，下战书者也不能强行动手，这是自古以来的规则，没有人打破。只不过，如果另一方不接受，恐怕会被人嘲笑。

黑色的斗篷下，神秘的戏天大人清清冷冷、安安静静的，不知道会不会答应。

没有人看到斗篷下面，东菱的手紧紧握在一起，紧张得不知道该怎么办。那位可是南翼国著名的“不败将军”司马归燕啊！这战书她怎么敢接，那不是明摆着送死吗？这可怎么办啊？小姐……小姐，快想办法啊！

东菱只能指望凰北月赶快想办法解决这件事，她的实力太弱，让她假扮戏天可以，要让她动手，那是绝对不可能的啊！

这时，在场众人大都开始支持戏天接受挑战，都希望亲眼见见这位戏天大人的实力。

逍遥王摇着折扇，对风连翼道：“翼，你觉得谁比较厉害？”

风连翼轻抿着杯中的酒，淡淡一笑：“这个，不好说。”

“不如我们来打个赌，我要是赢了，你再跟我下二十盘棋，如何？”

风连翼含笑道：“那要是我赢了呢？”

“你赢了的话，我便帮你做一件事，任何事，如何？”

“好。”风连翼顿了顿，轻笑着说，“我赌戏天。”

“哈哈哈！”逍遥王大笑，折扇一收，“好，那我便赌我们南翼国的‘不败将军’司马归燕！”

这边赌注一下，其他人居然纷纷效仿。

樱夜公主兴奋地拍着手，道：“皇兄，你觉得谁会赢？”

太子战野看向戏天，沉声说：“戏天阁下还没有应战呢！”以她清冷的性格，会不会应战呢？

司马归燕的实力很强，连老师都说司马归燕是个不好惹的家伙。而且，司马归燕的那只暴怒七尾龙非常暴躁，作战方式凶猛残忍，稍不注意就会被它弄得很惨。战野隐隐有些担心戏天。

“戏天阁下，这个挑战你可以不接受。”战野低声说。

“皇兄，不接的话，可没面子，你不想让戏天丢脸吧？大家都很想看戏天大人和归燕大人比试呢！”樱夜急急忙忙地说。她特别想瞧瞧戏天的实力究竟强到什么程度。

说完，樱夜公主居然拉起了凰北月的手，问：“北月，你想看吗？”

凰北月看了东菱一眼，唇角轻轻勾起：“当然想，戏天大人和归燕大人比试，我想一定会很精彩！”

东菱的身子微微一震。小姐这么说是什么意思？让她答应比试吗？她哪有本事和司马归燕比试啊？

“归燕大人的龙虽然很厉害，但是戏天大人的冰灵幻鸟可是‘五灵’之一啊！”凰北月歪着头说。

东菱别怕，上去吧，一切有我呢！

她既然敢让东菱假扮戏天，当然考虑过种种会出现的状况，也考虑过应对的法子。她可不是有勇无谋、随随便便就下决定的人。

听到她的话，东菱心里有了底。她没有再犹豫，站起来，一身黑色斗篷冷酷肃杀。

看见她站起来，司马归燕眼睛一亮，哈哈大笑道：“戏天阁下果然是爽快人！”

皇上满意地笑道：“今日的比试，点到为止即好。”

戏天敢应战，说明他名副其实。不过，这两个人都是南翼国不可或缺的人才，皇上不希望看见任何一方受伤。

宫人连忙收拾了中间的空地，让两位高手进行比试。

司马归燕哈哈大笑着当先走到空地上。

东菱看了凰北月一眼。凰北月微微勾着唇。这让东菱非常放心，她便步伐从容地走到了场中。

“魇，知道该怎么做了吧？”凰北月暗暗唤醒了黑水禁牢中的魇。

粗重地喘息一声，魇的声音充满了魔性：“哼，要我帮你，你也要答应我当初提的条件。”

“我会考虑。你最好快去，否则等我自己上了场，我连考虑都不会。”

“哼，奸诈的丫头！”魇重重地喘气，隐入黑暗中，低沉悠远的声音传来，“要借你的黑玉一用，把你身体里所有元气都注入进去。”

凰北月淡淡地一笑，一只手握紧黑玉，把自己身体里微弱的元气全都注入了进去。

黑玉中的空间无限广大，她的元气注入后，黑玉空间里产生了一个非常大的旋涡，不停旋转着，越旋越大。凰北月能够清晰地感觉到有什么东西顺着元气的流动，进入了那个巨大的旋涡中。

魇狂笑的声音响起：“好痛快……好痛快啊！这么多年，终于呼吸到自由的空气了。”

凰北月冷笑道：“得意什么？封印没有解除，你还是要回来的。”

“一刻的自由也是自由，没在黑暗中被囚禁过的人不会明白，光明是多么可贵。”

魇的狂笑声渐渐远去，除了凰北月，谁也看不见一丝黑气钻进了东菱的斗篷里。

比试场上，司马归燕看了一眼对面娇小的身影，高傲且不可一世地说：“一会儿打疼了你，可别哭啊！”

斗篷下传来沙哑的声音：“少废话！”

“哈哈！”司马归燕狂笑着，中气十足地吼道，“暴怒七尾龙，我的朋友，出来吧！”

随着他的声音，大殿上空忽然电闪雷鸣，一道耀眼的白光后，一只巨龙出现在众人眼前。巨龙背上有两只黑色的翅膀，很小，翅膀抖动间，雷光不停闪烁。和普通的龙不一样，暴怒七尾龙一共长了七条尾巴，每一条都带着耀眼的雷电，好像长长的鞭子，在空中抽一下，就爆开一团惊雷。

暴怒七尾龙飞到司马归燕面前，司马归燕飞身跳上了它的背。他是契约主，所以那些雷电伤害不到他。

“好厉害！”东菱暗道，同时紧张地握紧了拳头。她不能给小姐丢脸，气势上绝对不能输。

这时，东菱背后一股极寒之气汹涌而来，冰灵幻鸟从大殿上空飞下，浑身凝结着冰雪，冰之羽翼张开，狂风四起。

高傲的冰灵幻鸟昂起头，尾羽一扫，低空掠过的暴怒七尾龙差点儿被它扫下来。

雷电和冰雪在空中激烈地相撞，尖利的冰刺从雷电中穿透出来，刺向暴怒七尾龙的腹部。暴怒七尾龙岂是那么容易对付的，它庞大的身躯一转，立刻飞向高空。

东菱也不怠慢，看了一眼冰灵幻鸟巨大的身躯，她眼睛一闭，动作利落地翻身上去。

冰灵幻鸟身上的极寒之气太过阴冷，她的手刚触到冰灵幻鸟的身体就被冻伤了，她咬紧牙关死死忍住。

冰之羽翼一拍，冰灵幻鸟扶摇直上，追上了暴怒七尾龙。

“好！”樱夜公主一声大喊，兴奋得脸都红了。这果然是一场非常精彩的比试。

凰北月有些担忧，她初次接触冰灵幻鸟时，手心被极寒之气冻得直接溃烂了，东菱现在肯定也不好受。这场对战，必须速战速决。

“魇，别磨蹭，给他一点儿教训吧！”

“这还不容易吗？区区九星召唤师加上十一级的灵兽而已。”

就在这时，太子战野猛地站了起来，众人也都惊呼一声。

凰北月抬头，只见暴怒七尾龙背上的司马归燕双手飞速地结印。

“天罗地网，起！”司马归燕一声大喝，结印的双手一挥，顿时雷电交错，编织成网，耀眼的光芒照得黑夜都亮了。

两张网一上一下，把冰灵幻鸟巨大的身躯笼罩住了。

凰北月的心剧烈跳动起来。果然，召唤师和灵兽紧密合作所产生的威力非常大。如果只是对付暴怒七尾龙，冰灵幻鸟可以轻而易举地把它从空中打下来，天空，是它的领域。

“这就是归燕大人的绝技‘天罗地网’吗？”樱夜公主小声说，“果然厉害！”

“不愧是我们南翼国的‘不败将军’。那个戏天到底还是太嫩了，刚和冰灵幻鸟结契，共同作战的经验不多，怎么会是归燕大人的对手呢？”

“能逼得归燕大人这么快就使出‘天罗地网’，可见戏天大人和冰灵幻鸟一样很强啊！”

凰北月不禁冷笑，鹿死谁手，还不一定呢！

她唇边那抹冷冷的笑意带着几分清绝冷傲的味道，恰好落入一直关注着她的风连翼眼中。他微微一怔。他怎么觉得一个十二岁的小丫头这么美呢？美得动人心魄。

“翼，看来你输定了，那二十盘棋，你可跑不了了。”逍遥王看着空中，无数雷电闪动间，冰灵幻鸟愤怒地发出一声嘶鸣。

风连翼淡淡地笑道：“那可不一定。”

逍遥王微微挑眉，道：“你对那个戏天蛮有信心的嘛。”

“那个戏天还没出手呢！”从始至终都是冰灵幻鸟在作战，鸟背上的戏天什么都没做。

逍遥王皱着眉，拿折扇一下一下拍着手心，忽然说：“不妙不妙，本王这次输了。”

他话刚说完，就见司马归燕用雷电制造的天罗地网中，忽然有一丝黑气冒出来。黑气范围快速扩大，眨眼间，那两张网便被黑气全部覆盖了。

“什么？”司马归燕难以置信地看着眼前这一幕，脸色变得非常难看，大吼道，“退！”

暴怒七尾龙也感觉到了黑气中透出来的强大威压，它的心都颤动了。

退，哪有那么容易？巨大的威压之下，它连动一下的能力都失去了。

司马归燕的脸整个白了。

众人都看不明白，归燕大人和暴怒七尾龙怎么忽然一动不动了？难道胜券在握了？

只有司马归燕清楚，他恐怕遇到这辈子最强的对手了。

黑气散开，那些雷电一点儿一点儿被吞噬干净，天罗地网顷刻间被破了，然后，漫天的冰刃夹杂着黑气狂涌而出。

司马归燕暗道不好，脸色苍白至极。危急关头，他只能拼尽全身的力量，驱使着暴怒七尾龙往旁边闪避。

暴怒七尾龙早就在威压下失去了战斗能力，这么一闪，它庞大的身躯在空中翻滚了几圈，然后轰然掉了下来。

众人一看浑身雷电暴闪的暴怒七尾龙掉下来了，吓得纷纷逃命。普通人碰到那雷电，恐怕立刻就会被烧成灰吧？

暴怒七尾龙掉下来的速度飞快，并且是朝着长公主府席位而来。

凰北月抬头一看，心中大惊，搞什么？

第十一章

灵央学院

胆小怕事的萧灵和萧柔吓得尖叫起来。

“主人，我来救你！”冰灵幻鸟焦急的声音在凰北月脑海响起，然后它在空中一转身，拼命地扑了过来。冰之羽翼带起的狂风，吹得霞光殿中一片狼藉。

与此同时，凰北月身边一道冷酷的声音响起：“焰，出来！”

凰北月正一脸无奈地准备离开这里，她对自己的速度还是非常有自信的，两条强而有力的手臂便将她搂了过去，紧接着腾空而起。

“天雪猫，出来！”萧韵也轻喝一声，召唤出了自己的冰属性灵兽。

喵呜！一只浑身雪白的猫瞬间出现，大尾巴往后面一扫，就把萧家一干人等扫到后面去了。

然后，暴怒七尾龙重重地砸在了地上。

司马归燕被摔得头昏眼花，他爬起来，连忙敛去龙身上的雷电，以免伤到人。

俯冲而下要来救凰北月的冰灵幻鸟，看见她被太子战野先一步救了，便拍着冰翼重新飞到了空中。

一场虚惊，没有造成人员伤亡。

皇上立刻问道：“司马卿，你……没事吧？”语气中带着震惊。

谁也没有想到，南翼国的“不败将军”司马归燕竟然输得如此惨，连人带兽都被人家从天上打了下来。

司马归燕单膝跪在地上，低着头，大颗大颗的汗珠从他的额头滴落下来，这是刚才被那黑气中的强大威压逼出来的。

“臣没事。”司马归燕颓然地摇摇头。半晌后，他才抬起头，对着冰灵幻鸟背上的黑衣人说：“我输了。”

黑斗篷下的人没有说话，淡淡地挥手，潇洒地驾驭着冰灵幻鸟离去了。

"戏天阁下……"皇上想挽留，可是冰灵幻鸟的速度何等快，他刚出声，那雪白的影子便消失不见了。皇上不由得一阵失望。

凰北月很担心，东菱这么快离开，怕是冰灵幻鸟身上的极寒之气对她伤害很大吧？

这一次，战野出手相救，让她大吃一惊。印象中，太子战野和嫡女凰北月没有过密的交情吧？

她不知道那是战野下意识的举动，看见她瘦弱的身体即将被掉下来的暴怒七尾龙砸中，他想也没想就召唤出紫焰火麒麟去救她。也许因为她是皇姑母留下的唯一的孩子吧！战野在心里这样对自己说。

他这个举动却让众人纷纷侧目，特别是萧家的人。萧灵气得直跺脚。变故发生的那一刻，她就在凰北月身边，太子殿下却只救了凰北月，根本没有管她。

紫焰火麒麟落到地上，战野低声说了一句："失礼了。"然后一只手绕过凰北月的腰，抱着她跳下来，稳稳站在地上才放开她。

一股暖流淌进心间，凰北月知道战野是觉得她不会武功，身体又弱，才在第一时间召唤出紫焰火麒麟去救她。出于对惠文长公主的亲情也好，同情她也好，她在心里都给这个冷酷俊美的少年打了个满分。

战野放下凰北月后，什么都没说便走到了皇上和皇后身边。

她看着他的背影，唇边扬起一抹笑意。

"太子殿下不过是就近才救了你，你可别想太多了。"萧韵满嘴酸味地说。

凰北月一笑，目光淡淡地扫过萧韵那张美艳却让她讨厌的脸："被救的人是我，你瞎操什么心？"

"你……"萧韵被堵得哑口无言。

凰北月以前哪里敢这么跟她说话，这臭丫头最近真是越来越放肆了！她本想趁乱给凰北月一点儿教训，但眼角余光一瞟，看见逍遥王和北曜国九皇子正往这边走来，她连忙整理仪容站好。她手中握着荧光流转的冰羽，身后跟着通体雪白的四级灵兽天雪猫，一人一兽的搭配非常抢眼，看得其他贵妇、小姐羡慕不已。

萧韵想起雪姨娘的嘱托，逍遥王会看在长公主的面子上帮她。她连忙抓住凰北月的手，温柔关切地道："三妹妹，刚才可吓到你了？有没有哪里受伤？"

凰北月性格冷傲，不喜欢和人接触，萧韵突然拉住她的手，她内心顿时一阵排斥，猛地将萧韵的手甩开了。

凰北月的动作太大，萧韵又没有防备，一下子就被甩得后退，恰好走过来的逍遥王伸手扶了她一把，才没让她在众目睽睽之下摔得四脚朝天太难看。

凰北月这个举动让所有人都大吃一惊，谁也没有想到长公主府的废物竟然这么凶悍，对姐姐的关心不领情就算了，还这么心狠地将她推开。

萧远程正憋着一肚子火不敢发出来，此时见时机正好，他暴跳如雷道："北月，你二姐姐关心你，你这是什么态度？"

凰北月一向不在意外人对自己的看法，一听这话，她冷笑一声，然后声音柔软又无辜地道："我刚刚差点儿被巨龙砸死，父亲不关心，怎的我只推了二姐姐一下，父亲便如此生气？"

叫他一声"父亲"，是看在他和凰北月有血缘的分儿上，何况人这么多，他不给她面子，那他最好也把脸面收起来。

凰北月这话可谓四两拨千斤，一下子就把萧韵受的委屈转移开了，所有人的目光都落在萧远程身上。

"早就听说北月郡主在长公主府过的日子连下人都不如，如今看来果然如此啊！"

"驸马最不喜欢的就是这个女儿了。"

"长公主去世后，留下这么个没爹疼的病弱孩子，真是可怜啊！"

萧远程听着这些议论声，脸色极为难看，再看凰北月略带嘲讽的眼神，他气得浑身发抖，热血冲了脑子，手一抬，一个耳光当众甩了下来。

凰北月目光一寒，还没来得及动作，旁边一只手已经抬起，抓住了萧远程的手腕。

"萧驸马，这可是宫里。"温润的少年嗓音冷冽彻骨。

风连翼淡紫色的眼眸看了萧远程一眼，目光熠熠，却透着冷厉肃杀。

萧远程暗暗心惊，这北曜国的九皇子一向以才学广博、文雅温润著称，怎么突然间像地狱修罗一样？他生生打了一个激灵，脑子这才清醒了，后知后怕得腿都软了。在家里和在宫里可不一样，他平日里习惯了，才……

风连翼看见他手软脚软，便松开了手，后退一步，朝凰北月微笑道："北月郡主刚才怕是受惊了，才会失手推了二小姐。"

凰北月把他的举动看在眼里，换了别人她会心存几分感激，对这个北曜国九皇子，她却生不出感激之情，因为就算他不动手，萧远程也不可能打到她。

她明白风连翼这是在帮她解围，还特地给她台阶下，只要她承认是因为受惊过度才失手推了萧韵，将会得到南翼国上下的同情。

若是以前的凰北月，大概会需要这样的同情，而现在的凰北月，从来不需要同情。

凰北月看着风连翼那双淡紫色的眼眸，冷冷地说："我只是不喜欢别人碰我而已。"

风连翼眉梢一挑，嘴角的笑意渐渐加深。果然是个自尊心超强的孩子，一点儿也不容许别人用同情怜悯践踏她那与生俱来的高傲，他对她真是越来越感兴趣了。

萧韵听到凰北月这样说，立刻欢喜起来。真是个笨蛋，这种时候都不知道好好利用机会，活该你一辈子是个废物。

这样想着，萧韵便万般委屈地哽咽起来。逍遥王刚才伸手扶了她一把，她就顺势靠入了逍遥王怀中，一副小鸟依人的样子。

"三妹妹，无论怎样，二姐姐都很关心你，只要你没受伤，我就放心了。"

凰北月看了她一眼，嘴角抽搐。这父女俩一个是无脑的傻子，一个是做作的戏子，有完没完了？她才懒得理，转身想走。

这时，她身后响起一道带着笑意的声音："月儿。"

逍遥王轻轻推开萧韵。他出于好心才伸手扶了萧韵一下，不表示他会提供免费的怀抱让她依靠。打开手中折扇，他没去看正努力挤眼泪的萧韵，径直朝凰北月走去。

月儿？她跟他很熟吗？凰北月转身看着他："逍遥王有何指教？"

"指教？"逍遥王失笑道，"小时候，你母亲说过要把你许配给我的，可我去了一趟西戎国回来，你就和薛家那小子定亲了。唉，我着实伤心不已啊！"

凰北月嘴角抽搐，这什么乱七八糟的？

记忆中，凰北月和逍遥王没有几次交集。她年幼的时候，逍遥王就游历天下去了，他中间回来过一次，便是在长公主的葬礼上。那时候的凰北月年幼又胆小懦弱，只知道哭，也不知道逍遥王跟她说了什么，不过可以确定的一点是，凰北月和他并不熟。

她的表情始终是冷淡的，对于他的调侃，没有惊喜，没有生气，也没有少女该有的羞涩。

逍遥王不禁郁闷了，难道他现在这么没有魅力了？

"月儿，你身体不好，大概是因为从小缺乏锻炼。我想你今年也到了该去学院的年纪，你可愿意去灵央学院？"

灵央学院？这个名字凰北月并不陌生。在南翼国，这可以说是最高学府，全国各地有实力有能力者，皆可以进入学院学习。

灵央学院在南翼国的地位仅次于皇室，凌驾于各大家族之上，里面高手如云，是南翼国重要的人才输出地。

“什么？凰北月是个废物，她怎么能够进入灵央学院？”一旁的萧灵忽然指着凰北月大喊起来，眉眼间是毫不掩饰的厌恶。

“灵儿！”萧远程厉声喝道，“闭嘴！”

刚才风连翼阻止他犯错，他的脑袋已经清醒了，现在则更清醒。逍遥王是什么人？那可是数一数二的炼药师。以他的地位，随便走到哪个国家都是崇高的存在。得罪了他，比触怒了皇上还可怕。萧灵这个丫头性情冲动，连逍遥王的决定都敢随便质疑，不要命了？

“父亲，本来就是这样啊！她根本没有资格进灵央学院。”萧灵依旧不甘心，狠狠地瞪着凰北月。

“资格？”一向温雅的逍遥王忽然冷哼一声，带笑的俊脸阴沉下来，“她没有资格，难道你有？是谁教养得你这么不知规矩？”

“逍遥王恕罪！”萧远程额头上顿时冒出豆大的汗珠，连忙按着萧灵跪下，“小女不懂礼数，是下官教导无方！”

“萧驸马教女教得好啊！”逍遥王故意慢慢地说，语带讽刺。

萧远程满头大汗，恨不得把萧灵这个无知又无用的女儿掐死。蠢货，只会给他惹麻烦！

这时，皇上在樱夜公主和太子的陪同下大步走过来。

“发生何事了？”皇上走近了，看见萧远程按着萧灵跪在地上，不由得诧异。

“回皇上，是臣教女无方，冲撞了逍遥王。”萧远程连忙道。

皇上原本就对萧远程这个武夫有诸多不满，现在见他竟然把自己最看重的逍遥王得罪了，顿时龙颜不悦。

逍遥王倒没有继续追究，折扇一展，脸上又恢复了风雅俊逸的笑容：“小事而已，惊动了皇上，是臣的错啊！”

皇上也笑道：“逍遥王性情洒脱，不拘小节，不必跟小孩子一般见识。”

“皇上说得是。”逍遥王看了凰北月一眼，又笑道，“臣有一事想请皇上恩准。”

“逍遥王有事尽管说。”皇上爽朗地说。

逍遥王一向淡泊名利，只喜欢逍遥自在的生活，这还是他头一次求皇上，皇上自然是有求必应。

逍遥王淡淡地说："灵央学院过几天便开始入学考核了，臣想推荐一个人进灵央学院。"

"这还不容易，朕准了！只是不知道此人是修习武道还是……"皇上一听很高兴。逍遥王举荐的人，不是实力高强就是背景强大，准许其进入灵央学院，对南翼国只有好处没有坏处。

逍遥王笑道："她只是个普通人。"

皇上怔了一下，怪不得逍遥王要来请旨，不过一个普通人进灵央学院也是小事一件。

"学院里有专门对皇族和贵族子女开设的太学，教授诗书礼仪、兵法骑射等，便安排你说的这个人去太学吧！"

"多谢皇上。"逍遥王笑逐颜开地道。

皇上抚须微笑道："不知道能让逍遥王推荐的，是哪家的公子或小姐呢？"

逍遥王笑道："这一位皇上也认识。"说完，他转过头，眼中含笑看着凰北月："月儿，还不快来拜见皇上？"

凰北月抬起头看了他一眼。对于这个对自己过分热心的家伙，她还真是哭笑不得。推荐她去灵央学院，他都没有问过她同不同意。

不过，灵央学院著名的七塔中珍藏着无数古老典籍，魇说的"那个人"也许会在古老典籍中留下一些蛛丝马迹，她很想去看看。

"月儿？"皇上听到这个名字，脸上的笑容瞬间消失。他神色激动地看着慢慢走过来的凰北月，一向赫赫天威的他突然变得有些憔悴和衰老。

待凰北月走到他面前，他伸出双手抓住凰北月的肩膀，激动地说："你是北月？！"

凰北月点点头。惠文长公主是皇上一母同胞的亲姐姐，皇上就是她的亲舅舅吧！她隐约记得小时候皇上对凰北月是极好的。凰北月一出生，皇上就御赐了她北月郡主的封号，还将富庶的清河郡作为封地，让她一生无忧。惠文长公主过世后，凰北月鲜少进宫来，后来太医诊断她的病会传染，凰北月便被禁足在长公主府。皇上每年都有丰厚的赏赐给她，但都被雪姨娘、琴姨娘偷偷瓜分了。

因为有不少美好的回忆，所以，凰北月对皇上的印象非常好。

皇上瞧着她消瘦病弱的样子，忽然大怒。他转过身，一脚就把跪在地上的萧远程踢翻了。

“混账东西！”皇上暴怒，指着萧远程，“你是怎么跟朕说的？朕每每问你北月过得如何，你回答朕说很好！朕让你带她进宫给朕瞧瞧，你说她不愿进宫！朕嘱咐你好好照顾她，你又是如何做的？！”

皇上这一怒，文武百官都立刻跪下来，齐声大呼道：“皇上息怒！”

萧远程在地上滚了一圈后爬起来，浑身颤抖得跟筛糠一样：“回皇上，北……北月自小身体弱……弱……臣请遍了名医束手无策，臣……臣辜负了皇上的期望，臣知罪……”额头上的汗顺着萧远程的脸淌下来，跟下雨似的。

萧家的人全都跪在地上，个个惶恐不安。

“还敢欺骗朕！你若好好照顾北月，她怎会如此清瘦？！”皇上怒喝道。

皇后在后面柔声劝阻，却被皇上一手推开。

樱夜公主第一次看见父皇这么生气，缩在战野的身后惶惶地看着。

萧远程吓得完全没了主意。他特意吩咐了雪姨娘，要送最好的绫罗绸缎、珠宝首饰给凰北月，让她今天好好打扮，不失了身份才准许她进宫。他没想到，皇上对凰北月的关怀，竟然到了如此细致入微的地步。

她那张苍白消瘦的小脸，和他平时在皇上面前说的“北月郡主一切安好”大相径庭。一切安好怎么会瘦成这样？脸色怎么会如此苍白？欺君可是大罪，他永远忘不了惠文长公主在世的时候，这个孩子如何被皇上喜爱。如果皇上知道她这么多年过的是什么日子，将萧家满门抄斩也就是一句话的事。

萧韵头脑机警，知道事情闹大了，连忙跪着上前，说：“启禀皇上，父亲真的对北月郡主很好。郡主身体从小就弱，大夫也束手无策。父亲每天交代厨房给郡主进补，可是郡主的身体虚不受补，竟越来越不好。大夫是怕郡主承受不住，这才停了进补。父亲不放心，每天都让我母亲亲自熬药给郡主喝。小女不敢说谎。郡主，你也为父亲说句话吧，好歹血浓于水，你如此孝顺，定不会想父亲担惊受怕是不是？”

萧韵可真会说，这一席话既要帮萧远程圆谎，还要让凰北月无话可说。

确实，大夫说过凰北月的身体虚不受补，雪姨娘也确实每天都亲自送药来给她喝，还有所谓的父女血浓于水，这番话连凰北月听着都忍不住要感动呢！

皇上慈爱地看着她，道：“北月，你跟朕说实话，萧远程对你好不好？有朕在，你什么都不用怕。他要是敢对你不好，朕立刻斩了他。”

听到这话，萧远程立刻哆嗦了一下，跪都跪不住，快要瘫软在地上了。他心想，完了，这次一定完了。这么多年，凰北月在府里过的是什么日子，她要是说出来，萧家绝对会被灭门啊！

萧韵漂亮的脸蛋也变得惨白。这个时候，凰北月的一句话就关乎他们的生死。她从来没有哪一刻觉得这个废物这么有用，也从来没有哪一刻觉得这么后悔。早知道这样，这么多年就应该对凰北月好一点儿，那他们现在也不用这么担惊受怕了。

逍遥王宋秘也看着凰北月。从刚才萧韵的几句话，他就知道凰北月这些年过的是什么日子了。现在皇上为凰北月主持公道，从此以后，他的愧疚感可以少一些了。

风连翼则看着凰北月那清冷淡然的模样，微微笑了。他有预感，这个高傲的小家伙不会轻易接受别人的帮助。

凰北月面色平静地看着跪在地上的萧家众人，心里有些酸涩。如果真的凰北月在这里，大概从今以后就不用再受苦了。她只要再坚持几天，就能过上平静安稳、无忧无虑的生活了。可惜，她没有坚持下来，几天之前，她被萧家这群人逼得孤独地死在了长公主的灵位前。

她看着萧家众人浑身发抖的害怕样子，替真正的凰北月感到悲哀，心里不禁怒火燃烧。她不会轻易原谅这些人！

“当然。”她唇角一勾，脸上露出一抹轻柔的笑容，“父亲和姐姐、兄长，还有姨娘们，都对我很好呢！”

萧远程听到她开口，以为她要告状，差点儿晕过去。再听到她后面的话，他心里一惊，难以置信地抬起头来。

凰北月看着他，淡淡地笑着，笑容诡异莫测，看得萧远程心里阵阵发寒。

逍遥王眉峰微蹙，忍不住说：“月儿，你不用害怕。”

“我没有害怕，他们确实对我很好。”凰北月的声音清脆动听。

她的目光清澈，盈盈流转，一丝害怕或者说谎的痕迹都没有。

逍遥王心里一沉。难道是他猜错了？他隐隐觉得事情没有这么简单，正想再说，却被身边的风连翼拉了一下衣袖。

他转过头，就见这个知己一脸淡笑着冲他摇摇头，低声说：“她自有分寸，相信她吧！”

逍遥王微微诧异，翼似乎很了解凰北月啊！既然风连翼这么说了，他也只能静观其变。

皇上震怒的表情稍稍缓和，但语气仍带着一丝疑虑。他道：“那为何这么多年你都不进宫来呢？”

凰北月眼中闪过一抹忧郁，垂下头，说：“宫中与母亲有关的回忆太多，每每思及母亲，月儿总是心痛难当，因此不敢进宫。让皇上挂念，是月儿的错。”

“原来如此。”皇上喃喃地说，“皇姐突然离世，朕也不敢相信。”他至今都无法相信。

见皇上的怒火平息了，群臣都大松一口气，不禁对北月郡主刮目相看。他们原本以为长公主过世后，这个孤女无依无靠，会彻底沦为废物，哪里想到皇上竟然对她如此牵挂，看来以后不能太小看这位北月郡主了。

皇后重新打量凰北月，心思微动。四年前的噩梦似乎又开始了。

“皇上，今日也不早了，北月郡主身体弱，不如先让她回去休息吧？”皇后走上来，柔声说着，华丽的妆容之下，没人看见她那有些苍白的面色。

“对，今日不早了，朕不放心北月一个人回去。”皇上转头看了一圈，目光落在太子身上：“战野。”

“皇上。”逍遥王忽然出声，阻止了皇上这荒唐的行径。哪能让堂堂太子送北月郡主回去呢？这一送，朝中不知道有多少人会对凰北月有微词，说她不分尊卑。而皇后和太子恐怕也会对凰北月心生不满。他可不想让她小小年纪就得罪这么多大人物。

“臣正好也要出宫，不如臣来护送北月郡主回府吧！”逍遥王道。

皇上也意识到让太子护送不妥。逍遥王主动请缨，皇上自然应允。

凰北月谢恩，心里松了一口气。

离开皇宫，和来的时候一样，凰北月与萧韵同乘一辆马车，只不过萧韵再也不像来时那样嚣张，跟她炫耀这个炫耀那个了。

马车里非常安静，凰北月闭目养神。萧韵看着她，恨得想把她杀了，可一想到皇上的怒气，顿时又生出了怯意。

“三妹妹，你睡了吗？”萧韵试探着开口道。凰北月没有向皇上告状，让萧韵很是不解。她难道真有这么笨？不像！现在的凰北月一点儿都不像以前那个懦弱的笨蛋。萧韵心里隐隐不安，却说不上来是因为什么。

“没。”凰北月淡淡地应道，没有睁开眼睛。经过今天的事情，她知道了，萧韵不仅遗传了萧家老爷子召唤师的血统，聪明之处也遗传了，萧韵说的那一席话真是让她刮目相看。

萧韵脸上挤出一丝笑容，说：“过几天灵央学院就开学了，你进太学念书的话不用参加考核，但还是要买些学习用具的，我会让我娘给你送去。”

她这明显是在讨好凰北月，为了让逍遥王给她炼制洗髓丹，也因为今天皇上的怒气给了她一个下马威。

“好。”凰北月也不拒绝，反正用的都是她凰北月的钱，为什么不要？她接受了，也不代表她欠了他们什么，更不表示她会帮萧韵。

萧韵见凰北月接受了，稍微放心了一些，看来凰北月真的在感激娘每天给她送药。

马车到了长公主府外停下，下人们立刻过来牵马掀帘，萧韵当先走了下来。

下人们不知道宫宴上发生的事，还当凰北月是以前的废物小姐。萧韵的一个丫鬟冷冷地说：“磨蹭什么？还不快下来？让小姐等着你吗？”

凰北月抬头看了她一眼，还没说话，一记鞭子便狠狠甩了过来，那个丫鬟立刻被甩出去，半张脸血肉模糊。

萧远程怒喝道：“没眼色的东西，跟郡主这么说话吗？！”

这一鞭子，吓得平日里欺凌凰北月的下人呆若木鸡。

逍遥王就在旁边看着，萧远程哪里敢像平时一样对凰北月呼来喝去。萧远程立刻吩咐道：“快扶郡主下车！”

佩香看见萧远程那一鞭子甩出去后，立刻走上来，恭恭敬敬地把凰北月从马车上搀扶下来，道：“郡主，小心脚下。”

萧远程的面色这才缓和了一些。他连忙下马，恭敬地对逍遥王说：“多谢王爷相送。”

逍遥王看了他一眼，也下马来，拉着凰北月走到一边，低声说：“月儿，你是不是有什么苦衷？告诉我吧！有我在，不会让人欺负你的。”

凰北月抬起头，冲着逍遥王淡淡一笑，道：“王爷，你看着我这双眼睛，好好看着，里面是绝对、绝对的认真。我会欺骗别人，但我从来不欺骗自己。”那坚定的话语掷地有声。

我会欺骗别人，但我从来不欺骗自己。这不是一个懦弱的孩子能轻易说出口的话。逍遥王顿时放心了。

“月儿，你真让我感到意外。不过，你还这么小，有些事情如果你解决不了，尽管来找我。我答应过你母亲，要好好照顾你。”

“放心，我解决不了的事情，你大概也解决不了。”凰北月自信地一笑。

她这个人，不喜欢欠人情，不喜欢求人。尤其他们这种人，最大的忌讳就是产生依赖感，这可是致命的。就算灵魂在颤抖，心也镇定不乱，手中的剑绝不会被撼动。

逍遥王剑眉一扬，冲她微微一笑。虽然他没有开口，但是凰北月看得到，他眼中那种名为信任的光芒。

凰北月往逍遥王身后看去。一辆马车里，风连翼正掀开车帘望着他们这边，紫色的眸中流露出点点笑意。

凰北月眉头一皱，想起那天出现在长公主府祠堂外的风连翼。此人绝对不简单！她不知道逍遥王对他了解多少，但是看在逍遥王对自己这么关怀的分儿上，她觉得自己应该提醒逍遥王一下。

“王爷，那个风连翼不简单，小心为上。”她低声说完，便绕过逍遥王，走进长公主府。

逍遥王一怔，随即摇着折扇笑起来，她这是在关心自己啊！

凰北月回到流云阁，萧远程立刻派了人来，说流云阁太偏僻了，她身体已经好了的话，便搬到前面的溶月轩去，以便照应。凰北月担心东菱的伤势，哪有工夫应付他们，便面色严厉地将人打发走了，然后走进房间看东菱。

东菱趴在床上，鲜血把她身上的衣服都染红了。凰北月连忙拿出之前太子给的翡翠玉液涂在她的身上。东菱缓缓地睁开眼睛，虚弱地说：“对不起，小姐，我……我实在忍不住了，只能回来了。”

“你做得很好，有你在我才能这么放心。”凰北月安慰她，“皇上已经准许我进入灵央学院了。”

“真的吗？”东菱难以置信地睁大眼睛。灵央学院可是多少人挤破了头都想进去的。大小姐萧灵每年都会去求老爷，但是因为没有办法通过考核，到现在也没进去。

东菱有些纳闷儿。难道小姐也要去参加考核？

凰北月看出了东菱的心思，笑了笑，说：“我是进太学，不用参加考核的。”

“进太学也好。樱夜公主和太子殿下也在太学念书，我看樱夜公主和太子殿下似乎对小姐不错。”

“他们对我确实都不错。”

樱夜公主率真爽快，太子战野外表冷酷，内心却很温柔。

“不过，小姐去了灵央学院也要小心。”东菱担心地说，“里面不少学生是非常了得的高手，小姐不愿意暴露身份的话，最好和他们保持距离。”

“这个我懂，可是，也许没办法太平静。”

萧仲琪和萧韵以及薛彻都在灵央学院，她才不相信他们不来招惹她。不过，兵来将挡，水来土掩，她凰北月怕过谁？

第十二章
擂台比武

碧水院。

今日宫里发生的事情，雪姨娘从萧韵口中得知了。

萧远程回来后就大发脾气，屋子里的东西不知道被他砸了多少，谁也不敢上前去劝。等他发完了脾气，雪姨娘才走上去说："老爷，您消消气，不必为了那丫头气坏了身子啊！"

"哼！"萧远程重重地哼了一声，面容扭曲，"这么多年，我倒是小看她了。"

想起最近一段时间凰北月的所作所为，萧远程算是明白了，这个女儿跟以前不同了，以前任打任骂不敢出声，现在一出口就让他难堪，甚至差点儿丢了全家性命。

雪姨娘忙说："老爷你多虑了，她再怎么厉害，也只是个十二岁的小丫头，能翻起什么大浪来啊？"

"她确实翻不起大浪来，可她身后不仅有皇上和太后，连逍遥王也在维护她。"

"逍遥王旧时和长公主有些情分，大概为此才维护那丫头的。"说起逍遥王，雪姨娘眼中闪过一道精光。

"若是逍遥王知道这些年发生的事，我们萧家可就完了。"萧远程忧虑重重。

雪姨娘道："逍遥王怎么会知道？三姑娘今天不是什么都没说吗？"

"她今天不说，不表示别人就不知道，府中人多嘴杂，我不能放心！"

"那老爷打算如何做呢？"雪姨娘问。

她现在可是指望着能通过凰北月巴结上逍遥王，这件事比她在萧家的地位还重要。如今，她对萧远程已经心灰意冷了，也不指望他能把自己扶正。她把一切希望都寄托在了萧韵身上，只要萧韵好了，她就会好。

萧远程扭曲的脸上闪过一丝狠厉："我绝对不能容她！"

雪姨娘心中一颤，看向萧远程的目光有些复杂。所谓虎毒不食子，他恨长公主当年给他带来了耻辱，可凰北月是他亲生的女儿，他竟然也能下得了这样的狠心。

雪姨娘柔声道："她身子本来就弱，若是突然暴毙，也是正常的。"

"不能让她在府中出事，否则，皇上怎么会放过我们萧家？"

"老爷的意思是……"

萧远程眼中闪过阴狠，多年的屈辱似乎在这一刻突然爆发出来："让她意外死在外面，谁也怪不得我们！"

雪姨娘心中一跳，想起巴结逍遥王的事，忙问："老爷打算什么时候动手？"

"当然是越快越好，不过还是要好好计划一番，才能做到天衣无缝。"

"老爷，这事千万不能有任何差错啊！"雪姨娘可不希望凰北月那么快就死了，没有凰北月，怎么巴结逍遥王？

"雪娘，还是你最懂我啊！这么多年，我什么事情都只和你商量。"萧远程转过头，看着保养得依然貌美如花的雪姨娘，发泄了怒气，他觉得春心荡漾、躁动难耐，连忙一把搂住雪姨娘倒在了榻上，"心肝儿，怪不得这么多年，我最喜爱的还是你啊！"萧远程说着，双手探进雪姨娘的衣服里面使劲儿揉着。

雪姨娘娇柔地吟了几声，横了他一眼："就知道说好话哄我！"她心里却在冷笑，他若真的最喜爱她，这么多年，也不会让那个琴贱人骑到她的头上来了。

如鱼饮水，冷暖自知。

之后几天，萧远程多次派人来催促凰北月搬到溶月轩去，毕竟那里看着比较像样，都被凰北月推辞了。流云阁僻静，正是她喜欢的，没有那么多人来才方便她做事情。无奈之下，萧远程只好动用了大笔资金，让人把流云阁大肆整修了一番，务必要弄得比长公主府任何一座院子都气派。

他这举动不仅让琴姨娘气得好几天面色不豫，连凰北月都气得差点儿吐血。她不想搬去溶月轩就是怕被人烦，哪里想到萧远程会对宫宴上皇上的怒火这么惧怕，居然派人给她整修院子。工匠们日夜不停地做工，凰北月也没有办法安心研究黑玉，只能一心等着灵央学院开学。

雪姨娘来试探了许多次，让凰北月去逍遥王府感激那天逍遥王的相送之情，怕凰北月怯生，特意让萧韵跟着一起去，她会准备一份谢礼。凰北月每次都以身体不舒服为由拒绝了，惹得雪姨娘和萧韵很不高兴。萧韵求药心切，见凰北月这么不合作，她心里对凰北月的怨气又增了几分。

两天之后，灵央学院开学的日子。

这天，东菱早早地起来，帮凰北月准备好书具等物品，然后两人从流云阁走到前院。

今年，萧仲磊和萧柔也都能进入灵央学院，因此萧家众人都出来相送。

宫宴那天的事情之后，萧远程表面上对凰北月的态度非常好，像是真的在感激她那天在皇上面前没有告状。凰北月其实很明白萧远程对她的态度，见他硬要假惺惺装慈父，她也不拆穿他，他说什么，自己就一板一眼地应着什么。

“北月，太学里面都是皇族子弟，你可要小心谨慎，不可得罪人啊！”

凰北月淡淡地看他一眼，让东菱扶着上了马车后，她才掀起帘子说：“这是长公主府，我身为郡主自然知道该如何维护府中颜面，父亲多虑了。”

之后，她放下帘子，淡淡地吩咐一声：“走吧。”

萧远程面色铁青。凰北月这几句话好像在提醒他，他只是长公主府的入赘驸马，就算长公主过世了，这府中也没有他说话的资格。

今日，长公主府上下人等都在，凰北月的几句话让众人大吃一惊。三姑娘最近是不是中邪了？怎么频频语出惊人？

每年春天刚过，灵央学院便开始了开学考核。新生通过考核可以分配学院，旧生则通过考核评定等级。

目前，灵央学院共有武道、召唤术、炼术、幻术四门主要课程，招揽了全国各地的人才。

凰北月到达灵央学院门口的时候，已经有不少马车停在外面，都是护送都城中各府公子、小姐来学院的。

灵央学院的大门恢宏大气，上百级阶梯通往顶端，门前漆黑的牌坊充满威慑力，上面有充沛的元气在流动。这是守卫灵央学院的屏障之一，有外敌入侵，牌坊上的元气便会生成一道巨大的元气屏障，实力不在八星以上，根本无法突破进去。那纯正浑厚的黑色显得庄严肃穆，让人心生敬仰。

凰北月下了马车，刚走上阶梯，便听见身后传来一声响亮的吆喝：“安国公府的马车到了，快闪开！”

热闹的门前一时间安静下来，众人纷纷转头看着那辆飞快驰来的马车。

安国公府门客数千、高手如云，加上财力雄厚，安国公又是个奸猾之人，如今的安国公府可谓是如日中天，权贵们争相巴结，风头是所有大家族中最盛的，因此，几个马夫识相地赶紧把自家马车赶开了，让安国公府的马车径直冲过来，气焰嚣张地在灵央学院门口停了下来。

马车上的下人们跳下来，掀开车帘，把自家少爷、小姐搀扶下来。

第一眼，凰北月就看见了老熟人薛彻。

得了十一级灵兽红蛛的薛彻明显和往日不同了，似乎为了迎合红蛛那一身鲜亮的红色，他今日穿了一件嚣张至极的红袍，人模狗样的，看得几个年轻女子都红了脸。

薛彻这样出风头，萧仲琪可不高兴了。同样是大家族的少爷，他不是召唤师，就比别人矮了一头，性格自负的他当然不服气了。

凰北月眼角余光扫到他的表情，心里微微一动，她以前以为萧仲琪和薛彻的关系应该不错，没想到……她暗暗地笑了笑，不打算看薛家的人，转身和东菱一起走上了阶梯。

这时，薛彻转过身，风度翩翩地从车上扶着一个十四五岁的美丽少女走下来。

少女一身鲜绿色的襦裙，手中拿着一把镶嵌着宝石的长剑，倒有几分英姿勃勃。

萧韵看见这个少女，一脸笑容地上前几步，叫了一声：“梦儿，你什么时候回帝都的？”

薛梦抬头看见萧韵，也是一脸灿烂的笑容。她冲薛彻眨了眨眼睛，然后看着萧韵，笑着道：“我刚回来，一回来就听说我和你要多一层关系了。”

“胡言乱语的丫头，不理你了！”萧韵一听脸就红了，跺着脚转身就走。

薛梦笑嘻嘻地追上来，拉着她，说：“好了好了，不打趣你了还不成吗？你什么时候脸皮这么薄了？”

萧韵横了她一眼。薛梦笑着眨眨眼，然后一抬头看见走上阶梯的凰北月。

萧韵秀眉一蹙，仰了仰下巴，道：“她就是被我哥退婚的北月郡主？”

凰北月的耳力非常好，她听到薛梦这么说，脚步一顿。

萧韵如今要利用凰北月，自然不能像以前那样逮住机会就羞辱凰北月。她连忙拉了拉薛梦的衣袖，低声说：“咱们别说这个了，说说你最近有什么好玩的事情吧。”

薛梦一听她居然在转移话题，吃了一惊，道：“想不到连你都怕她！我父亲说那个废物竟然敢当众羞辱我哥，哼！我听说她也进了灵央学院，特意来看看究竟是个怎样的女人，竟敢这么嚣张。”

“梦儿，有些话一会儿我再跟你说。”

萧韵深知薛梦的大小姐脾气，她被安国公当成掌上明珠宠爱，自然有嚣张的底气，如果她去找凰北月的麻烦，搞不好这心肠有几分狠毒的大小姐会玩出人命来。

萧韵现在可不希望凰北月死了，她死死地拉住薛梦，才没让薛梦追上去找凰北月的麻烦，几个人从另一边走了。

凰北月慢慢地往上走着，搜索着记忆。薛梦是安国公府的嫡小姐、薛彻的亲妹妹，两个人脾气差不多，一样的嚣张自大、欺凌弱小。现在薛彻得了十一级红蛛，恐怕更嚣张了。

太学里大都是皇室子弟，贵族中没有武学天赋的少爷、小姐也基本会来太学，学习诗书礼仪，以及治国安邦、行军作战之道。

太学的老师都是国中有威望的治学之才，凰北月因为是第一次来，又有逍遥王引荐，便有专人引着她去见了几位老师。

“教习琴艺的沈院士抱病在家，这两天由另一位老师代课。郡主请进。”那人微微弯腰，引着她走进了一座花木扶疏的院落。

几声铮铮的琴音传来，显然是有人在试琴。

“好了，收起来吧。”温雅的声音淡淡地说。

凰北月觉得这声音有几分熟悉，也没多想，转过一片紫藤萝，一个男子正好转过身来，白衣胜雪，乌发如墨，淡紫色的眼眸好像夺去了人世间一切风花雪月。

凰北月呆了一呆，只听那人含笑道：“北月郡主来了。”

“见过先生。”凰北月礼貌地行礼，面色却很冷淡。

风连翼看着她，眼中有一闪而过的失落，随即笑道：“去上课吧。”

凰北月点点头，没有多说什么，转身走了出去。

东菱跟上来，小声说：“小姐似乎不太喜欢这个人。”

“他没外表这么简单，以后见到他小心点。”那一晚的琴声还萦绕在她耳边，初次见面时他身上的杀伐之气她无法忽略，她对这个人的印象一直不怎么好。

东菱点点头。现在，她对凰北月打心里佩服崇敬，凰北月说的每一句话，她都当成真理，绝对不会有半分犹疑。

太学开设的课程有琴、棋、书、画、算术、兵法、礼仪、骑射、文史、医学等十门课程，学生不用每门课程都学，选择自己喜欢的三到四门就可以。凰北月选了骑射、兵法、医学和文史。这四门课程，比较对她的胃口，什么琴、棋、书、画，学那些玩意儿没有一点儿实际用途。她又不做闺阁小姐、贤妻良母，她的凌云壮志在广袤高远的天空之上。

今天的第一门课程就是骑射。

凰北月换了一身轻便的骑马装，头发扎起来，英姿飒爽地去上课了。

骑马场上，凰北月老远就看见一群贵族少爷、小姐，穿着各式各样、华丽精致的骑马装，三五成群地说着什么，不像是来学习骑射，倒像是来到了露天宴会。

凰北月不禁有些后悔，早知道这样，她就不选骑射了。这本来就是基础性的东西，对她来说没什么用，她只是觉得这身体太弱，应该锻炼锻炼，没想到……

“北月！”凰北月正郁闷着，一个清脆的声音在她后面响起。

一群少爷、小姐闻声看过来，立刻纷纷行礼：“参见公主殿下！”

“都平身。”樱夜公主随意挥了挥手，笑着走上来，拉住了凰北月的手。

她今天穿了一身鲜亮的红色骑马装，朝气蓬勃，映得一张俏丽的小脸红彤彤的。

“听说你选的几门课程，我都不敢相信。你身体不好，就该选些轻松的，琴、棋、书、画都不错。”樱夜公主语带关切。

“我在家待久了，想学点儿不一样的。”凰北月胡乱找了个借口搪塞过去，忙道，“上课了，过去吧。”

今天是开学的第一天，新生比较多，教习骑射的郭院士便打算带着他们去东院看看真正的高手，激发一下他们的斗志。学生们高兴不已，个个打起精神，跟着郭院士前往东院。

东院即武道院，今年来了一批比较出色的学生，教练正在教授他们基本功，几位老生在一旁边看边帮忙指导。

“郭院士，快来看看我这些学生，都是非常出色的。”武道院的雷院士哈哈大笑着走过来，一脸得意之色。

郭院士的脸色有几分不自然，但还是笑着走了上去：“雷院士，想不到今天是你在啊！”

早知道是姓雷的在，他才不来。他俩是在武道院修习的同门，这个姓雷的可以教习武道，他却只能在太学教一群贵族子女骑射。

“我在正好啊！哈哈，今天都来了新生，郭院士，有没有兴趣比试一下？”

比试？和武道院的人比试？那群贵族少爷、小姐立刻胆怯了，面面相觑。他们平时虽然高傲一些，可还是有自知之明的。

郭院士道："比试就不必了，指导一下吧！"

雷院士也只是开个玩笑而已，这些贵族子女的水平他还不了解吗？他当即哈哈一笑，一招手说："梦儿，你来指导一下他们吧！"

被一群年轻俊杰众星拱月般围着的薛梦走出来，骄傲得像个公主。

雷院士转头对薛梦说："随便示范几招给他们看看就行了。"

薛梦点点头，脸上露出一个美丽动人的笑容，朝樱夜公主行了礼，便在教习场中示范了几个动作。她穿着一身嫩绿的襦裙，袖口飘舞，腰身扭动，美感十足。那些对着樱夜公主只能低头的青年都目光灼热地看着她，纷纷叫好。

雷院士摸着下巴上短小的胡须点头，不错，这薛梦也是他得意的学生之一。

示范完后，薛梦冲太学的众人拱手道："这几招很简单的，你们有没有人愿意出来跟我演练一下？"

这个薛梦的手段，整个灵央学院都传遍了，她跟她的兄长一个德行，目空一切，喜欢打击新生的自尊和自信。听说今年入学的一个女学生长得很漂亮，天赋也极高，薛梦带了几个人去，打得那个女学生站都站不起来，当天便被接回家了。众人虽然对她有些不满，可是她实力强，背景又硬，加上长得漂亮，因此没人敢站出来指责她，谁让老师都在袒护她啊！

薛梦盈盈笑着，鄙夷的眼神在太学众人身上转了一圈。那些贵族子女都害怕她会叫到自己，一个个低着头，目光躲闪，不敢看她。

薛梦哪里会找别人，她一眼就看见了凰北月，对于这个敢当众羞辱自己尊敬的父亲和兄长的丫头，她早就想教训一番了，今天这个机会正好，她要好好让凰北月尝尝苦头，为父亲和兄长出一口气。

"北月郡主，听闻你聪慧灵敏，这样简单的几招，你一定学会了吧？不如你上来和我演练一下吧！"

临淮城的人，谁不知道长公主府的北月郡主是个懦弱无能的废物，什么聪慧灵敏，完全是薛梦故意羞辱她的。薛梦不过是先夸奖她一下，这样就不会显得自己找弱者当对手，占便宜了。

薛梦这话一出，众人都转过头看着凰北月，眼神里有同情又有幸灾乐祸。啧啧，让薛梦盯上了，一会儿可有苦果子吃了。

樱夜公主柳眉一竖，妙目一凛，道："北月身体不好，找别人吧。"

公主殿下亲自发话，谁敢不听从？薛梦咬着牙。这刁蛮任性的樱夜公主出来搅什么局？上次拍卖会上，听闻她也和父亲对着干，真是讨厌！

薛梦刚想转移目标，凰北月却摸着下巴一脸认真地问："你真想和我演练？"

"北月郡主身体不好的话就算了吧，以免大家觉得我占你便宜。"薛梦的语气不是特别高兴。

凰北月认真地思索着，道："我身体没什么不好的。刚才那几招我不确定能记住多少，不如就来演练一下吧！"

薛梦心里一喜，这傻子果然跟萧韵说的一样，笨死了！自己都想放过她了，她还主动撞上来。好，一会儿吃了亏，你可怪不得我，大家都看见了，是你自己要和我比的。

樱夜公主担心地看着凰北月，道："北月，你……"

"只是演练而已，公主不必担心。"凰北月的语气非常天真。

凰北月走上前去，对薛梦说："在这里大家都看不清楚，我们去那里比吧！"她抬起手，指了指教习场中的擂台。

在场的所有人都被她这句话震惊了。

薛梦眼神怪异地看着她："你想和我上去比？"这个傻子，到底有没有脑子？她知道擂台是什么地方吗？那可是上去了，打死打伤都不用负责的地方。

这时，郭院士和雷院士都出声阻止："不可不可，擂台可不是演练用的。"

凰北月哪会管他们，迈开大步往擂台走去。

"怎么？你不敢吗？"经过薛梦身边的时候，凰北月低声说了这么一句。

薛梦长这么大，第一次被人如此挑衅。问她敢不敢？一个废物竟然敢这么和她说话！哼，一会儿上去了，死伤不论，你可别哭着求我。这样想着，薛梦大步跟了上去。

"北月！"樱夜公主大喊一声。

擂台比武，只要两个人都同意了，旁人就不能干涉。这虽然不是律法，却是自古以来人们都遵循的法则，因为擂台上只有对战双方，没有别人。

这可如何是好？要是北月出了事，父皇一定很伤心，九泉之下的皇姑母也一定很伤心。

樱月公主立刻对随身保护她的侍卫吩咐道："快去通知皇兄，请他过来一趟，要快！"

侍卫也知道事情闹大了，不敢耽搁，立刻去了。

擂台上，凰北月和薛梦各站一方，对视着。

擂台下面围了一大群人，各种心态都有。

“北月郡主真是个傻子啊？她竟然敢上擂台挑战薛梦！唉，一会儿可要惨了。”

“希望薛梦手下留情吧！”

“怎么可能？薛家兄妹是什么人，大家都清楚的吧？”

薛梦听着这些言论，挑了挑眉，说：“凰北月，现在认输还来得及。你只要求求我，这次比武就算了。”

“认输？我为什么要认输？”凰北月抱着双臂，表情冷漠地道。

如果薛梦不先来找她麻烦，她也不想这么快就对付薛梦。现在既然敌人踩到自己头上来了，她要能忍，就不叫凰北月了。

“哼！嘴硬，一会儿看你哭着求我！”薛梦冷哼一声，摆了一个起手式，“开始吧！”

凰北月也摆了一个起手式，这是薛梦刚才示范过的。

“学得还挺像！”薛梦不屑地说，然后便开始了进攻。

薛梦的手刚靠近凰北月，凰北月一个旋身，看起来很简单的动作，避开了她。

薛梦一愣，是自己动作太慢了吗？这个废物还挺灵活的。哼，别得意，一会儿就有你的苦头吃了。

对付一个废物，如果不能速战速决就太丢面子了，因此，一招没有得逞后，薛梦立刻加快了速度。

出手迅速，简单的几个示范动作，薛梦也能发挥出最大的威力，这就是高手。

凰北月以同样的招式回击，她没有薛梦那么凌厉快速，动作如行云流水，看似柔和没有攻击力，可是薛梦知道，自己已经使出七分的力量，却没能碰到凰北月一片衣角，这让生性骄傲的薛梦怒了。就算在一个高手面前吃了这种亏，薛梦都受不了，何况与她对战的还是一个废物。

“哼，凰北月，你知不知道，在擂台上，打死打伤，概不负责的？！”在凰北月身边再次扑了一个空，薛梦漂亮的面孔有些扭曲了。

“死伤不论？”凰北月挑了挑眉，眼中闪过一丝冷冷的笑意。

“死伤不论！”薛梦低喝一声，猛然间改变了攻势。她已经不用刚才示范的那几个招式了，而是招招狠辣，直接攻击凰北月身体最脆弱的地方。

擂台下面的人全都倒抽了一口凉气。薛梦是怎么回事？不是说好只是演练吗？她怎么好像要人命一样。

郭院士哼了一声，道：“雷院士，你的学生不厚道啊！北月郡主今日第一次来学院，还未接触过武道。你的学生都是这样恃强凌弱的吗？”

雷院士被说得满面涨红。他也觉得有些丢脸，本来和一个从未接触过武道的人过了几招都没占到便宜，已经够没面子了，现在薛梦还使出了狠招，简直把他们武道院的面子都丢光了。另外，樱夜公主就在这里观战，看公主的面色，已经非常不悦了。

雷院士上前一步，大声道："梦儿，点到即止便好。"

可是，已经被凰北月挑起怒意的薛梦怎么肯听他的？她一向心高气傲，对凰北月又心存不满，今天不打得凰北月跪地求饶，她是不会甘心的。

这时，凰北月一个旋身，避过薛梦猛力拍出的一掌。之后，她借着避开的力道闪到了薛梦背后，又用示范动作中的一个后旋踢朝薛梦踢了过去。

十二岁的凰北月比薛梦矮了一头，一抬腿却非常高。薛梦大惊之下回头，正好被她一脚踢在了脸上。薛梦后退几步，不敢置信地呆了一下。

薛梦最引以为傲的脸蛋被人踢了一脚，虽然力道并不算大没有痛感，也无法接受这个事实。她被一个废物打了，用的还是她刚才示范过的动作！这怎么可能？耻辱！这简直是奇耻大辱！

擂台下面，刚才还低声议论的人，此刻全都安静下来，一个个瞪着眼睛，和薛梦一样的不敢置信。

谁也想不到凰北月这样一个废物，竟然把几个基础动作使用得这么纯熟，还能踢了薛梦一脚，并且是踢在了薛梦脸上。薛梦可是快步入中级战士的行列了，这个废物……她真的是废物吗？

鸦雀无声的教习场中，樱夜公主拍着手笑了一声，道："不错！"

郭院士也笑着说："老雷，你们武道院越来越不行了啊！哈哈……"

雷院士气得面色铁青，他本想上去阻止薛梦的，现在也不去了。哼，一个太学的贵族小姐，手无缚鸡之力，她刚才只是运气好一些罢了，他就不相信她能一直这么好运气。今天要是让这个北月郡主得意了，他们武道院以后还有什么脸面？

薛梦捂着自己的脸慢慢回过神来，眼睛死死瞪着凰北月，眼神狰狞而凶狠，像要把凰北月生吞活剥了。脑袋嗡鸣了几声，她在心里不断地安慰自己，意外，刚才一定是意外。

在薛梦的怒目瞪视中，凰北月一身轻便利落的骑马装，亭亭玉立，面带微笑，高贵、傲然，不可侵犯。

她朝薛梦撇了撇嘴，伸出一根手指勾了勾，道："继续。"

"我杀了你！"薛梦眼中的杀意一闪而过，敢羞辱她，这一次，自己绝对不会手下留情了。

她飞扑过去，嫩绿色的襦裙翩跹，飘带随风而舞，这样的打扮让她在对战的时候充满了柔和的美感，可是对凰北月这个从小就接受特殊训练的人来说，她浑身上下都是破绽。

忽然，一道寒光掠过凰北月的眼睛，长袖之下，薛梦居然偷偷握了一把匕首。凰北月猛地朝旁边迈了一大步，故意没有完全避开薛梦的攻击，让她的匕首在自己的脖颈上轻轻划了一下。

擂台下，顿时一阵倒抽气的声音，众人都朝薛梦投去鄙视的目光。这个薛梦也太卑鄙了，对方只会一点儿基础动作，她竟然动用了兵刃想置对方于死地。

“薛梦，你敢伤人！”樱夜公主一声大喝，大步走向擂台，准备阻止。

雷院士和郭院士也立刻上前。这个薛梦太没分寸了，她也不看看对方是谁，北月郡主是能随便欺负的吗？

然而，谁也没有想到，台上忽然发生了戏剧性的转变。那把匕首划了凰北月的脖颈一下后，凰北月勾着嘴角冷冷地朝薛梦笑了笑，然后一只脚踩住薛梦长长的裙摆，一只手伸出去抓住了她腰上的飘带。还是刚才的基础动作，只不过凰北月使出来的时候，带着一种令人汗毛竖起的肃杀感。

凰北月闪躲，转身，飘带绕过薛梦的脖子，她手中的锋利匕首便暴露在了众人眼前。

薛梦眼中闪过一抹惊恐，可是已经来不及了，飘带绕过她脖子的时候，也将她的手拉扯过来。她不明白凰北月到底是怎么用力的，只知道她想大喊出来的时候，匕首已经划过她的脖子，鲜血狂涌而出，映红了她那双大睁的眼睛。

教习场中鸦雀无声，一瞬间好像到了世界末日，即便阳光灿烂，教习场也好像一阵寒流袭过，每个人都感觉到了汗毛竖起的寒冷。

凰北月的手还拉着那根飘带，而薛梦的脖子已经被割破了一半。

自作孽，不可活！凰北月冷冷地勾了勾嘴角，手松开，薛梦的身体就像破烂的布偶一样，从擂台上摔了下去。

轰！绿色裙衫飘飘，薛梦的身体重重地砸在地上，一摊鲜血以她的身体为中心扩散开来。

所有人都后退了一步，一时间，谁也没有反应过来。

擂台上的人缓缓走到边缘，姿态优雅，逆着光，她的面部都是阴暗的，看不清楚表情，只有那双黑色的眼睛里闪着清冷的寒芒。

第十三章
栽赃嫁祸

教习场外，听闻薛梦和凰北月在擂台对战的薛彻，和几个友人说说笑笑着赶来看热闹。

那天在长公主府他被凰北月羞辱的事情不知道怎么传了出去，他被贵族子弟们嘲笑了好几天，这口气他怎么咽得下去？他那个好妹妹一向最了解他的心思，果然，妹妹这次肯定能帮他出一口恶气。

他走进教习场，没有预料中的呼喊声，而是一片安静，诡异的安静，没人说话，空气中弥漫着让人不安的冷意。

薛彻的心脏不知道为什么狠狠跳了两下，他连忙看向擂台，就见凰北月站在他妹妹薛梦身后，拉着薛梦衣服上的飘带，而薛梦的脖子竟然被割断了一半，凰北月一松手，薛梦的身体就重重砸到了擂台下面。

薛彻一怔之后，难以抑制的心疼和怒火涌上心头，他的妹妹、他从小最疼爱的妹妹，竟然被人杀了。

“臭丫头，你去死！”薛彻怒极攻心，双眼冒火，面孔狰狞扭曲，二话不说，立刻召唤出了他的十一级灵兽红蛛。

红蛛庞大的身体出现在教习场中，八只脚乱舞着，雷电爆闪，眼睛冒火，低声呜呜着。

这里是武道院，所有人都只是在武道上有天赋，根本达不到召唤师级别，连雷院士都只是一名武士，因此看见这巨大的红蛛，他立刻惊了，连忙大喊着让学生们离开这里。

“离开这里，快走！”

“公主殿下，请快离开！”郭院士也连忙护着那些贵族子女赶紧离开。

“薛彻，你放肆！”樱夜公主对着薛彻大喊一声。

可是，已经愤怒至极的薛彻根本听不到她的声音。

红蛛被薛彻驱使着，杀气腾腾地冲向凰北月。它身上爆闪的雷电，吓得所有人四散逃命。

擂台上，凰北月一动不动，嘴角微扬。

薛彻，连你也想找死？如果一下子杀了安国公府两个人，不知道那个老胖子安国公会是什么反应？上次他派人去长公主府对她下手没有成功，肯定在寻找机会再对她动手吧？至少也要给她一个下马威，而今日薛梦的举动必定是安国公默许的。

人不犯我，我不犯人；人若犯我，斩草除根！不如，她继续给安国公送大礼？

转眼间，红蛛便来到了凰北月面前。

凰北月正想开口召唤冰灵幻鸟出来，忽然有人一声惊呼，随即，一道耀眼而炽热的火焰如同巨龙狂啸奔涌而来，嚣张的红蛛瞬间被轰出去老远，前面两只巨大的腿被烧得差点儿化成灰。

薛彻面露惊恐之色，他跌倒在红蛛背上，身上的衣服已经被烧掉了大半。

“皇兄！”樱夜公主大喜，看到这火焰，她就知道是战野赶到了，顿时松了一口气。

紫焰火麒麟落在擂台上，超级灵兽的威压逼得红蛛步步后退，根本不敢上前试其锋芒。

“太子殿下……”薛彻浑身发颤地抬起头来。他就算有了十一级的红蛛，也不敢惹太子殿下啊！可是，他妹妹死得好惨啊！

“太子殿下要为我妹妹做主啊！北月郡主行凶杀人，天理难容啊！”薛彻嘶声大喊道。

战野坐在紫焰火麒麟的背上，面色冰冷，玄色衣裳在烈焰中上下翻飞，漆黑的眸子宛如星辰。

“擂台之争，生死不论。”

薛彻面如土色，一双眼睛几乎暴突出来：“她是故意的！凰北月，你这个臭丫头，你设计杀死我妹妹！”

凰北月冷眼看着他。她设计杀了薛梦又怎样？擂台之争，生死不论，这是卡尔塔大陆的规矩。上了擂台，就得做好死亡的准备。

“设计？看清楚了，她是自己杀了自己。”凰北月冷冷地扫了一眼擂台下面血泊中的薛梦，那把匕首还握在薛梦的手中，证据确凿，怪她作甚？

薛彻一看匕首，只觉得心如刀绞，浑身发抖，道："你……"

"我怎么了？我只是太学刚入学的新生。薛梦是中级战士，她跟我演练过招还用兵器，最后自食其果，怪谁？"

众人听到她这句话，纷纷点头，低声议论，说的都是薛梦如何手段狠辣，如何恃强凌弱，如何以大欺小。

薛彻听着，一张脸憋得通红。这么说，他妹妹死了，凰北月不仅不用负责任，还理直气壮，人人称赞她如何机敏灵活？！

众人看着薛彻，眼中都带着鄙视的目光，甚至跟薛彻一起来的友人，眼中都露出了几分不屑之色。

薛家兄妹在灵央学院嚣张狂妄、欺凌弱小之事频频，本来就有不少人对他们心有怨气，现在他们终于自讨苦吃，大家当然只有暗暗称快了。

有太子战野在，还有这么多灵央学院的人在场，薛彻再嚣张、再狂妄、再生气，也只能忍下去。

"凰北月，杀妹之仇，我一定会报！"薛彻凶狠地威胁完，跳下红蛛的背，从地上抱起薛梦的遗体，回家去了。

凰北月在心里冷冷地一笑，不自量力！她就是要这样，杀了薛梦，还让安国公府的人抓不到一点儿错处，只能对她干瞪眼。

樱夜公主跑上擂台，拉着凰北月的手，关切地问："有没有吓坏了？"

凰北月摇摇头。她敢说，就算太子战野没有及时出现，红蛛也不敢对她出手。开玩笑，那家伙可是她驯服的，刚才要不是她故意压着气势，薛彻再怎么召唤，那红蛛也不敢出来。

她抬头看着紫焰火麒麟背上的少年，加上迷雾森林那一次，这已经是他第三次帮她了。不管是以戏天的身份，还是凰北月的身份，她都能看到这个冷酷少年温柔的一面，不知道自己是不是该特别庆幸呢？

战野转过头看了她一眼，英俊的面孔上一向没有什么表情，这次也一样："下次不要这样了。"

擂台这种地方，生生死死不好说，这次是她运气好，下次呢？她不可能每次都这么幸运。

"皇兄，这次不是北月的错，是薛梦先挑衅的，要是不应战，以后会让人笑话我们皇族的。"樱夜公主性格直率，一心一意维护这个皇姑母留下的孤女。

脸色微沉，战野道："应战，也不应该在擂台上。"

樱夜公主缩了缩脖子。

凰北月难得俏皮地吐吐舌头，突然童心大发，觉得自己真的像一个十二岁的毛丫头，做错了事情，正在被兄长教训。

久违的亲情，第一次在这个时代出现。

北月郡主和薛家嫡小姐擂台比武的事情，很快就在灵央学院里传开来。

薛梦手段阴险、暗藏凶器、企图杀人，结果自食恶果，一时间，不少人叫好，凰北月反倒落了一个聪敏机智的好名声。

萧韵和萧仲琪一听薛梦被凰北月杀死了，双双脸色大变，一起赶去找凰北月。

开学第一天就发生了这么大的事情，武道馆的教习场被红蛛和紫焰火麒麟毁了一半，学院方面便让学生们都早点回家，因此萧韵和萧仲琪赶到太学的时候，凰北月已经回家去了，两个人只能匆忙回家。

萧韵和萧仲琪刚进家门，就有小厮迎出来说："大少爷、大小姐，不好了！三小姐杀了安国公府的小姐，老爷正大发脾气呢！"

两人都觉得头痛。萧仲琪倒没什么，萧韵和薛彻的婚约都快定下了，现在发生这种事情，安国公府怎么可能还要她呢？

"该死的凰北月！"萧韵愤怒地骂了一声，大步走了进去。

长公主府前厅中，萧远程正忍着满肚子怒火对凰北月说："你亲自去安国公府赔礼道歉，安国公让你做牛做马你都给我做了！"

凰北月抬起波澜不惊的明眸，淡淡地问："为何？"

"为何？你做出这种事，惹怒了安国公，你让萧家以后如何在帝都立足？"萧远程简直暴跳如雷，他隐约觉得这丫头是一头没有露出獠牙的凶猛野兽。

"萧家？"凰北月微微抬眉，她本来安安稳稳地坐着，忽然站起来，手一抬，指着门外道，"我可记得外面大门匾额上，是皇上亲笔题的'长公主府'四个字，与萧家何干？驸马爷，你是不是搞错什么了？"

萧远程眼睛一瞪，面色一红，浑身发颤："你……你……"他竟然气得一句话也说不出来。

凰北月冷笑道："母亲不在，长公主府的事情我自会处理，惹怒了安国公会有什么后果，也由我一力承担，和萧家无关，你大可放心。"

一旁的琴姨娘猛地站起来，尖声道："北月郡主，什么长公主府？什么萧家？住在这府里的都是一家人，福祸共享的。"

站在凰北月身后的东菱笑道：“姨娘这话不对，我们小姐冠的是皇族姓氏，身上流的是皇族血脉，而老爷和其他少爷小姐虽然住在这府中，身份却大不一样，姓的也是萧，至于姨娘你们……”东菱顿了一下，看了看琴姨娘那张因为生气而扭曲的脸，道，“姨娘们毕竟不是老爷明媒正娶回来的，族谱里也不会冠上萧姓，所以，更谈不上一家人了。”

“贱丫头，这里哪有你说话的份儿？！”琴姨娘被戳到痛处，当即一巴掌甩了过来。

琴姨娘还当现在的凰北月和东菱是以前那没用的主仆，殊不知东菱是有些武功底子的，长公主曾请过师傅教她，以前她忍让是为了保护凰北月，现在可不用了。东菱一抬手，稳稳地抓住了琴姨娘的手腕。这丫头手上的力道不小，抓得琴姨娘面孔扭曲，疼得大喊大叫。

雪姨娘在一旁幸灾乐祸地看着，这个琴贱人被教训，她比什么都高兴。

萧远程一看，吃了一惊，正待大怒，门外传来了萧仲琪愤怒的声音：“臭丫头，你胆敢放肆！”随即，旋风般的身影飞快冲了进来。

凰北月知道萧仲琪有几分实力，不是吃素的，她手疾眼快，连忙将东菱拉了过来。

“臭丫头！”萧仲琪几时见过他的母亲被人这样对待，自然不肯罢休，追过来要打东菱。

“大哥哥，你这是要做什么？”凰北月把东菱护在身后，抬头看着挥舞着拳头过来的萧仲琪。

“你不会管教丫头，我帮你管教。”

凰北月面色平静，笑了笑：“你好歹也是个高级战士，受太子殿下赏识，在军中又有战功，皇上说不定择日便会有封赏，你如今要是对一个手无缚鸡之力的丫头动手，传到军中，传到太子殿下或者皇上耳中，成什么样子？”

萧仲琪冲过来的脚步立刻停住了，脸上闪过犹豫、退却之色。

琴姨娘也不是傻子，深知儿子的前程最为重要，便说：“仲琪，以你的身份，不必跟一个小丫头计较。”

琴姨娘这话给了萧仲琪一个台阶，萧仲琪愤愤地甩着手，走到了琴姨娘身边。

萧韵走进来道：“凰北月，你今日所作所为，就不怕安国公对你报复？”

薛梦是她的好友，好友死了，她自然有些难过，而最重要的还是，薛梦一死，她和薛彻的事情恐怕要泡汤了。虽说还有逍遥王，可她怎么甘心？

“我连人都杀了，还有什么好怕的？”凰北月的目光在众人面上扫过，“我这双手已经沾了死人血，以后做什么事我都敢。”

此话一出，胆小些的琴姨娘立刻往萧仲琪身后缩了缩。

凰北月冷冷地看了他们一眼，带着东菱离开了。

她一走，萧远程立刻狠狠捶了一下桌子。

琴姨娘忙道：“老爷，这可怎么办才好？安国公府可是我们惹不起的啊！”

萧家虽然有萧老爷子，可老爷子对长公主府的事情是从来不干涉的。

萧远程怒气冲冲的，一时间也想不到解决办法，只能干着急。

这时，雪姨娘道：“老爷，不如一会儿派人去见见安国公府的钱管家，带上些礼物，向他说明杀人是凰北月所为，与咱们不相干，并表示咱们也为薛小姐的死感到痛心，请他在安国公面前说几句好话，让安国公找凰北月算账。”

雪姨娘一向心思细腻，颇会算计，萧远程在某些方面比较倚重她。此刻一听她的话，萧远程点点头，立刻让人准备礼物去安国公府。

回到流云阁的凰北月，通过萧韵身上的冰羽将这一切都听进耳朵里，若有所思地笑了笑，想置身事外，有那么容易吗？

她换上黑色长袍、披上黑色斗篷，嘱咐东菱小心在家，便偷偷溜了出去。

凰北月去布吉尔市场转了一圈，特意留意了一下佣兵们常去的酒楼。

“魇，薛彻真的会来这种地方吗？”她皱着眉问魇。佣兵喜欢来的地方，大都是非常嘈杂混乱的，因此，她怀疑薛彻那个贵族子弟会不会真的来。

“那只红蛛身上有黑玉的气息，就在这附近，我能感觉得到。”魇慵懒地说。

那天在皇宫出来了一次，魇觉得浑身舒畅，这两天心情也比较愉快。

凰北月推开一间酒肆的门走进去，扫视一圈，二楼一个颇熟悉的身影让她眼睛一眯，然后她大步走了上去。

吵吵闹闹的酒肆因为她的到来瞬间鸦雀无声，那些正喝酒划拳的强壮佣兵转头看着她，有的张大嘴巴，喝进去的酒哗啦啦淌了下来。这么近距离地看见传说中的人物，谁能不震惊？

那天宫宴上，戏天大人打败了南翼国“不败将军”司马归燕的事已经传遍了全国，“戏天”这个名字已经成了强者的代号。

“戏……戏天大人，请问有什么可以效劳的吗？”酒肆的小二跑上来，激动地问道。

凰北月随意地走到一个空位坐下，淡淡地说："一瓶紫葡萄酿。"

紫葡萄酿是南翼国最普通的一种酒，酒劲儿强大，味道香醇，虽然和贵族饮用的琼浆玉液不能比，但因为廉价而广受欢迎。

"都说了别来烦我，滚远一点儿！"凰北月对面的人猛地一拍桌子，醉醺醺地说。

周围的人都转过头来看着这个人，目光中带着同情。

凰北月清冷地说："哦？这里空着，不能坐吗？"

"都说了不……"这人猛地抬起头来，在看见面前神秘的黑色斗篷时，一下怔住了，喉咙里咯咯的，好久说不出话来。

"抱歉，打扰了。"凰北月站起来，佯装要走。

"戏天大人！"酒醉的脑子猛然清醒过来，薛彻连忙站起来，毕恭毕敬地说，"能坐！请坐请坐。"

"多谢了。"凰北月坐下来，抬头见薛彻站着，便说，"薛公子也请坐吧！这原本就是你的位子。"她口气平和，丝毫没有超级强者的疏离感，顿时让薛彻放松了不少。

慢慢地坐下，薛彻激动得手都不知道该放在哪里了，他实在想不到能有幸和戏天大人坐在一张桌子前喝酒。

斗篷下，凰北月牵了牵嘴角。

这时，小二送来了紫葡萄酿，凰北月给自己倒了一杯，浓郁的紫葡萄香气散发出来，很是让人沉醉。

薛彻看着她，有些呆住了。原来高手不都是喝昂贵的酒，戏天大人这样数一数二的强者，竟然也喝紫葡萄酿。

虽然紫葡萄酿廉价，但用透明的酒杯装着，再握在戏天大人的手中，竟然有种高贵优雅的感觉，好像她手中握着的是一块紫色的宝石。

目光中带着崇敬之意，薛彻有些局促地转着自己的酒杯。

凰北月抿了一口酒，抬起头，见薛彻看着自己，欲言又止的样子，她道："薛公子有话要说吗？"

薛彻一怔，连忙慌乱地站起来，在她面前跪下："戏天大人，求您收我为徒吧！"

凰北月差点儿大笑出声。薛大少爷，要是你知道现在求的人是我凰北月，会不会一头撞死在门外的柱子上？

凰北月用沙哑的声音缓慢地说："我不收徒弟。"

薛彻脸上顿时涌上绝望之色。如果不能拜戏天大人这样的强者为师，他一辈子都休想和太子战野对抗。

凰北月看了他一眼，然后淡淡地说："我不收徒弟，但我这个人喜欢交朋友。"

薛彻眼睛一亮，交朋友……戏天大人的意思是，可以和他做朋友？！

"多谢戏天大人！"薛彻高兴过头了，居然在地上重重磕了一个头才站起来，之后又重新坐回去，"戏天大人怎么有空来这里喝酒？"

"来市场找些药材。"凰北月淡淡地说。

药材？薛彻微微疑惑。一般的召唤师是不会买什么药材的，只会去买炼药师炼制出来的丹药，难道戏天大人还懂炼药？不可能的，九星召唤师的实力已经很恐怖了，如果戏天大人还是一名炼药师，那不是要逆天了吗？

薛彻小心翼翼地问："呃，不知道戏天大人想找什么药材，或许我可以帮帮忙。"

"不必了，药材已经找齐了，过会儿我再去转转，看看有没有好一点儿的药炉。"凰北月喝了一口紫葡萄酿，语气清冷地道。

薛彻一听，立刻确定了自己的想法："戏……戏天大人，您会炼药吗？"薛彻结结巴巴地问，已经震惊得脑子发晕了。

凰北月点点头，低调地说："会一些吧！"

薛彻狠狠地吞了一口口水。真是人比人气死人，有的人走了八辈子运才能混成召唤师，炼药师就算做梦都不敢奢望，而自己面前这个人，不仅是实力强悍的九星召唤师，还是一名炼药师，这天赋和实力多让人嫉妒啊！安国公府一定要好好拉拢，将来成大事，可是要靠这些高手呢！如今的安国公府还没有一名炼药师，而就算是低品级的炼药师在卡尔塔大陆也是非常罕见的，如果戏天大人能被他们所用，安国公府的整体实力绝对会大大提升。

戏天大人要找药炉还不容易？别的不说，安国公府的镇府之宝"净莲炎火鼎"对炼药师来说，绝对是极大的诱惑。

"药炉的话，我们安国公府倒是有几个不错的，如果戏天大人不嫌弃，可以到府中看看。"薛彻殷勤地说。

"贵府的私藏，不好让外人看吧？"凰北月嘴角一勾。

"那有何妨？我们府中也没有炼药师，那些药炉都是家父收藏的。家父时常说，再名贵的宝贝，也要有能与之相匹配的人。”薛彻因醉酒而满脸通红，脑袋摇摇晃晃的，看着竟有几分好笑。

凰北月放下酒杯，道：“安国公真是高义之人，我倒想拜会拜会。”

薛彻大喜道：“拜会不敢当，戏天大人肯光临敝府，父亲一定非常高兴。”说完，薛彻兴奋的神情突然低落下来，“只是……”

“怎么了？”凰北月明知故问。

薛彻一拳打在桌子上，恨恨地说：“凰北月！”

凰北月眉头挑了一下，心里冷笑一声，叫我名字也没用，谁让你倒霉惹了我？

“今日在灵央学院发生的事情，不知道大人听说了没有？那个凰北月心肠歹毒，设计让我妹妹惨死。我父亲年迈，伤心欲绝，已然卧病在床，恐怕不能亲自招待大人您了。”

凰北月冷声说：“杀人偿命，不是天经地义的吗？”

薛彻恨恨地说：“这就是凰北月的狡猾之处。她设计让我妹妹上了擂台，结果……更可恨的是，连太子殿下都袒护她。我报仇无门啊！”

凰北月早就知道薛彻会添油加醋胡乱说出来博取同情，因此，她微微一笑道：“这么一说，那个凰北月还真是可恶。”

“哼，这个仇我记下了，那个凰北月，我绝不放过！”薛彻目露凶光，道。

“君子报仇，十年不晚，薛公子还是从长计议为好。”

薛彻听戏天大人站在他这一边，自信心倍涨，拱手说：“戏天大人真是深明大义，我薛彻就佩服您这样的人。”

凰北月随意地摆了摆手，道：“薛公子过奖了。”

二人说了几句话，薛彻已经将戏天大人引为知已。他们又在酒肆坐了一会儿，薛彻便要带凰北月去安国公府看看那出名的“净莲炎火鼎”。

两人走出布吉尔市场，薛彻让人牵了马来。他与凰北月并肩骑行。

二人走到街路，迎面一队骑兵行来。骑兵们戴着黑色盔甲、黑铁面具，腰佩长剑、骑着黑色骏马，一片肃冷的气氛。

队伍前方的少年穿着精致的黑色长袍，面容俊美，却冷酷异常。

骑兵们所到之处，行人都纷纷闪避。这些骑兵都是白银战士以上的高手，负责保卫帝都和皇宫。

薛彻轻轻哼了一声，策马退到一边。

队伍前方的黑袍少年，清冷的目光淡淡地从凰北月身上扫过，然后他看了一眼薛彻。声名鹊起的戏天大人和安国公府世子走在一起，让人不多想都不行。

凰北月觉得头疼，她是想利用薛彻，但是她不想造成她加入了安国公府一方的假象。有一个九星召唤师加入的话，安国公府的势力一定会更加强大，那些观望的高手估计也会纷纷加入。她才没那么好心，要帮他们当活广告招揽人才呢。不过，此刻人太多，她不方便和战野说话，她冷漠得目光都没有动一下，策马来到了薛彻身边。

薛彻看见她这番举动，别提多兴奋了，他已经自动认为戏天大人加入安国公府阵营了。

“太子战野心高气傲，顶着天才之名，可容不下别人比他强。”黑色骑兵渐渐走远后，薛彻才低声道。

他要尽量丑化太子战野在戏天大人心目中的形象，戏天大人才会彻底加入他们，何况太子战野确实目中无人、骄傲冷酷，谁会看得惯他？

凰北月默默地听着，薛彻什么想法，她清楚得很，不过是没有反驳罢了。

安国公府一片素白，一眼看去，愁云惨雾。灵堂设在后院，没有影响前院。

管家看见薛彻回来，立刻迎上来，道：“大少爷，您回来了。”

薛彻摆摆手说：“我有贵客，有事稍后再说。”说完，引着一身黑斗篷的凰北月走向后院，一边走一边对管家说，“父亲呢？快去叫父亲，说戏天大人来了。”

管家看了一眼凰北月，那身黑色斗篷透着一股说不出的诡异，让人遍体生寒。他不敢多看，立刻去了。

安国公府的书房中，可谓奇珍异宝无数，美轮美奂，看得人目不暇接。这么多珍宝敢这么明目张胆地放着，可见安国公对于自己府中的防卫多么自信了。

凰北月对那些珍宝没有兴趣，她随意扫了一眼，在一幅画前站了一会儿，没多久就听到书房外传来中气十足的笑声。凰北月背着手转过身，便看见安国公挺着大肚子走进来，一身肥肉乱颤，笑得脸上的肉挤在一块儿都看不见五官了，眼睛成了一条缝。她很好奇，他还能不能看见她。

“戏天大人大驾光临，寒舍蓬荜生辉啊！”

凰北月淡淡一笑，道：“安国公府奇珍异宝无数，已然金碧辉煌，哪里能称‘寒舍’？”

她这句话说得轻松随意，平添了几分亲和，让刚失去了爱女的安国公内心不禁畅快起来。

虽然失去了最疼爱的女儿，但是安国公膝下子女众多，他倒也没有那么悲伤，如今得到这位戏天大人的帮助才是头等大事。

“父亲，戏天大人还是一位炼药师呢！”薛彻笑着说。

安国公父子脸上灿烂的笑容，让凰北月怀疑今天在擂台上她是不是杀错人了。难道薛梦不是安国公亲生的？她怎么看不见他有多悲伤？

“哦？”安国公挤到一块儿去的眼睛瞬间睁大了那么一点儿，“戏天大人真是天纵英才啊！”

“过奖了，我只是略懂一二而已。”这个时代的炼药术，她还没有完全琢磨透，确实只是略懂一二。

安国公只当这是高手谦虚。戏天的实力，他们是亲眼见过的，绝对不会错。

父子俩交换了一个眼神。常年狼狈为奸，他们自然知道这时候应该怎么做。

安国公走到一幅字画前，也不知道他触碰了什么地方，挂着字画的墙壁朝两边分开，露出了一个很大的空间。

薛彻点着一盏灯笼提着，对凰北月道：“戏天大人，里面有我们安国公府世代珍藏的药炉，请进去一看。”

凰北月不动声色地打量了一下这道暗门。

安国公实在太胖了，他巨大的身躯挡着，她刚才着实没有看见他在什么地方有了动作，不过，已经知道了暗门在哪里，就足够了。

凰北月跟在薛彻后面，走进了暗门。

刚开始是窄窄的一段路，地势向下倾斜，片刻后，豁然开朗起来，里面掏空了，建造了一座藏宝室。

安国公父子对这地下藏宝室的安全系统还真是有信心啊，敢这么大胆带着她进来，完全不怕会出什么事。

藏宝室四面的墙壁都被挖成了一个又一个格子，里面放着数不尽的珍宝。藏宝室正中间的一座白玉台上，水流潺潺，水面散发着点点金光，淡蓝色的元气在白玉台四周缓缓流动。

安国公呵呵一笑，从一个格子里捧了一只紫金铸造的药炉出来。这药炉也算是极品了，毕竟紫金本就是非常稀有的材料，市场上，一小块紫金石就能卖上千万金币。

“这药炉名为紫淬金炉，由六十六块紫金石炼制而成，世间罕见。老夫与戏天大人一见如故，再则大人驯服了红蛛给彻儿，这紫淬金炉全当是老夫的一点儿心意，赠予戏天大人。”

六十六块紫金石炼制而成，光是材料就非常昂贵了，还不算炼器师炼制的难度，这安国公真是舍得下血本啊！

“如此昂贵，在下收了，日后必然是要回馈安国公的。”凰北月将紫淬金炉接过来，仔仔细细地看了一遍，手有点儿痒。用这只药炉炼药，应该不会再爆炸了吧？

魇忽然道：“这只药炉确实不错，但是和‘净莲炎火鼎’相比，还是差太多了。”

“慢慢来，净莲炎火鼎，我是志在必得的。”

安国公父子见她这么痛快就收下了紫淬金炉，顿时舒了一口气，内心无比轻松。

一般高等级的召唤师不仅实力强悍，长期积累的财富也很庞大，因此很难贿赂。这个世界上，只要用钱能收买得了的人都好对付，最怕的就是那种对金钱财富毫无兴趣的人了。

安国公哈哈笑道：“戏天大人真是爽快人啊！”

凰北月道：“我这人只是喜欢交朋友。”

“是……是，交朋友！”安国公心领神会，更放心了。

这时，凰北月“咦”了一声，说：“听闻安国公府有一尊宝鼎，不知可否借来一看？”

净莲炎火鼎是安国公府的镇府之宝，世间罕见的绝品宝器，天下人皆知，不少高手想看看传闻中的净莲炎火鼎是什么样子。

安国公向来因自已拥有净莲炎火鼎而得意，保持着神秘的同时，又时不时透露一点儿消息出去让别人羡慕。别人说要看，他不一定会拿出来，这位戏天大人要看的话，那就好说。

安国公也不拒绝，非常爽快地说：“戏天大人要看，老夫自然不会推辞！”

他走到白玉台前面，肥胖的手伸进潺潺流动的水中一晃，慢慢按下去，一道璀璨但是并不刺眼的金光便缓缓升了上来。

安国公的手晃动的规律，凰北月看得非常清楚，并且牢牢地记在了心里。

金光破出水面，紧接着，一只西瓜大小的药炉缓缓地浮现在水面。

药炉通体闪着金光，光芒耀眼，药炉之上用暗黑色的云纹绘制着大朵大朵的莲花，都是开放的姿态，一眼看上去，好像莲花要从药炉上盛开出来一样，栩栩如生。

“果然是宝器！”

凰北月站在距离白玉台一米的地方，并不靠前去仔细观看，这让安国公放心了不少。毕竟，世间任何高手看见这样的绝品宝器都会动心的。戏天的实力这么强，他要是动了心起了贪念，那可是怎么都挡不住的啊！

“这只净莲炎火鼎，有没有认主？”

通过滴血认主的宝器，除非主人死了，否则宝器到哪里，主人都能感应到，并且宝器非主人不能使用。

安国公笑得满脸肥肉堆了起来：“不是炼药师，是不能对药炉认主的，我们薛家还没出过炼药师。”他暗想，如果戏天能成为他的心腹，这座净莲炎火鼎让戏天使用了也无妨。

听到没有认主，凰北月放了心，看了一眼金光闪耀的宝鼎，说：“没有认主的话，被盗走怎么办？”

“哈哈！”薛彻笑了两声，道，“大人放心，这里机关重重，就算是九星召唤师，也不一定能闯进来。就算进来了，白玉台的水里加了元气禁制，只认我父亲一人的气息。”

原来是这样！凰北月暗暗琢磨，这里就像现代的机关室，还带密码的，不过比起现代的高科技设备，这里明显弱太多了。

“如此甚好。”凰北月轻轻地点头，又看了一眼净莲炎火鼎，说，“今日真是大开眼界，多谢安国公了。”

安国公收起净莲炎火鼎，擦干净手上的水渍，走过来道：“难得和戏天大人这么投缘，我已吩咐下人备了酒菜，我们去外面花厅多聊一会儿吧！”

“多谢了。”凰北月淡笑道。要偷这老胖子的东西，少不得要和他虚与委蛇一番。

凰北月在安国公府喝了几杯酒。她这个人，看着冷冷淡淡的，听人说话倒是非常有耐心，安国公父子无论说什么，她都能回应一两句，倒也算是宾主尽欢。

天黑下来，安国公府还在办丧事，凰北月就告辞离去了。

回到流云阁，凰北月拿出那天在制衣店定做的衣服。衣服前两天刚拿回来，她还没有好好看过。黑色的布料上面有暗花的刺绣，按照她给的图纸剪裁，非常合身，穿在身上不要太帅啊！

东菱看得眼睛都直了，惊喜地道：“小姐，这是哪个国家的衣服？我怎么从来没有见过？”

“是个偏远的国家。”凰北月随意一说，不想和东菱解释太多。

凰北月整理好衣服，问：“我让你准备的东西，准备好了吗？”

“嗯，好了。”东菱立刻转身去衣柜里翻了个小布包出来打开，“这是大少爷的玉佩，听说从来不离身的。”

凰北月眨了眨眼，拿起玉佩。她从灵央学院回来后，让东菱去弄点儿萧仲琪或者萧远程的东西，随便什么都行，没想到东菱这么有本事，居然弄了萧仲琪的随身玉佩来。

“你怎么拿到这东西的？”萧仲琪身手不弱，帝国白银战士的实力可不是吹出来的。

东菱脸一红，扭捏地说：“我刚刚去后花园，看见大少爷在调戏雪姨娘房里的丫鬟，他们……衣服，呃……这玉佩掉在草地上，我就捡回来了……”

东菱毕竟年纪还小，撞见那种男女之事本来就很尴尬，此时说出来就更羞涩了。她低着头，脸红成了番茄样。

凰北月倒是无所谓，这种事情以前她见多了。她收起玉佩，点点头说：“这一次，绝对让萧家的人吃尽苦头！”说完，她又悄悄地潜了出去。

漆黑的夜空中，一颗星星都没有。

一抹娇小的身影从长公主府偷偷溜出来，在街道上如鬼魅般潜行。那身影动作迅速、利落，精致的黑色长袍翻飞，诡异肃杀的气息令人胆寒。

几个起落间，她已经来到安国公府的书房外，连蹲在院子里的敏锐的猫都没有惊动。

书房里的灯开着，她悄悄靠过去，听着里面的说话声。

“恭喜父亲得到这样一位高手，您登上皇位，指日可待了。”薛彻骄狂地道。

安国公哈哈大笑了几声，道：“想不到那个戏天这么识时务，真是天助我们啊！”

“父亲，有了戏天的帮助，不如我们尽早铲除太子？”薛彻狠狠地说。

安国公眼中精光一闪，道：“哼，他敢袒护杀你妹妹的凶手，我们自然不会放过他！但是戏天刚和我们相交，让他对付太子，还不是时候。”

“父亲说得对，是我考虑不周。”薛彻道。

安国公点点头，眯起眼说：“之前派出去的薛大，这么多天没回来，肯定又拿着钱在哪个青楼里醉生梦死了，没用的东西。”

薛彻恨声道："那个不争气的东西，等我抓到他，定要狠狠打他一顿。"

"这次派几个靠谱的人去吧，别留下什么证据。人死在长公主府，可赖不到我们头上。"

"知道了，父亲。天色不早了，您今日太过伤心，回去歇息吧！"薛彻劝道。

"唉……"安国公叹了一声，"我可怜的梦儿啊！"

"父亲，别难过了，我一定会替梦儿报仇的。"

书房的门打开，薛彻扶着安国公走出来。待薛彻反手将门锁上，他们才离去。

凰北月从暗处闪出，拿了一根铁丝在门锁上鼓捣了两下，门就打开了。

她悄无声息地走进去，关上门。凭着记忆，她根本不用点灯，就能在黑暗中行走自如。她站在安国公之前站的地方，脑海中飞快计算着他肥胖身体的宽度和他当时手臂抬起的高度，相应地移动着自己的脚和手。

不对，不是在墙上！凰北月脑海中飞快地闪过一抹灵光。她的足尖在地板上点了两下，就是这个位置没错！可是点了半天都没有反应，她冷静下来想了想，脚上狠狠用力，在地板上踩了一下。墙壁移动的细微声音响起，凰北月勾起唇角，好一个狡猾如狐狸的安国公啊，竟然连她都算计进去了呢！

一般人都会以为机关在墙上，所以注意力都会集中在他的上半身，殊不知，真正的机关设计在他的脚下。一般人踩在地板上当然没什么动静，但安国公是个几百斤的大胖子，他踩下去的力道和常人可不一样。

这机关设计得确实高明，不过遇上她凰北月，再高明有什么用？她可是智商超高的天才，从小训练的观察力是常人的百倍，任何细微的动作都逃不过她的眼睛。

凰北月从纳戒中取出一颗发光石照明，然后慢慢走了进去。

密室中那段长长的通道布满了机关，脚踏上去就会触动，安国公带她进来的时候，应该是把机关关了。现在，她不打算把机关关掉，如果手段太高明，就不像是萧仲琪那个草包的行事了。这样想着，凰北月身形快如闪电般掠了进去，嗖嗖嗖……瞬间通过了通道的一半。

这时，被触动的机关才开始发挥效用，从地上射出的一支支利箭、从上方坠落的巨石，还有前面阻挡的石门，都带着强大的元气，只要碰到就会吃不消。

不过，相对于薛彻说的九星召唤师也闯不进来却是差了太多，只要动作迅速一些，加上对机关了若指掌，进来根本不是难事。现代的高科技机关都拦不住凰北月，何况这些落后的手段。

"太慢了！"轻松地吹了一声口哨，凰北月已经安全通过了通道，来到藏宝室中。

藏宝室里各种奇珍异宝光彩夺目，不用发光石辅助，她也能看得很清楚。

白玉台上，元气缓缓流动，淡淡的荧光映得她的一双明眸熠熠生辉。

凰北月笑了笑，从纳戒中取出几缕头发，用手指夹着，扔进潺潺流动的水中。

今天跟安国公喝了那么长时间的酒，可不是白喝的，她早就不知不觉中把带有他气息的头发弄下来好多。幸亏薛彻说了这白玉台要安国公的气息才能打开，否则她贸然进来就只能使用暴力了。

她满意地看着水中莹润的光芒闪了闪，然后水流旋动，有什么东西从水底缓缓地升了上来。

有什么地方不对！净莲炎火鼎升上来的时候，不是应该伴有金色光芒吗？她今天可是看得非常清楚。唇角的笑容慢慢地隐去，水中淡淡的荧光映着她脸上一片阴郁之色。

升上来的是一个小小的玉托，上面什么都没有。凰北月脑海闪过的第一个想法就是，自己被那个老狐狸骗了。随即一想，她又觉得不对。安国公狡猾，可他对这个藏宝室中的机关非常有信心，绝对不会想到把净莲炎火鼎转移。

刚才她进来的时候，遇到的那些机关，现在想想，也太简单了。一瞬间，凰北月的脑海电光石火般闪过无数讯息。她狠狠地在白玉台上捶了一下，骂道："奶奶的，被人捷足先登了！"

到底是谁会想到和她同一天来偷东西，技术还这么高明？！

她正想着，安静的藏宝室中忽然响起一声戏谑的轻笑："很聪明。"

凰北月目光一凛，身体比大脑先做出反应。她迅速转身，朝着声音发出的那个昏暗角落猛扑过去。

黑色衣摆在暗处一闪，转眼到了入口处。那人转过身来，脸上的笑容中带着魔鬼一样的邪气："先到先得，你想抢？"

满室奇珍异宝的光芒辉映下，他那妖娆的气质、张扬的霸气，和平时的温润儒雅截然不同。

风连翼！

"我看上的东西，谁也抢不走！"凰北月一阵恼火，眼中寒光乍现。这人知道自己太多秘密了，留下来是个祸害。

风连翼淡淡一笑，目光闪动，瞥了她一眼："那么，来抢吧！"说完，他身形一闪，快速掠了出去。

凰北月冷哼一声，毫不迟疑地追了上去。

两个人的速度都很快，眨眼间便到了密室之外。

黑暗的书房中，凭着敏锐的感知力，两人快速地过了两招。

突然，凰北月手上一疼！这具十二岁的身体太弱了，近身搏斗的力量根本不够。

对方明显很清楚她这个弱点，几招之后，稍稍占了上风。

砰！凰北月的腿狠狠地踢在风连翼的腰侧，却被他沉稳的力量震得后退了一步。同时，他的手猛地抓住她的肩膀，一个旋身，来到了她的身后。

“想赢我？再长大一些吧！”

“哼！”凰北月冷笑一声，“北曜国九皇子，可真是深藏不露啊！面具戴多了，当心烂在脸上。”

“彼此彼此。”风连翼眼中露出一抹狡黠。

这个小丫头真让他惊喜。她的身手在南翼国绝对是数一数二的，只是力量上欠缺了一点儿，不然，他今天怕是要栽在她手上了。

忽然，凰北月目光一闪，嘴角微微扬起。之后，她猛地抬起头，手肘向上一顶。风连翼一惊，偏头躲过，而凰北月的另一只手已经朝他胸前重重地拍过来。他疾步后退，没让她打中。接下来，凰北月一系列近身格斗的狠辣动作，都是他从未见过的招式，一时间打得他措手不及。

风连翼一边后退一边防守，同时不住地惊叹，她真是厉害。

比起刚才的动作，此时的凰北月在速度上快了一倍不止。她不再拘泥于力量，只用快速的打法让他无法反击。

“东西交出来！”最后一个重拳狠狠地砸在他肩膀上，凰北月反手成爪，像他刚才抓住自己的肩膀一样抓住他的，然后闪到他身后，另一只手上多了一把匕首，抵在了他的腰侧。

比狠？谁狠得过她？比快？也没人快得过她！就算面对再厉害的敌人，她也能让自己立于不败之地。

风连翼抬了抬手，轻叹道：“很不错。”

“少废话！”

“好，既然你赢了，那就给你吧！”风连翼无奈地笑了笑，从纳戒中取出一个锦盒向后一抛。

凰北月伸手接住锦盒，打开一看，里面哪是什么净莲炎火鼎，只是一颗通体泛着紫光的拳头大小的珠子。

“你敢骗我！”凰北月大怒道。

风连翼侧身一闪躲过她的匕首，笑道：“送你一份见面礼。”说着，他飞快地从书房的窗户翻了出去。

凰北月眼睛一眯。敢耍她，她绝对不会让他好过！

“来人啊，有小偷！”凰北月扯开嗓子大叫起来。

刚出了书房的风连翼一怔，随即苦笑道：“这丫头还真是……”

凰北月这一喊，安国公府的侍卫立刻被惊动了，离书房最近的一个高手赶过来，正好和风连翼打了一个照面。

风连翼目光一沉，杀意一闪而过。那个高手扑过来，只和他过了一招，就被他杀了。然后，风连翼身形一闪，消失在夜色中。

凰北月一看，心里微微一惊。如果刚才和她打的时候，他手段也这么狠绝的话，她占不了上风。

此时，安国公府灯火大盛，所有人都被惊动了。

凰北月把萧仲琪的玉佩往地上一扔，跳出窗户，鬼魅一样离开了。

“怎么回事？”安国公披着一件黑狐皮大氅，更显得身子臃肿，在侍卫的搀扶下匆匆赶来。

看见书房的门被打开了，他心跳加速，快步走进去。见密室的门大开着，安国公惊叫一声，冲了进去。

通道里的机关都被触动了，可是并没有人受伤的迹象。安国公心中大乱，额头上已经渗出豆大的汗珠，颤抖着肥胖的身子进了藏宝室。看见白玉台上升起的玉托上面空空如也，他惨叫一声：“我的净莲炎火鼎啊！”

之后，他眼前一黑，肥胖的身子向后倒去。

“父亲！”薛彻跟在后面，连忙上前来想要扶住他，可是安国公的身体实在太重了，连薛彻也一起压倒了。

父子俩摔了个面朝天，狼狈不堪，赶上来的侍卫连忙将他俩扶起来。

“快……快去追那贼人！”薛彻大声命令道。

“已经去追了！”钱管家说，“大少爷，是不是清点一下还少了什么？”

“点，快清点！”薛彻双手颤抖着道。他也看见那白玉台上面空了！他们家的镇府之宝，让安国公府声名鹊起、名震大陆的净莲炎火鼎被盗走了。

薛彻的额头上直冒冷汗。镇府之宝被盗了，以后安国公府可拿不出像净莲炎火鼎一样的宝器了，他们再也不能完全震住各大家族了。

安国公哼哼着醒过来，颤抖着嘴唇说：“彻儿啊，快去看看净莲炎火鼎还在不在啊？！”

薛彻一脸痛苦扭曲之色，但还是站起来，走到白玉台前看了一遍。

升起的玉托上什么都没有，玉台里面也空荡荡的，连原本散发着莹润光泽的水，也因为失去宝器的滋润，而变成了普通的清水。元气的禁制还在，淡蓝色的元气流动着，可是净莲炎火鼎真的不见了。

薛彻哭丧着脸，大吼大叫着在白玉台上狠狠地捶着。

“该死的盗贼！该死！”安国公的双眼再次一翻，肥胖的身子再也站不起来，坐在地上就是一座肉山，他哀号着，“抓住那个贼，老夫一定把他大卸八块！”

“老爷，那颗避水珠也不见了。”钱管家匆匆忙忙走过来说。

“什么？！”安国公嘶吼一声，拳头在地上狠狠地砸着，“恶贼！”

薛彻愤恨地说：“我亲自去追！”说着，他大步走出去。

和一个匆忙赶来禀报的侍卫撞在了一起，薛彻大吼：“没长眼睛的东西！”

侍卫吓得立刻跪在地上磕头：“大少爷饶命！大少爷饶命！小的在外面发现一样东西，可能是盗贼掉的。”

“什么东西？”安国公立马从地上爬起来。

薛彻也急忙道：“快拿出来！”

侍卫被这么一吓，立刻颤抖着双手捧着一个东西呈上来。

那是一块翡翠玉佩，通体高贵端沉的帝王绿，水色通透，一看便知不是凡品。

薛彻看了两眼，忽然大叫起来：“我认得这东西！”

安国公看向他。薛彻面色狰狞地说：“萧仲琪！老子不惹你，你竟敢惹到老子头上！”

“萧仲琪？”安国公脸色一变，随即怒气狂涌，“萧家的人好啊！”

薛彻道：“父亲，我绝对不会认错的！这玉佩，萧仲琪那小子天天戴在身上，别人根本拿不到。”

安国公两眼一眯，狠厉的光芒闪过：“好！证物在此，我看他怎么抵赖？！萧家的人要是不把老夫的净莲炎火鼎还回来，老夫要连萧启元那老匹夫一起灭了！”

第十四章

明争暗斗

凰北月从安国公府出来，听着里面的吵闹声，暗自冷笑。

魇声音沉闷地说："刚才如果你让冰灵幻鸟出来，风连翼怎么会是你的对手？净莲炎火鼎肯定早就到手了。"

凰北月撇着嘴说："让冰出来的话，嫁祸萧仲琪的计划就不能实施了，我可不想让萧家的人过得太安稳。"

"哼！"魇对于她的理由不屑一顾。在他看来，拿到净莲炎火鼎比什么都重要，至于萧家的人，一群无关紧要的家伙，杀了便是。

"何况，我有召唤兽，风连翼就没有吗？"凰北月低声说。

她总觉得他不像表面看起来那么简单。在长公主府第一次看见他，她就有这种感觉了。今天在安国公府狭路相逢，她更加确定了自己的想法。在人前，风连翼和她一样戴着面具。

魇慢慢地说："那你是打算放弃净莲炎火鼎了？"

凰北月冷冷一笑，道："东西在他手上，我迟早会抢回来的。"

她从纳戒里拿出那枚紫光萦绕的珠子，仔细看了看，问道："魇，你见多识广，这是什么东西？"

魇虽然被封印在黑水禁牢中，但他对于外界的一切还是能够清清楚楚地看见的。

"好像是避水珠……"魇顿了顿，道，"没错，是避水珠！失之东隅，收之桑榆，没有净莲炎火鼎，这避水珠也是天地间的至宝。"

"避水珠？"

"有了这颗避水珠，下到万丈海底也不是难事。"

凰北月想了想，笑起来："万丈海底水压强大，人下去，会被压成碎片的。"

"这你就不懂了，这避水珠虽然不是武器，但是水一遇到它便会自动让开，人行走海底，如履平地。"

"这倒是神奇，有空去试一试。"凰北月看了那珠子一眼，又收起来，悄悄潜回了流云阁。

回到流云阁，凰北月刚换好衣服出来，便见东菱急急忙忙跑来说："小姐，不好了，安国公府的人把咱们府围起来了。"

闻言，凰北月点点头，道："来得挺快。"

东菱见她一副了然的模样，不禁好奇地道："小姐，怎么回事？"

凰北月勾了勾手指，让东菱把脑袋凑过去。她把嫁祸萧仲琪的事情说了一遍，东菱听完扑哧一声笑起来："小姐，你可真坏！"

"我这叫祸水东引。我杀了薛梦，萧仲琪偷了净莲炎火鼎和避水珠，你猜猜，安国公那老匹夫，是觉得薛梦重要呢，还是净莲炎火鼎和避水珠更重要？"

东菱抓抓后脑勺，说："血浓于水，好歹是父女亲情……"

"哎！"凰北月敲了东菱的脑袋一下，"什么父女亲情？在大家族中，没有父女亲情，只有利益至上，看看萧远程就知道了。"

东菱的神色顿时有些黯然。

外面吵吵嚷嚷的声音越来越大，寂静的深夜彻底被扰乱了。

长公主府灯火通明，姨娘、少爷、小姐们都被惊醒了，被外面腾腾的杀气吓得躲在房里不敢出来。

凰北月和东菱走到前院，见萧家的人和安国公府的人在门口对峙着，气氛剑拔弩张，只要一言不合，立刻会死伤无数。

萧远程衣服都来不及穿好。他站在门口，和同样衣装不整、只披着黑狐皮大氅的安国公大眼瞪小眼。

薛彻咋咋呼呼地喊道："萧仲琪呢？！让他滚出来！"

萧仲琪怕是得了消息，一直没有出现。只有萧韵为了气势不输给人，将她的天雪猫召唤出来，和薛彻的红蛛对峙着。

天雪猫和红蛛在等级上相差太多了，天雪猫根本瞪不过红蛛，气势上已经有些弱了。

凰北月看得好笑，忍不住捂着嘴巴偷偷笑起来。

东菱也忍俊不禁。

“三姑娘，您怎么来这里了？”凰北月身后有个声音轻轻地说。

东菱回头。一看是佩香，她便收起笑容，说：“三姑娘来瞧瞧发生了什么事。”

佩香小声说：“还能是什么事？还不是大少爷惹的祸！也不知道大少爷整天都在干什么，没见长进，就知道闹事，这次可闹得太大了。”

凰北月嘴角微微一扯，面色平淡。

东菱问道：“闹什么？”

“听说是大少爷胆大包天，他居然去安国公府偷了那只名震天下的净莲炎火鼎。”佩香说起这个来就生气，刚才琴姨娘发脾气，连她都被掐了好几下，疼死了。

东菱佯装吃惊地道：“净莲炎火鼎？那可不得了！大少爷是怎么想的？安国公府势力那么大，是他惹得起的吗？”

佩香也一脸不忿地道：“就是啊！谁知道他怎么想的？琴姨娘都快气死了。我看这次，老爷一定会狠狠责罚他，说不定琴姨娘要失宠了。”

东菱安慰她说：“放心，琴姨娘有丞相府撑腰呢！而且琴姨娘貌美如花，不会失宠的。”

佩香抬起头，小心翼翼地看着凰北月，说：“三姑娘，不如，让我去跟着您吧！”

“佩香，有你在琴姨娘身边帮着我，我比什么都放心。”凰北月转过头看着她，白净的小脸上带着淡雅如兰的笑容。

东菱说：“是啊！没有你的话，小姐怎么斗得过琴姨娘？等将来小姐执掌长公主府，你就是最大的功臣了。”

佩香脸上闪过喜色，连忙屈膝道：“多谢三姑娘，佩香一定会尽心尽力帮着三姑娘的。”

凰北月点点头，朝东菱使了一个眼色。东菱笑着从袖子里拿出一袋金币塞给佩香：“佩香姐，这些钱你先拿去用，小姐赏你的。”

佩香眼睛都直了，惊得张大了嘴巴。这可是足足一袋金币啊！她长这么大，还从来没见过这么多钱呢！

在卡尔塔大陆，金币是最大面值的货币了，普通人家一年的支出也就二十几个金币，三小姐一出手就给她整整一袋，这得有上百个金币了。

“多谢小姐！”佩香喜得嘴巴都合不拢了。

东菱笑着说：“赶紧收好了，别让人看见。”

佩香连忙点头收好，然后压低声音说：“三姑娘，大少爷这事恐怕要闹到皇上那里去，丞相权势再大也左右不了皇上，所以，琴姨娘恐怕会来求您帮忙呢！”

凰北月挑挑眉，道：“求我？”

“如今谁不知道皇上可是时时将三姑娘记挂在心里的，太子殿下和樱夜公主也都跟三姑娘交好，您说一句话，比丞相说十句都有用啊！”

东菱冷笑道：“她以前是怎么对我们小姐的？她要是厚着脸皮来求，看我不把她打出去！”

佩香连忙说：“就是，她也没那脸来。”

“佩香，”凰北月淡淡地开口道，“你回去，尽量怂恿她来求好了，说不定我真会帮帮她。”

佩香一愣。

东菱也不能理解。

凰北月没有解释太多，因为门口已经打起来了。

薛彻叫了半天，萧仲琪都不出现。薛彻怎么可能甘心，干脆动手了。

红蛛一爪挥下来，萧家站在前面的几个高手一下就被挥倒了。

萧远程怒道：“薛彻，事情还没有弄明白，你怎么能动手？”

薛彻更怒了：“哼，萧仲琪那个缩头乌龟不敢出来，已经说明他做贼心虚了。识相的让他出来，交出净莲炎火鼎和避水珠，我会考虑饶他一命！”

“谁说老子不敢出来？！”一声大喝，身穿白银战甲的萧仲琪大步走了出来，往院子中间一站，手中的长戟重重地戳进地里，“你们安国公府丢了东西，凭什么赖在我头上？！”

薛彻看见他，眼睛都红了。

安国公也是一脸怒色。

“萧仲琪，你随身戴的玉佩都掉了，你还想抵赖吗？”薛彻手一抬，一块通体碧绿的翡翠玉佩出现在众人眼前。

萧仲琪眼睛一瞪，道：“我的玉佩为什么会在你那里？”

“为什么？这个问题你还是好好问问你自己吧！快把净莲炎火鼎和避水珠交出来！”

“我说过了，我不知道什么净莲炎火鼎，更不知道什么避水珠！”萧仲琪仰着头说。

他的玉佩每天都戴在身上，从来没有拿下来过，之所以会出现在安国公府，肯定是被人栽赃了。可是现在情况混乱，安国公父子认定了他就是那个盗贼，他根本解释不清楚。

薛彻见他死活不肯承认，心里的怒气更盛了："好，你不承认，等我杀了你，再慢慢搜！"

薛彻一抬手，红蛛朝天嘶吼一声，八条腿一起爬动，朝着萧仲琪冲来。

萧仲琪也不是吃素的，帝国白银战士的实力，基本可以和拥有灵兽的四星召唤师一战，只是这只红蛛太强大了，恐怕连六星召唤师都不敢轻易应战。

萧仲琪额头上冒出大颗大颗的汗珠。他手握长戟，摆出备战的姿势，眼睛瞪得像牛一样。

"住手！"大门外，忽然响起一声冷冷的呼喝。

紧接着，震颤人心的马蹄声传来。

"半夜三更在长公主府寻衅滋事，扰乱帝都治安，罪可斩！"嘹亮而充满威严的声音由远而近。

黑色骑兵！是守卫帝都的黑色骑兵！

浩浩荡荡的黑色骑兵队伍眨眼间到了长公主府门外，为首的男人一扬马鞭，道："你们想干什么？目无王法了吗？"

安国公再横、野心再大，也不敢现在就和皇室正面较量，何况这些黑色骑兵都是白银以上的战士，上打皇亲下打权臣，得罪了他们，可不是好玩的。

当即，安国公从轿辇上跳下来，冲着那个男人道："大统领，萧家欺人太甚，纵容恶子偷盗我镇府之宝，老夫是想来讨回个公道啊！"

大统领严肃地道："私人之事本统领不干涉，但是深更半夜不准在大街上滋事，否则本统领就不客气了。"

"可是……"安国公哪里会甘心，一想到他的净莲炎火鼎和避水珠被盗，就像他的心肝被人摘走了一样。

"没有可是！"大统领喝道，"非要惊动太子殿下吗？"

大统领的目光在红蛛身上扫过，眼中闪过一抹精光，那意思已经非常明显，只要太子殿下的紫焰火麒麟一到，就算是十一级的红蛛，也立刻给你灭了。

安国公的脸色顿时变了，薛彻也露出一丝畏惧之色。

安国公重重一哼，道："敢偷盗我镇府之宝，老夫不会善罢甘休！"

薛彻也瞪了萧仲琪一眼，说："你给我等着！"

萧仲琪不甘示弱地瞪了回去。他没偷什么劳什子的净莲炎火鼎，白白受了这窝囊气，让别人跑到自己家里来威胁，这面子以后往哪里放？

安国公父子离开后，围住长公主府的人却没有撤走。

萧远程气得转过身，指着萧仲琪的鼻子骂道："你这个畜生到底做了什么好事？！"

"父亲，我是被冤枉的。"萧仲琪快要跳脚了。莫名其妙被人这么冤枉，他一肚子火都没地方发泄，现在竟然连自家人都不肯相信他！

"冤枉？那你的玉佩是怎么回事？"

"这个……"萧仲琪也说不出个所以然来，只想到今天在后花园和雪姨娘的丫鬟胡闹，兴许是那时候掉了。可这话他怎么说得出口？要是让母亲知道他和雪姨娘的丫鬟厮混，肯定要生气，父亲也会生气。

"肯定是薛彻故意陷害我的，他们府中丢了东西找不到，就赖在我头上。"

萧远程一听，也有这样的可能，便哼了一声，怒气冲冲转过头去。

琴姨娘见自己的儿子受了这么大的委屈，心疼不已，忙说："老爷，这件事要想个解决的法子啊！"

"哼！怎么解决？先让这臭小子好好解释那玉佩怎么会在安国公府吧！"萧远程冷冷一哼，心里那个郁闷啊！本来打算得好好的，等萧韵和薛彻定了亲，借着安国公府的势力可以巩固一下他在朝中的地位，谁想竟会出这么一件大事。

安国公府的镇府之宝净莲炎火鼎，还有传说中的避水神珠，同时失窃了，嫌疑在他儿子身上，这绝对不是一件小事，弄不好萧家真的惹了安国公府这尊大佛，以后就很难在南翼国有立足之地了。

他越想心里越不安，在院子里走来走去："怎么解决？仲琪，你说！"

萧仲琪嘴巴一张，却是什么想法都没有，只能闷闷地说："这件事跟我无关，不然让他们来府里搜好了。"

"荒唐！"一道清冷的声音突然响起。

萧远程转头一看，凰北月从拱门下走过来。她面色不豫地道："让人随随便便就来搜，长公主府的颜面何在？"

她看了众人一眼，目光平淡，却有种说不出的威慑力。一时间，院子里的人都被她这样的目光震住了。

"长公主府是长公主生前居住之地，现在供奉着长公主的灵位，谁要是敢让人进来搜，惊动了长公主亡魂，皇上知道了，龙颜大怒，这罪责谁来承担？”

雪姨娘立刻接道：“是啊！大少爷惹了祸，还是自己想办法解决吧！长公主府可不是随便能让人搜的。”

琴姨娘狠狠瞪了她一眼，暗骂，这个贱人落井下石，等寻到机会有她好受的。

“三姑娘啊！这次你大哥哥被人冤枉了，你也不能见死不救啊！”琴姨娘突然笑眯眯地对凰北月道。

记忆中，凰北月可是很少看见琴姨娘这种带着讨好的笑容，她顿时觉得一阵厌恶。

“姨娘说笑了，我能有什么办法？我只是个普通人而已。”凰北月说完，轻咳了几声，苍白的脸上带着几分病容。

雪姨娘哪里会不知道琴姨娘存的什么心思，她无非是想让凰北月出面求皇上解决这件事情，自己才不会让琴姨娘如愿呢！

“大少爷这件事出得蹊跷，安国公府的人是拿住了证据的，大少爷想洗脱罪名，我看还是先解释解释那随身的玉佩怎么会在安国公府吧！”

雪姨娘瞥了琴姨娘一眼，表情里的幸灾乐祸看得琴姨娘咬牙切齿：“那是栽赃嫁祸，有什么好解释的？”

“栽赃？那也要有赃才能栽啊！你说是不是啊琴妹妹？”雪姨娘一张利嘴，哪里是琴姨娘能比的。

“哼，这事说来也没什么大不了的，只要查清楚了，仲琪的罪名就能洗脱了。”琴姨娘大声说，“我就不信这世上没王法了。”

雪姨娘冷冷一笑，并不理会她，而是转头对凰北月说：“三姑娘，天这么晚了，你身子弱，就不要站在外面吹风了，我送你回流云阁吧！”

好戏也看够了，留下来确实没什么意思。凰北月点点头，也不管萧远程的反应，转身就走。

雪姨娘连忙跟上来。走出一段距离，雪姨娘才说：“三姑娘，大少爷这件事，你可不能插手。薛梦的事情才出，你要是再牵扯进这件事里，怕是要引火烧身啊！”这话说得入情入理，好像真的是在为凰北月考虑。

凰北月心中冷笑，这件事，琴姨娘求她，她也不会管的，栽赃嫁祸的人是她，她巴不得萧家人和安国公府的人斗，斗得越狠越好。

“雪姨，”凰北月停下脚步，转过身看着雪姨娘，“这次大哥哥不会有事的，琴姨娘一定会去找丞相大人帮忙的。”

雪姨娘冷笑一声，心想，这丫头果然太单纯了。

“你放心，太后不喜欢那贱人，只要姑娘放手不管，我就决计让她翻不了身。”

“我自然是不管的。”凰北月淡淡一笑。等了好久，这个好机会终于等来了。

雪姨娘得了她的保证，喜滋滋地走了。

东菱扶着凰北月回到流云阁，有些不解地问：“小姐到底帮不帮琴姨娘和大少爷呢？”

“那要看他们的运道如何了。”凰北月轻笑一声，“东菱，鹬蚌相争，渔翁得利。这件事，我们只要看戏就好了。”

“还是小姐聪明，一步步地把这些人都算计进去了。”

安国公府、琴姨娘、雪姨娘、大少爷、二小姐，全都莫名其妙地吞了苦果，小姐的这几步棋，走得真是妙极了！

“哼！谁让他们要自讨苦吃呢？”凰北月眉眼一弯。

第二天，安国公府失窃的事情震惊了整个临淮城。听闻皇上大清早听说了这件事，也大吃一惊。

早朝上，安国公一把眼泪一把鼻涕地跪求皇上彻查此事。他们手中握有重要证据，矛头直指萧家的人。

萧远程连忙站出来，声明昨晚萧仲琪在家根本没有出去过，绝对不可能去安国公府偷盗净莲炎火鼎和避水珠。

安国公指责萧远程包庇，萧远程大怒，两个人居然在朝堂上大吵起来，甚至要大打出手。

皇上昨晚就听说了安国公带人围了长公主府，两家人差点儿大打出手。他已经非常生气了，现在看见这两个人公然在朝堂上大吵大闹，更是震怒，下令将安国公和萧远程轰出朝堂。

这件事在临淮城传开后，人人都当成笑话来说。

这下，安国公府和萧家算是彻底决裂了，薛彻和萧韵的婚事自然也泡汤了。

灵央学院。

长公主府的马车在学院门口停下，立刻引来众人侧目。

萧韵等人先下了马车，凰北月才从另一辆马车上下来。学院门口的人都满眼震惊地看着凰北月。

昨天，凰北月在擂台上杀死了薛梦，所有人都以为凰北月至少会在家里躲上几个月才敢出现，没想到第二天她就若无其事地来学院了。她就不怕遇到薛彻吗？虽然太学和东院隔着一段距离，但是如果薛彻想要去找她报仇的话，可是轻而易举的。

今天，凰北月穿着一件烟霞色绣着桃花的齐胸襦裙，淡雅却不失高贵，素净的颜色衬托着她那张不施脂粉的精致脸庞，越发秀美灵动。

她表情冷冷淡淡的，没有特别的情绪，一双漆黑的眸子也是平静无波，却有种神秘优雅的气质流露出来，看得不少贵公子一阵失神心动。

萧韵穿了件桃红色的裙衫，是请临淮城最著名的裁衣师制作的最新款式的新衣，明艳的颜色将她的面庞衬得艳若桃李，几许少女的妩媚风情是最让人倾倒的。就算和薛彻的婚事不成了，她也要打扮得漂漂亮亮的。一个薛彻她才不稀罕呢！

可是一下马车，她发现大多数人的目光都在凰北月身上，有赞赏的、吃惊的，还有爱慕的，这让她受到的打击不小。凰北月身上的衣服都快过时了，脸上也没有涂脂抹粉，那些人眼睛都瞎了吗？！

“二姐姐，你有没有发现，三妹妹好像变得有些不一样了？”萧仲磊看着凰北月对萧韵说。

“哼，哪里不一样？”萧韵不快地问。

“呃……好像……”萧仲磊的目光追随着凰北月，到底哪里不一样，他也说不上来。只是，他最近才发现，凰北月居然这么有吸引力。

萧韵见自己的亲弟弟居然这么没有出息，不由得大怒，一掌拍在他脸上：“浑小子，你有没有出息？你跟她可是同父异母的兄妹！”

萧韵的声音非常大，走在前面的凰北月不由得回过头看了他们一眼。

萧仲磊脸色涨红，辩解道：“二姐姐，你别乱说话，我哪有？！”说完，他心虚得不敢抬头。

萧韵翻了一个白眼，更加生气了。

今天太学的课程是文史，凰北月走进学堂坐下后，樱夜公主也进来了。

樱夜公主一眼就看见了凰北月。她笑着走过来，坐在凰北月旁边的位置上，道：“昨晚听说长公主府出事了，父皇担心了一夜呢！幸好皇兄派了黑色骑兵过去。北月，你没事吧？”

凰北月心中一动，抬起头问："昨晚，是太子殿下派黑色骑兵过去的？"

"是啊！安国公府失窃，皇兄是最先得到消息的。他知道安国公定会去长公主府闹事，怕他们惊动了皇姑母的亡魂，便立刻派黑色骑兵过去了。"

"还是太子殿下想得周到。"凰北月低声说。看不出来，那个冷酷的太子战野，心思这么细腻，好像自己时时刻刻都受着他的关心。

樱夜公主笑了笑，忽然蹙眉道："说起来，那个萧仲琪自己闯祸还留下证据，真是个猪头！"

樱夜公主这话说得有点儿玄机，她的意思是，如果萧仲琪不留下证据害了长公主府，那么安国公府的镇府之宝被偷了，她是极其高兴的？

不过，在樱夜公主的心里，凰北月是个单纯美好的孩子，所以这话，凰北月就不好意思明说了。

凰北月越发觉得这个公主的性格合自己的胃口。她暗暗一笑，说："大哥哥是鲁莽。昨天，琴姨希望我向皇上求情，可是如果大哥哥不把宝器还回去，求情有什么用？"

"求情？"樱夜公主冷哼一声，"北月，这件事你可不能管，你一管，更要得罪安国公了。那老胖子是个小人，手段阴险着呢！"

"我也没答应，薛梦的事情还不知道怎么收场呢！"

"薛梦的事情，你就放心吧！净莲炎火鼎和避水珠被盗了，安国公才没工夫理会薛梦的事呢。"樱夜公主不由得冷笑。

凰北月心里一沉。看樱夜公主的表情，她就知道樱夜公主从小生活在皇宫，看多了倾轧斗争，比谁都明白血缘亲情在皇家或者大家族中有多么淡薄。

"洛洛少爷，这是文史课，您就将就听一下吧！"

"哼，为什么不让我去东院？我也是能成为武道天才的人啊！"少年不满的声音响起来。

"是是是，少爷绝对是天才，明年参加考核，您一定能进东院的。"下人讨好地说。

随即，一个十多岁的俊秀少年走进来。他噘着嘴巴，像受了天大的委屈一般。他身后的书童提着书具和食盒，说着各种好听的话。

看见凰北月，少年的眸子忽然一亮，大步走了过来。

他这举动看得凰北月心里一跳。难道自己被他认出来了？没道理啊！这孩子不像那么聪敏的人啊！

“你是长公主府的北月郡主？”洛洛在凰北月的身前站定，两只手撑在书桌上，身子前倾，看着她的眼睛里闪着星星一样的光芒。

凰北月对这个叫洛洛的少年印象还不错，便点了点头。

洛洛立刻拍着手笑起来：“昨天我没来，没看到你在擂台上的表现，太遗憾了！不过你很厉害，我好佩服你，居然能杀了薛梦那个恶女人。”

薛梦在学院横行霸道，经常欺压实力低的新生，洛洛也吃过不少苦头，所以他对薛梦特别讨厌。昨天，知道有个英雄在擂台上杀了薛梦，他高兴得想立刻就去拜见这个英雄，然后听说这个英雄和他一样只是太学的学生，而且是长公主府那个出了名的病秧子，洛洛少爷立刻就把凰北月引为了知己。

凰北月淡淡地说：“我没杀她，是她自己杀了自己。”

“是她自食恶果，北月可没有动手。”樱夜公主瞥了洛洛一眼，“你不去追着你的戏天大人，来太学做什么？”

“你管我！”自从那天在拍卖会上，樱夜公主对戏天大人无礼，洛洛就对这个刁蛮的公主没什么好印象。

樱夜公主撇着嘴说：“那个奇奇怪怪、披个斗篷装神弄鬼的戏天，只有你把他当神看！”

“戏天大人就是神！”

“他是神的话，就不会帮薛彻还给薛彻红蛛了。我看，他和安国公父子一样，也是奸恶之徒。”

听到别人这么贬损自己心目中的神，洛洛顿时怒了：“戏天大人的用意是你这种笨蛋能理解的吗？我告诉你，他帮助薛彻是因为要……”

“洛洛少爷，快上课了，你还是回去坐下吧，先生已经来了。”凰北月连忙出声打断他的话，并且站起来拍拍他的肩膀，让他回自己的座位。

开玩笑！让他在这里咋咋呼呼说出戏天对薛彻的恶意，消息传开了，她以后的计划也泡汤了。

洛洛心有不甘，撇着嘴瞪了樱夜公主一眼，然后对凰北月说：“北月郡主，你弄死了薛梦，你就是我洛洛·布吉尔的朋友，以后有什么事情，我都会帮你的。”

“谢谢了。”

“单纯的笨蛋。”樱夜公主看着洛洛走回自己的座位坐下，才嘀咕了一句。

“公主殿下觉得那个戏天不是好人吗？”凰北月试探着问。

那天她和薛彻在大街上骑马被太子战野看到了，想必樱夜公主也知道了，才会对戏天那么反感。

“跟安国公父子走得近的，都不是什么好东西。”樱夜公主说着，脸上闪过一抹失落，又幽幽地道，“其实，他是不是好人跟我无关，只是皇兄很难过。”

凰北月看着她，暗暗叹了一声。

“皇兄很赏识他，可他跟安国公父子勾结在一起。哼！他和皇兄做不成朋友，就做敌人吧。”

凰北月不禁一阵郁闷，自己怎么可能和安国公父子勾结在一起呢？

上午的课程结束后，少爷、小姐们大多不回家用饭，一来车马颠簸，二来大家一起吃饭聊天增进感情，以后对前途也会有所助益。因此，丫鬟们每天都会带着食盒来，中午他们就在学院用饭。

饭堂里人太多，樱夜公主便带着凰北月在太学的松菊亭吃饭。凰北月只带了东菱一个丫鬟，樱夜公主则带了两个身手不错的宫女，一个叫无双，一个叫无欢。东菱和这两个宫女聊得不错，三个人说说笑笑的，松菊亭里一阵欢声笑语。

忽然，一阵琴声传来，忽高忽低，一会儿如风吹流云，一会儿如水滴穿石。

“是翼王子的琴声。”无双一脸陶醉地道，“翼王子真是个温润风雅的君子呢！”

“是啊！这琴声，天下无双呀！”无欢捂着小嘴笑起来。

樱夜公主不禁也扬了扬唇，表情分明很是倾慕。

“你这嘴碎的丫头，当心我打你！”无双顿时红了脸。她偷偷看了樱夜公主一眼，见樱夜公主沉浸在琴声中，没有听到无欢的话，她又立刻瞪了无欢一眼。

凰北月微微蹙了蹙秀眉。温润风雅？君子？那是她们没见过他面具之下的那副真面孔。

这琴声如同一阵风，吹过每个人的心间，午间的太学安静下来，任琴声四处流转。

昨天被风连翼抢了净莲炎火鼎，凰北月一肚子火，寻思着有机会定要给他一点儿教训。现在听到他的琴声，昨晚的一幕又涌上脑海，她一脸不快地放下筷子。

“北月，你还没正式见过翼王子吧？他现在是琴艺课的代课老师，我带你去见见他吧！”樱夜公主忽然站起来，拉着凰北月的手就往外走。

东菱说：“公主殿下，我们小姐没报琴艺课啊……”

无欢拍拍东菱的肩膀，说：“是我们公主想见翼王子，才拉着郡主去壮胆呢！”

“难道说公主对翼王子……”东菱微微惊讶地道。

“公主和翼王子从小一起长大的，公主只是欣赏翼王子的为人罢了。”无双连忙说着，又偷偷看了一眼多嘴的无欢。

“原来是这样。”东菱点点头，收了食盒，“我们也跟过去吧。”

琴苑。

花径幽幽，紫藤萝垂下来，淡紫色的花朵像极了某个人的眼睛。

樱夜公主拉着凰北月快要靠近的时候，那宛如天籁的美妙琴声突然停住了。

樱夜公主脚步顿住，吐了吐舌头，低声说：“他弹琴的时候不喜欢被打扰，看来我们被发现了。”

凰北月不由得在心里鄙视：怪癖！

不过，她对风连翼的印象差到了极点，他不爽的时候，也就是她高兴的时候。

见樱夜公主一脸失望，转身想离开，凰北月拉住她的手，说：“既然来了，就去拜见一下先生吧！”

“可是……”樱夜公主犹豫着。那个人样样都好，就是弹琴的时候被人打扰了会不高兴。

这时，凰北月已经绕过樱夜公主朝前面走去。樱夜公主无奈，只能跟上去。

花木扶疏的凉亭中摆了一张琴，琴弦上飘落了几片紫色的花瓣，而琴边已经没有人了。

凰北月走过去，目光冷锐。她看了看四周，走到琴边拨弄了一下琴弦。

“北月，别乱碰。”樱夜公主在凰北月身后急声道。

樱夜公主看了看凉亭，没有人，心知肯定是他不高兴，所以离开了。她想叫凰北月赶快离开，这时，琴苑的门被打开，一袭白衣的风连翼站在门口，脸上挂着淡淡的笑容，目光潋滟。

樱夜公主不禁一怔，觉得有些稀奇。

凰北月抬起头，目光冷厉。她背对着樱夜公主，所以，樱夜公主没有看到。

风连翼深深地看了她一眼，然后笑着转向樱夜公主：“公主怎么来了？”

他没有生气！樱夜公主心里一喜，连忙说：“听到翼哥哥的琴声，被吸引过来了。”

说着，她走上前拉住凰北月的手：“这位是长公主府的北月郡主，昨天才来太学，我带她过来见见你。”

入学的时候，新生会逐一拜见各科老师，凰北月早就见过了风连翼，但是现在她不好拂公主的面子，便微微扬起唇角，说：“翼王子的风采，北月久仰多时，今日终于得见了。”

“北月郡主过奖了。郡主的大名，昨天也在临淮城传遍了。没想郡主年纪如此小，身手却如此了得。”风连翼含笑道。

“不敢不敢，那只是我运气好，若是遇上了精明的高手，要吃大亏的。”凰北月目光一闪。昨天不就在你手上吃了一个大亏吗？

风连翼淡笑道：“郡主这么聪明，怎么会吃亏？”

“也许哪天不小心遇到无赖之徒，可不就要吃亏吗？”凰北月一脸少女的天真笑容。当着面骂人，最爽了！

风连翼眸中的笑意渐渐加深。这丫头一张小嘴，跟她的身手一样厉害。

两个人你一言我一语，说的是客套话，暗里却在较真，话里的意思也只有对方听得明白。

樱夜公主笑道：“翼哥哥，你不知道，北月身体不好，从小不能习武，昨天在擂台上，要不是薛梦太蠢，北月可真要吃亏了！以大欺小，恃强凌弱，还用武器，薛梦可不就是个无赖吗？”

凰北月点头，对着风连翼说：“对，无赖！”

风连翼笑看着凰北月，淡紫色的眸子熠熠生辉。

吃亏？那个薛梦，她一根手指都不用就能弄死，会吃亏才怪！恃强凌弱？分明是她欺负别人。只是那个薛梦太倒霉，竟然不怕死地向她挑战，会得到那样的下场也是理所当然，而最倒霉的是所有人都以为薛梦是败在一个什么都不会的废物身上。

这样想着，风连翼越发觉得凰北月太阴险，不过，这种阴险倒和他非常像。

“公主，你上次送来的上好茶叶放在哪里，还记得吗？”风连翼淡淡一笑，眼神柔和地看向樱夜公主。

樱夜公主知道他是要泡茶款待她们，立刻高兴地说：“我知道！翼哥哥，你们先坐着，我去泡茶！”说完，她便乐颠颠地走了。

凰北月心里叹息一声，樱夜公主真是个单纯的少女，被人故意支开了都没有察觉，还高高兴兴的！

樱夜公主一走，凰北月的表情立刻一敛，冷凝如寒霜。她抱着双手，仰着小脸，眼神冷冷地看着风连翼，气势上一点儿也不输给这个比她大了几岁的紫眸男子。

“昨天的事情，多亏了北月郡主帮我嫁祸给令兄。”风连翼依旧淡淡地微笑着，笑容中带着几分妖娆。

凰北月冷哼道：“我帮你可是有代价的。”

“代价？一颗避水神珠还不够吗？”风连翼淡淡地说。

“那东西我要来做什么？”

虽然昨天是她原本就制订好的计划，不是为了帮他才嫁祸给萧仲琪，但是也间接地帮了他，让他可以高枕无忧，所有罪名都让萧仲琪那个倒霉蛋扛了。她这个人没那么热心到处去帮人，既然受了她的恩惠，她要点儿回报也是理所当然的。

风连翼含笑看着她，似乎妥协了：“那你要什么？净莲炎火鼎，我不可能给你。”

“那东西我不要你给我，属于我的我迟早会拿回来，现在只是暂时放在你那里而已。”

风连翼脸上的笑意更深了。这么骄傲张狂的小丫头，他还是第一次看见。她分明才十二岁啊，这样强大的气势是从哪里来的呢？

“不是净莲炎火鼎的话，倒可以考虑一下。”

凰北月眯了眯眼睛，道：“我要两颗洗髓丹。”

风连翼一怔，紫色的目光微微一闪：“我可不是炼药师。”

“不管你是不是，你盗净莲炎火鼎，总不会是摆在家里看吧？”凰北月看了他一眼，“你那里有炼药师的话，用净莲炎火鼎炼成洗髓丹的概率很大吧？给我两颗，你盗了净莲炎火鼎的事情，我就帮你保密。”

“郡主，那天去安国公府偷盗的人可不止我一个。”

凰北月撇了撇嘴，笑得有些阴险，道：“你觉得有多少人会相信你的话？一个从小病弱的废柴，能够闯进安国公府的密室偷东西？”想威胁她？得拿了真凭实据才行，否则，谁会相信她有那个本事？

风连翼无奈地摇头，道：“诡诈阴险，我输给你了。”

凰北月扬扬眉。你不输行吗？

“可是，洗髓丹不是想炼就能炼的，得等一段时间。”

“这个我当然知道，我有耐心等。炼制洗髓丹的几种珍贵药材，我也会帮忙找。”让他炼制洗髓丹，凰北月可没有想过坐享其成，有几种药材非常罕见，有钱也买不到。

风连翼认真地思索了一会儿，才说："两个月后是炼制的最好时期，在这之前，要找到需要的一切药材，越多越好。"

炼制洗髓丹需要的药材，凰北月不是特别清楚，问道："需要什么，你列一张单子给我好了，我会去找。"

"好。"他笑着答应道。

他抬起头来，正好看见樱夜公主端着茶具走过来。他脸上的笑容立刻转淡了。

凰北月也听到了樱夜公主的脚步声。她转过身，在琴桌边坐下，随意地拨动了几下琴弦。

两个人，一时间，云淡风轻，神情悠闲，好像刚才的对话没有发生过一般。

不知道樱夜公主泡了什么茶，整个琴苑飘散着一股奇异的香味。她摆好茶具，动作娴熟地沏了三杯茶。

茶还没有喝，东菱跑了进来："小姐，不好了，大少爷在外面和薛彻打起来了。"

凰北月心想，萧仲琪和薛彻打架关她什么事？他们两败俱伤她才高兴呢！不过，樱夜公主在此，她不好表现得这么冷血无情，便站起来说："怎么回事？"

"是薛彻先挑战的，我看大少爷恐怕不是薛彻的对手。"

"去看看吧！"凰北月放下茶杯，和东菱一起快步离开。

和风连翼的交易已经谈好了，留在这里没意思，她也想早点离开。

萧仲琪和薛彻是在擂台上比试的。

萧仲琪那个性格冲动的傻子，肯定是薛彻用了激将法，他就答应上擂台了。他也不想想自己是什么水平。武者和召唤师对打，本来就吃亏，何况薛彻还有红蛛。薛彻铁了心要杀死萧仲琪的话，萧仲琪哪有活路走？！

擂台下面围满了人，闹出这么大的动静，整个灵央学院的人都前来观战了。

薛彻平时和薛梦一样欺压弱小，很是惹人讨厌。而萧仲琪也是个顽劣不堪、仗势欺人的主儿。这不得人心的两个人一开打，可谓是人人激动，喊杀声一浪高过一浪。

"小姐，大少爷明显不是薛彻的对手。"东菱低声说。

"当然。"凰北月的嘴角带着一抹轻笑。

擂台上，萧仲琪身穿白银盔甲，手拿雪白长戟。他平时看起来威风又潇洒，此刻被红蛛的长腿一扫，向后翻了几个跟头，然后又狼狈地爬起来。

他身上已经挂了几处伤，不过白银战士的实力也不是吹出来的，红蛛不是有雷光护体的话，恐怕也要在萧仲琪手上吃个亏。

薛彻站在红蛛背上，着一身鲜亮的红色衣服。他哈哈狂笑道：“小贼，知道我的厉害了吧？敢偷我们家的东西，我以为你有多大能耐呢！”

萧仲琪吐掉嘴巴里的一口血，心里那个憋屈啊！

“他娘的，谁稀罕你们家的东西？！”

“哼，嘴硬！今天不把东西还回来，你就别想活着走下擂台！”薛彻发狠了，眼冒凶光。

“哥哥，别打了！”擂台下面响起一个娇柔少女的哭声。

凰北月抬头看去，是萧家的几位小姐、少爷，正哭着大喊的是萧柔。她和萧仲琪都是琴姨娘生的，从小亲近。看到萧仲琪被打成这样，她吓得哭了起来。

一旁的萧韵抿着嘴，见自家人快被打死了，她自然觉得面子上挂不住。

“二姐姐，求求你，救救我哥哥吧！”萧柔哭着哀求萧韵。

“我能有什么办法？”萧韵冷冷地把她的手甩开，“薛彻是四星召唤师，还有十一级的红蛛助力，你还是让你哥自求多福吧！”

这样冷漠无情的嘴脸，看得年纪尚小的萧柔顿时一愣。

凰北月站在离他们几步远的人群中，冷冷地看着。

东菱轻哼一声，道：“她要是来求求小姐，还有点儿用，求萧韵，真是好笑！”

“其实求萧韵也没错，她的天雪猫虽然不能和红蛛抗衡，但要救走萧仲琪，也不是什么难事。只是那样的话，天雪猫恐怕会受伤，所以萧韵才不肯出手。”凰北月淡淡地说。

这些大家族里的人，一切都以自己的利益为重。

忽然，围观的人群里发出一声尖叫，只见萧仲琪身上元气暴涨，形成一层元气防护罩。萧仲琪硬拼着和红蛛的长脚撞了一下，然后长戟一扫，元气全部凝聚在长戟上，红蛛的腿立刻被砍下来一截。

红蛛彻底被激怒，薛彻也红了眼睛，大喊一声：“我杀了你！”

红蛛嘴巴一张，一团雷光爆闪，然后朝着萧仲琪一口喷了出来。

萧仲琪一看不好，那雷光碰上一点儿就能让他魂飞魄散，连渣儿都不剩，立刻转身就跑。

围观的人，心都提到了嗓子眼。

萧柔一看，吓得直接昏过去。

白银战士的行动力是十分惊人的，萧仲琪逃跑的速度很快，可是再快，怎么快得过雷光？眼看着萧仲琪就要被雷光追上了，他迅速跳下擂台，亡命般跑出了比武场，翻过一道围墙，跑进了灵央学院著名的图书馆七塔中。

七塔历史悠久，被围墙围起来，里面的树木比起外面的明显要繁密许多。树林中分布着七座塔，越往里走，塔的规模越大，里面收藏着卡尔塔大陆上所有的典籍。七座塔中只有前面五座是对学生开放的，后面两座不准许学生踏入。

几个在擂台边观战的老师看见萧仲琪跑进去了，都眉眼一沉，大声喝道："不准进去胡闹！"

可是，擂台边的喧哗声实在太大了，几个老师的声音很快就被淹没了。

"小贼，休想逃！"薛彻冷笑一声，驱使着红蛛追了进去。

红蛛的八只脚一起摆动，雷光闪烁，它很快就来到了七塔的围墙外面。刚才一束雷光已经把里面的树木摧毁了几棵，现在红蛛一靠近，几乎周围所有草木都变焦黄了。

红蛛张口，一束束雷光喷射出来追着萧仲琪。

萧仲琪吓得魂飞魄散，拼了命地往前跑。

几位老师的脸色非常难看，其中几个高星级的召唤师已经召唤出自己的召唤兽，准备上前阻止。

就在这时，安静神圣的七塔里面忽然一阵剧烈的摇晃，好像整个地面被什么东西重重砸了一下，身手弱一点儿的学生直接被震得摔倒在地上，喧哗的比武场内瞬间安静了下来。

红蛛继续张口喷射着雷光，在这一震之后，它像是忽然想起了什么，庞大的身躯顿了一下。

就在这时，一声愤怒的低吼从七塔深处传来。那吼声震颤人心，每一个听到的人都不由自主地产生了臣服下跪的想法。那是至高无上的霸主才能发出的低吼。

凰北月拉住身子不稳差点儿摔倒的东菱，眯着眼睛看向七塔深处那片茂密的树林。密林中，第七座高塔上面，一条黑色的巨龙忽然盘旋而上。巨大的龙身几乎将整座高塔都缠绕起来。龙头上的犄角威风凛凛，寒光闪烁。巨龙一声怒吼，口中一团烈焰喷涌而出，气势汹汹地滚向了红蛛。

十一级的红蛛已经具备了灵性，和人类缔结了契约后又拥有了初步的灵识，看见如此强大的巨龙，顿时心生恐惧。它转身想逃，却已经来不及了，滚滚烈焰瞬间将它包裹在其中，连薛彻也不幸被卷了进去。

撕心裂肺的惨叫声响起，那声音听得人心头发麻，灵魂都颤抖了。

“惩罚之火……惩罚之火啊！”不知道是谁大喊了一声。

所有人都闭上嘴巴，瞪大眼睛，满脸惊恐地看着被包裹在烈焰中的红蛛和薛彻。

惩罚之火，是灵央学院一个神秘的传说，据说犯了大错的学生都会被烈焰惩罚。这种火焰不会真正伤害肉身，但是绝对能够让人或者兽尝到比十八层地狱烈火更加恐怖的煎熬。

第十五章 灵者至尊

“灵尊请息怒！”

远处，一位白发老者驾着灵兽仙鹤而来，灰色的长袍随风飘舞，仙风道骨，气质端沉。

“院长来了！”

这位老者出现的那一刻，那些被震得跌倒在地上的人都像看到了救星般，满脸惊喜之色。

白发苍苍的院长驾鹤来到红蛛和薛彻的上方，朝着在第七座塔上盘旋的黑色巨龙深深一鞠躬，朗声道：“请灵尊息怒！无知小儿不懂事，冒犯了灵尊，老朽一定重重惩罚他。”

“苍河，你的弟子已经堕落到如今这般地步了吗？”沉怒的声音从巨龙口中发出。

众人大惊。巨龙居然开口说话了！

灵兽只有和召唤师缔结了契约，才能和召唤师在心里进行沟通，外人无法听见。这条巨龙居然开口了，这是什么等级的灵兽？

听到巨龙开口，苍河院长并不惊讶，只是更深地鞠躬：“是老朽教导无方，请灵尊息怒。”

苍河是灵央学院的院长，九星召唤师，风属性，在南翼国德高望重，就算是在卡尔塔大陆也有着非凡的地位，没人知道他活了多少岁，每一年他出现都是白发苍苍，灰袍飘飘。

南翼国皇室对他无比敬重，册封他为国师。他也是太子战野的老师，那些大家族的族长看见他都要礼让三分。这样一位了不起的老者，居然还要对着一头灵兽鞠躬求情，令那些把苍河院长当神一样膜拜的学生实在不敢相信。

那巨龙究竟是什么来头？它会喷射传说中的“惩罚之火”，连苍河院长都要称它为“灵尊”！

众学生觉得匪夷所思，但谁也不敢说话，甚至连大气都不敢出。

“哼。”灵尊懒懒地哼了一声，看在苍河这老儿的面子上，收起了惩罚之火。

惨叫声停止，红蛛巨大的身躯轰然落到地上。它原本闪亮的红色硬壳也完全失去了光泽，八条腿微弱地挣扎了两下，便一动不动了。红色光芒一闪，红蛛无法维持巨大的姿态，变成小小的一只，回到薛彻的灵兽空间去了。

薛彻躺在地上，身体痉挛，口吐白沫，眼睛上翻，看上去快不行了。

“多谢灵尊！”苍河院长恭敬地道了一声谢，连忙从仙鹤上跳下去，查看薛彻的伤势。

巨龙慢慢顺着高大的塔身盘旋而下，看样子是要回去了。

就在此时，凰北月挂在脖子上的黑玉像是感应到某种召唤，像心脏搏动般跳了一下。她微微皱眉。怎么回事？万兽无疆好像特别兴奋？

凰北月抬起头，看见高塔上的灵尊忽然停止了盘旋而下的动作。巨大的龙头转了一圈，往人群中望过来。巨龙的眼睛太大，让人无法判断它到底看着哪里，胆子小的人直接吓得瘫软了。

凰北月眯了一下眼睛。灵尊看的是她，不会弄错。那双眼睛是感应着万兽无疆的搏动看过来的。她目光冷冷地和灵尊对视。眼睛大就怕你？笑话！

灵尊缓缓地呼吸一下，好像一阵飓风吹过，树叶哗啦啦直响。随即，它转开目光，慢慢地沿着高塔盘旋，很快便消失在众人的视线中。

它居然就这样离开了！刚才短短一秒钟的对视，好像是她的错觉一样。灵尊，到底是什么级别的灵兽，竟连红蛛这样十一级的灵兽看见它都想掉头跑走？太子战野的紫焰火麒麟和她的冰灵幻鸟在此，红蛛也不见得会那么弱，灵尊的实力难道在“五灵”之上？如果能驯服灵尊为她所用就好了。

她心里刚闪过这个想法，魇的声音就响了起来：“想不到那个老家伙还活着！”

“魇，你认识它？”

说起灵尊，魇的声音不再那么不屑，而是有些凝重：“想不到它炼化了第七塔下面的惩罚之火，哼，实力比以前强大了不少啊！凰北月，你的冰灵幻鸟和太子战野的紫焰火麒麟，在它面前就如刚会走路的小孩一样，现今世上，恐怕只有我能和它一战。”魔的言语中充满狂妄之意。

凰北月在心里冷哼，说这么多还不是想让我放你出来？没门儿！

“凰北月，你若是惹了它，只有我能救你！”魔怒气冲冲地道，“你和我互相帮助，绝对能无敌于天下。”就算遇上光耀殿或者修罗城，也毫不畏惧。

“谁告诉你我要去惹它？我会降伏它，为我所用！”凰北月冷冷一笑，狂傲地说。

魔沉默了一下，忽然哈哈大笑起来：“狂傲的丫头啊，如此不知天高地厚。你可知道灵尊是什么级别的兽？你竟妄想驯服它？”

凰北月心思细腻，注意到魔说的是“兽”，而不是“灵兽”，不由得挑了挑眉，道：“难道它不是灵兽？”

“哼，有点儿小聪明。”魔哼了一声，居然非常难得地没有立刻卖弄，而是沉默了。

“魔？”凰北月等了一会儿，有些不耐烦了。这家伙什么时候变得这么磨磨蹭蹭的了？

魔没有回答她，不知道在想什么。

“小姐，大少爷被人抬出来了，他好像受了重伤。”东菱拉了拉凰北月的衣服。

凰北月抬眼望去，只见萧仲琪被几个学生抬了出来。他身上的白银盔甲被烤焦了，黑漆漆的，头发也被灼烧了不少，乱七八糟的。他身上有好几处伤，脸上也挂了彩，往日的英俊潇洒全然不见了。

萧仲琪被抬到擂台下的空地上，和薛彻并排躺着。薛彻已经昏过去了，萧仲琪的意识还清醒着。

“浑蛋！”看到薛彻，萧仲琪还想扑过去将他大卸八块。

苍河院长抬起头，双眼中充满了长者的威严和压迫感。萧仲琪立刻安安静静不敢动了。

“今日之事必须要给灵尊一个交代。你们两个伤好之后，每天到忏悔堂跪两个时辰，若是以后还在学院里打架，立即开除。”

萧仲琪立刻答应，不敢反驳。

此时，薛彻已经不痉挛了，苍河院长让安国公府的人把他抬了回去。

萧仲琪忍着身上的伤痛，恭恭敬敬地问道：“院长大人，那位灵尊大人是……”他对灵尊是充满感激的，刚才要不是灵尊出现惩罚了薛彻，他现在恐怕已经被红蛛的雷光烧成一团灰了。

“灵尊是我们学院的守护神兽，它老人家不喜欢被人打扰，所以七塔不允许任何人进去吵闹，听到了没有？”苍河院长严正地警告道。

这一次，他没来得及阻止，好在灵尊小惩大诫，只用了惩罚之火，如果灵尊真的怒了，这些臭小子哪里会有活路走？说不定整个灵央学院都要跟着遭殃。

“是，学生知错了。”萧仲琪谦卑地认错，心里暗暗庆幸刚才太嚣张的人不是他，否则被灵尊的惩罚之火一烧，不死也要掉层皮啊！

其他学生也纷纷点头。

凰北月听到苍河院长的话，心神一凛，原本淡然的面色微微变了。

“神兽……”她喃喃自语，心中掠过不小的惊讶。

“五灵”已经是灵兽中的至尊了，可惜终究没有成为真正的神兽。神兽只是卡尔塔大陆的一个传说，据说只有在广袤无边、危机四伏的浮光森林里才会有神兽出没，而神兽从来不会出现在有人类的地方。灵尊是神兽的话，为什么会出现在灵央学院？

“哼，你现在知道了吧？狂妄的丫头，你还妄想驯服它吗？”魇的声音再次响起，带着冷冷的嘲讽。

神兽，如同神一般的存在，人类要强大到何种地步才能让它们屈服？

凰北月抿唇不语。半晌后，她忽然勾起唇角微笑起来，冷傲、自信，不可一世。

“刚才还不是特别想，现在，更想了。”她心里痒痒的，手也很痒，要成为最强大的召唤师，就要拥有最强大的神兽。

“哈哈哈……”魇哈哈大笑，“凰北月，我欣赏你的性格，可是人太狂妄的话，是要付出代价的。”

“什么代价我都不怕，我只要够强，便无所畏惧。”

少女坚定的声音落定，黑水禁牢中的水波晃荡了几下。魇久久地望着那晃动的水波，巨大的眼睛里的波光也像水光一样，久久无法平静。

学生们统统回去上课后，苍河院长才在几位老师的陪同下走向书院。

“院长，为何这次灵尊大人会现身？”几位老师非常不解。以往就算出了天大的事情，灵尊也不会出现，这次不过是两个不懂事的学生擂台比武，虽说闯进了七塔林确实不妥，但也不至于惊动灵尊亲自出来制止啊！

苍河院长捋着长长的白色胡须，摇头道：“我也没想到灵尊会现身。灵尊在第七塔里，已经十多年没出来了，这一次，似乎有些蹊跷啊！不管怎么样，大家最近都注意一点儿吧，管好各院的学生，不要出大乱子。”

“是，我们都会小心的。”

薛彻被灵尊的惩罚之火烧得几天几夜昏迷不醒。

安国公痛失爱女，又丢了镇府之宝，现在最出色的儿子也被灵央学院的灵尊一通教训，他整个人都萎靡了，好几天都不敢有所动作。

萧家也因此有时间缓冲一下，不然被安国公府步步紧逼着交出净莲炎火鼎和避水珠，萧家人可真要狗急跳墙了。

这段时间，琴姨娘频频到丞相府走动。她的姐姐当年嫁了平北侯，生了一子一女，女儿不久前被封了红绫郡主，听说已经是内定的三皇子妃了。最近，平北侯夫人带着红绫郡主回京城，住在丞相府。琴姨娘为了讨好她的姐姐，便让萧柔和红绫郡主多亲近。

琴姨娘虽然是个姨娘，但是在长公主府有权有势，过得风风光光，不比哪家的正室夫人差，因此这两年，她母亲在丞相府的地位也抬高了些，平北侯夫人对琴姨娘也和颜悦色的，不像当年对这个庶出却长得漂亮的妹妹怎么都看不顺眼。

这天，红绫郡主生辰，丞相对这个即将成为三皇子妃的孙女格外喜爱，便在府中大开宴席，和丞相府交好的家族都被邀请了。

萧家这两年因为琴姨娘的关系，和丞相府走得比较近，萧家的人自然是会去参加生日宴的。

凰北月本来是不打算去的，但是最近琴姨娘为了萧仲琪的事情特意讨好她，加上闲来无事，她便跟着去瞧瞧了。

平北侯在朝中有些权势，加上三皇子的母妃受宠，丞相府也是南翼国的一大家族，因此红绫郡主的生辰，帝都的权贵都是给足了面子前来的。

后院中，各家的少爷、小姐在赏花游湖、吟诗作对，夫人们则聚在一起赏花赏月、闲话家常。

凰北月不认识什么人，就和东菱坐在凉亭中喝茶。

不远处，一群少爷、小姐围着三皇子和孟红绫说话。三皇子长得倒也英俊潇洒、风度翩翩。孟红绫则是明眸红唇、举止大方，虽然年纪还小，但已流露出妩媚的风情。他们两个站在一起，倒是一双璧人，可谓郎才女貌，天作之合。

萧韵没有加入那群人中，她和几个不得宠的庶女站在一起，不以为然地说：

“身为嫡女，真是天生就幸运。”

“韵姐姐也不错啦，虽然不是嫡女，却比你们长公主府的嫡女哪样都好。不像我们，要什么没什么，多可怜。”不知道哪个府中的小姐接了一句。

萧韵是长公主府的庶女，待遇跟别府的庶女却不一样。她不仅是帝都年轻一辈中的天才，在家中也很受宠。前不久还差点儿和安国公府的世子定亲，这可都是别的庶女想都不敢想的事情。

“如果韵姐姐的娘扶正了，姐姐就是名正言顺的嫡女了。”

“只可惜，如果红绫郡主成了三皇子妃，琴姨娘依靠着这层关系，恐怕会被扶正呢！”

目光一闪，萧韵冷冷地一笑，道：“没那么容易的。”

萧韵慢慢地走到红绫郡主那里，看着站在红绫郡主身边笑容甜美的萧柔，蹙了蹙眉。她把萧柔拉过来，说：“四妹妹，姨娘教过你多少次了，女孩子在外面，特别是有男子在场的时候，笑得矜持一点儿，别让人觉得我们府里的小姐都没规矩。”

萧韵的声音很低，可是离得近的几位小姐还是听见了。她们互看一眼，眼神暧昧不明。

萧柔怎么说都是自己的表妹，红绫郡主听到萧韵这样说她，便沉了脸，说：“萧韵，你说这话是什么意思？”

萧韵不好意思直说，毕竟自己也是未出阁的少女，旁边还站着几位大家族的少爷，三皇子也在。她只能压低声音道：“嗯，琴姨娘当年年少不懂事，做错了事情，怕以后四妹妹也步这样的后尘，便常教导四妹妹要矜持懂礼，不可越了分寸。”

萧韵的话都说得这么直白了，众人一听，哪里还有不明白的？

当年，丞相府出了一位名动帝都的庶小姐。她平时名不见经传的，却在宫宴上公然引诱驸马，被人抓了个正着，惹得太后和皇上大怒。因为德行有亏，丞相视为奇耻大辱，府中容不下她，还好长公主贤良温厚，让驸马将她接进长公主府，抬了地位做了姨娘。这件事在帝都传得沸沸扬扬，丞相甚至和这个女儿撇清了关系，不准她靠近丞相府半步。

如今，事情虽然过去好多年了，但是帝都的贵妇们闲着无聊就喜欢闲话八卦，何况琴姨娘为人高调，长公主去世后，她俨然一副当家主母的姿态，穿金戴银，出手阔绰。别府的主母看不惯她，姨娘们对她恨得咬牙切齿，私底下哪能不说她闲话的？

当年的事情，明面上没人说，可是私底下，大家都是心照不宣的。

一些少爷、小姐听了萧韵的话，脸上的表情可是相当精彩。他们看了看萧柔，也都不说什么，各自走开了。

三皇子的面色有些不快。刚才红绫郡主跟萧柔说说笑笑的，看起来平时处得不错，正所谓物以类聚啊！三皇子轻咳一声，也转身走开了。

转眼间，被众星捧月的红绫郡主身边只剩下了萧家两姐妹。她又急又怒，这火却发不出来。

萧韵压低声音说："四妹妹，你刚才不应该对着三皇子笑成那样。"

萧韵的语气中带有微微的责怪之意，萧柔立刻涨红了脸，道："二姐姐，我没有！"

"你说没有便没有吧！这件事别提了，以后出门要记得你是未出阁的闺女，要时时矜持有度。"萧韵宽容得像个真正知礼的大姐姐。

萧柔气得泪水在眼眶里打转儿，委屈地看向红绫郡主："表姐，我……"

"哭什么？！今天大好日子都让你哭坏了。"红绫郡主冷冷地说。

琴姨娘的事情，红绫郡主听人提起过。她年轻的时候行为不端，做出那等伤风败俗之事，连太后和皇上都斥责了，丢尽了丞相府的脸面。这两年，琴姨娘虽然安分了，可到底是江山易改本性难移，教出来的女儿也不是什么好坯子。

她又想起刚才三皇子的目光确实有几次停留在萧柔身上，看来这萧柔确实不是什么好货色。

"以后你还是好好听你二姐姐的话，你母亲丢了丞相府的脸面，你现在还想丢长公主府的脸面吗？"红绫郡主毫不客气地说着，又瞪了一眼兀自淌着眼泪的萧柔，愤愤地转身离开了。

萧韵得意地一笑。这下子，琴姨娘在丞相府难做人，红绫郡主在三皇子心里的地位也降了三分。

"二姐姐，你怎么可以说这样的话？还当着这么多人的面！"没了人，萧柔收起柔柔弱弱的样子，厉声道。今天的事情一旦传开了，她母亲又要被各府议论，连自己的名声也毁了。

萧韵冷冷地瞥了她一眼，语气中带着十足的讥讽："我说的话不对吗？你母亲当年做了什么事，我不说大家也是心知肚明的，何必藏着掖着？再说了，你刚才难道没有刻意对着三皇子笑吗？"

“我哪有？！”萧柔被戳中了心事，忍不住怒气，大喊大叫起来，“你从小就嫉妒我长得比你好看，性子也比你好，看别人都喜欢我，你就处处诋毁我！”

她这声音一出，近处的贵妇、少爷、小姐全都转过头来看着她。

萧柔顿时涨红了脸。

萧韵笑着摇摇头，不跟她多说什么，转身走开了。

萧柔真是傻瓜，有勇无谋，跟琴姨娘一个德行！

凰北月在凉亭里笑得肠子都打结了。有其母必有其女，雪姨娘和萧韵都是那种会要手段要心机的人，而琴姨娘和萧仲琪、萧柔都是冲动易怒、张扬放肆的人。

这一阴一阳遇到一起，绝对精彩万分。

萧柔受了一通莫名其妙的气，走到凉亭里，看见一脸微笑坐在那里的凰北月，更是一肚子气。如果她不是庶女，谁敢这么奚落她？

东菱是个机灵的丫头。她看了一眼凰北月，忙笑着走上去，说：“四姑娘，气什么呢？二小姐再横，也就是个乡野村妇生的，四姑娘可千万别跟那样的人生气，没的降低了自己的身份。”

这话说得萧柔心里那叫一个舒服，萧柔对凰北月的印象也好了那么一点儿。

萧柔坐下来，接过东菱递过来的茶水，幽幽地说：“三姐姐，你也看到了，她败坏了我母亲的声誉，对长公主府有什么好处？”

“长公主府倒是无所谓，就是妹妹你受委屈了。”凰北月微笑着说。

东菱立刻接话道：“四姑娘长得比二姑娘美，武道上的天赋也很强。咱们南翼国是最推崇武道的，四姑娘将来的成就不会比二姑娘差。只要名声不坏，二姑娘的婚事，让我们姑娘去皇上那里求个旨意，恐怕也不比红绫郡主差。”

萧柔的心猛地一跳，不比红绫郡主差……那她也是有希望做皇子妃的？

“三姐姐，我只是庶女出身，哪里敢想那么多。”萧柔脸上已经表现出狂喜之色，只是嘴巴上还有几分谦虚。

“庶女怎么了？南翼国是以强者为尊的，四妹妹不相信自己的实力吗？”凰北月淡淡地笑道。

萧柔轻轻抿着嘴唇，心里暗想，如果自己的母亲当年没有做那样败坏道德的事情，凭着丞相府的影响力，加上她的实力，就算庶女出身，她也会出人头地的。

东菱见萧柔面上已经有了动摇之色，和凰北月对视一眼，说：“四姑娘，你刚才哭过，脸上的妆都花了，不如奴婢陪你去洗个脸吧！”

这些贵族小姐非常注重自己的外貌，一听脸上的妆花了，萧柔非常紧张，连忙点头道："三姐姐，失陪一下。"

"去吧。"凰北月看了东菱一眼。东菱会意，自然知道该怎么做。

凰北月和各府的小姐、少爷都不熟，东菱一走，就有点儿无聊，站起来四处走着。

丞相府很大，层楼叠榭，雾阁云窗，假山流水，风景奇特。凰北月不喜欢人多的地方，便往僻静的地方走去。她的脚步像猫一样，半点儿动静都没有。

她走了一会儿，不知道走到了什么地方，正想返回，忽然听见一个压低了的声音道："齐相，三皇子不成气候，恐怕对我们的大事不利啊！"

凰北月悄悄地躲到一座假山后面，听着那些人低声议论。

"现如今还有什么办法？三皇子出身高贵，除了他，谁的家族能和皇后相比？"一个威严的声音响了起来。

凰北月听得出说话这人正是当朝的齐丞相，刚才他过来和红绫郡主说了几句话，她记得这个声音。

"齐相，还有宜妃的大皇子啊！"

"敬王？"一个人冷笑了一声，"胡老，您是越老越糊涂了。宜妃是安国公的亲妹妹，敬王也是安国公一派的人。安国公那只老狐狸，和他合作，根本就是与虎谋皮啊。"

齐丞相叹气道："众皇子中，也只有三皇子能让我们抱有一丝希望了。"

胡老道："太子深受百姓爱戴，要弄垮他，第一步就是要让百姓对他失望啊！"

"可是这事，哪有那么容易？"

"哼，欲加之罪，何患无辞？哪有做不到的事情？"

"行了，此事还需从长计议。前面还有不少宾客，我们先过去吧。"齐丞相肃声说。

凰北月动作迅速地闪到假山另一边，像猫儿一样，没有让任何人发现。

待齐丞相等人走远了，她才慢慢从假山后面走出来。

原来，看似平静的南翼国，竟然有这么多明争暗斗。太子战野那么受百姓爱戴，却还是有人想把他从高位上拉下来。

和安国公有牵扯的敬王，还有刚才那个一看就知道成不了大事的三皇子，加起来都比不上战野的一根手指头。安国公惹了她，她自然是不会让他的美梦成真的。至于这个齐丞相，养出了琴姨娘这样的极品，逼死了凰北月，她也不会让他如愿以偿。

她勾了勾嘴角，沿着来时的路慢慢走回去。

生日宴上还要听戏、赏花、放烟火，凰北月半点儿兴趣都没有，便推说身体不舒服，带着东菱先离开了。

路上，东菱一直忍笑说着今天丞相府发生的事情："小姐不知道，四小姐因为琴姨娘的关系，本就极不受各家小姐待见，这次萧韵一闹，大家瞧不起她，可都摆到明面上来了。"

凰北月冷笑道："琴姨娘种的恶果，报应到萧柔身上了。"

"对，以前她们母女可没少欺负小姐！"东菱气呼呼地说。

凰北月知道，之前嫡小姐凰北月跪祠堂，就是因为萧柔带着人来找碴儿。嫡小姐凰北月被欺负得很惨，说了一句她才是长公主府的嫡小姐。这话被琴姨娘知道了，就故意罚她跪在供着长公主灵位的祠堂中，这才害得她丢了性命。有这样的大仇在，她自然不会轻易放过琴姨娘和萧柔。

"小姐，这一次，一定要让琴姨娘她们吃尽苦头。"

"放心。"凰北月淡淡一笑。

一抬头看见灵央学院高耸入云的七塔，她心里微微一动。关于灵尊的事情，她还有好多没有弄明白。

"东菱，你先回去，我有点儿事情要办。"

"好的，小姐，你小心一点儿。"东菱点点头。最近凰北月经常出去，东菱已经对她的实力非常有信心，不再把她当成以前那个柔弱的小姐看了。

和东菱分手后，凰北月拿出黑色斗篷披上，迅速隐入了黑暗中。

"你去惹灵尊的话，当心小命不保。"魇慵懒地警告她。

"你怕了？"

"本体的我不可能怕它，但是现在你是我的封印容器，你死了我也要跟着死。"

"哼，放心，我命大得很。"说完，凰北月不打算再搭理魇，飞快地穿过黑夜，来到了灵央学院外面。

这座帝国最大的学院，大门两侧各挂着一排灯笼。气势恢宏的漆黑牌坊矗立在夜色中，隐隐流动的元气散发出强大的威慑力。

她硬闯的话，会惊动学院的各大长老，不妥。

这几天，她弄清楚了一些事情。七塔因为有灵尊守护，还有传说中威力无穷的惩罚之火，实力再强大的人也不敢从那里硬闯，所以说，整个灵央学院防卫最薄弱的地方就是七塔。

凰北月悄悄绕到七塔后面，这边没有用围墙围起来，但是危险性不亚于迷雾森林。据说附近也有非常厉害的灵兽出没，还有各种有毒的和充满攻击性的植物，因此鲜少有人靠近。

有冰灵幻鸟的超强威压在，自然没有灵兽不怕死地敢来挑衅。趁着夜色，凰北月半个小时后便来到了第七塔下面。

第七塔的基座有一个足球场那么大，高耸入云，凰北月抬头根本看不到顶部，可想而知，当初盘旋在这座巨塔上的灵尊有多么庞大了。

她绕着第七塔走了一圈也没发现入口，这座塔好像是完全封闭的，难道要直接飞上去？她记得第七塔的上面是有窗户的，就是不知道有没有元气禁制之类的东西。

“冰！”凰北月低低唤了一声，四周的空气温度骤然降低，冰莹的水色光芒一闪，冰灵幻鸟出现在她的身旁。

凰北月跳到它的背上，低声说：“慢慢地绕着塔飞。”

冰灵幻鸟闻言，翅膀轻轻一拍，带起一小股风，旁边的树枝微微摇荡了几下，便凌空而起。

冰灵幻鸟绕着巨大的塔身慢慢地往上飞，盘旋一周后，凰北月发现有一扇窗户是开着的，微微流动的元气表示刚才这里是有元气禁制的，现在被破坏了。

凰北月身子轻灵地跳上去，伸手抓住窗棂，身体往里面一探，忽然一阵劲风朝着她的面门而来，凌厉肃杀。

凰北月身体后仰，敏捷地跳到了冰灵幻鸟的背上。与此同时，冰灵幻鸟巨口一张，一支冰箭嗖的一声射了进去。

冰箭射进去的一瞬间，一股灼热的紫色火焰也奔涌而出，凌厉又凶猛，冰灵幻鸟巨大的冰翼一拍，向上飞起。那股紫色的火焰从它脚底蹿过，在夜色中一闪就消失不见了。

“紫焰火麒麟！”凰北月低声道。

一个冷酷的少年出现在窗口，黑色衣袍飞扬，他手中提着一把紫焰燃烧的宝剑，双眼抬起，眼神冷漠，看见凰北月的时候，他也吃了一惊。

“戏天阁下。”他冷冷地开口，声音里没有丝毫情绪。

“太子殿下。”

冰灵幻鸟慢慢下降，让站在它背上的凰北月能和站在窗口的太子战野对视。

两个人的目光在黑夜中一交会，便都明白了对方来这里的用意。

灵尊的出现，相信挑起了很多人的好奇心，传说中的神兽是什么样子，应该所有人都想看一看。

“既然都来了，太子殿下不会让我就此打道回府吧？”凰北月抱着双臂，口气不冷也不热。

太子战野对自己有些误解，她也不打算解释，她这个人一向不喜欢多话，一切都直接用行动来表达。

战野看了她一眼，知道无法阻挡她进入七塔。两只超级灵兽在这里打起来的话，造成的轰动肯定不小。他不说什么，转身跳进塔中，看来是默许了。

凰北月拉了拉斗篷的帽檐，让冰灵幻鸟变小，随即她也跳了进去。

第十六章 惩罚之火

塔中一片漆黑，凰北月从纳戒中取出发光石，却发现战野直接用紫焰火麒麟的紫焰，做了一个小小的火把。跟紫焰比起来，她的发光石明显寒酸多了，要是冰灵幻鸟也能发光就好了。

塔内被照亮，空间非常大，凰北月看见四面墙壁上有无数小格子，都用元气禁制着，里面摆放的应该是一些珍贵的典籍。

不知道第七塔中有没有关于万兽无疆的资料？她暗暗打定主意，哪天自己再偷偷进来一次，翻阅一下那些典籍，就算能查到蛛丝马迹也好。

除了那些小格子，塔中什么都没有，空荡荡的，高高的穹顶给人一种无形的压迫感。

凰北月举着发光石，发现墙壁和屋顶雕刻着许多奇怪的图案，她和战野一个都看不懂。

沉重的气氛弥漫在塔中的每一个角落，让人的表情不知不觉间肃穆起来。

幽幽的紫色火焰映照下，少年冷峻的面孔有种拒人千里之外的疏离和淡漠。他看了看塔中的情景，抿着唇，举着火把，慢慢地朝楼梯走去。

凰北月立刻跟了过去。

楼梯是旋转式的，从扶手往下看，黑魆魆一片，似乎多么耀眼的光芒都无法照亮。想到灵尊可能在这下面休息，他们不得不打起十二分精神来。

“戏天阁下。”战野忽然停下脚步，偏过头，透过幽幽的紫色火焰，看着黑色斗篷下的神秘人。

“怎么了？”凰北月以为他发现了什么重要的东西，却见他面色平淡，她不由得有些失望。

“你对灵尊的了解有多少？”他语气平淡地询问。

凰北月也不隐瞒，这种时候，信息越多，对他们越有利：“我只知道它是神兽，炼化了第七塔中的惩罚之火，实力强大到了极点，我们两个加上超级灵兽也不一定打得过它。”

战野微微点头，听到她说灵尊炼化了惩罚之火，他眼中光芒一闪。

惩罚之火是灵央学院至高无上的存在，被封存在第七塔的最底层，犯了极大错误的人才会被带进第七塔，接受惩罚之火的考验。

那天薛彻受的，连惩罚之火百分之一的威力都没有，否则凭他的修为，早就死得不能再死了。惩罚之火的强大是常人无法想象的，有传言说，南翼国帝都临淮城是卡尔塔大陆最牢不可破的城市，不是因为别的，就是因为有惩罚之火，若逢国变，惩罚之火就是最有力的武器。灵尊居然能够炼化惩罚之火，它究竟是什么等级的神兽？

“太子殿下，灵尊为何会成为灵央学院的守护神兽？”

“这个原因大概没人知道，我只知道它十二年前出现在第七塔中，强大的实力无人敢违逆，苍河院长就默许了它住在第七塔中。”

凰北月微微皱了一下眉，心里有个非常奇妙的想法。凰北月今年刚刚十二岁，身体里还封印着魇这只强大的灵兽，而那天灵尊离开时，若有所思地看向她的眼神……这一切，是不是有什么关联？

她正想着，战野忽然说了一声“小心”，然后嗖的一声，一条红色小蛇被匕首钉在了墙上。赤红色的小蛇不断挣扎着，嗞嗞吐着芯子，仍想要对人发起攻击。

“吞天红蟒？”战野看了一眼小蛇，脸色微微一变。

凰北月走过去，看着只有手指粗细的小蛇，不禁好笑：“这么小一条就吞天……”

“这是吞天红蟒的幼蛇，看样子是刚破壳而出。它们几百年才产两枚蛋，一枚强，一枚弱，这一条应该是比较弱的。小心一点儿，强的那条恐怕就在附近。”

吞天红蟒浑身赤红诡异，一看就知道毒性很强，炼药师应该会很喜欢这种东西吧？凰北月想了想，手起刀落，将幼蛇的脑袋砍了下来，幼蛇挣扎了几下就不动了。

“别用手碰。”战野沉声提醒。

这种东西他没有兴趣，只有炼药师才会想要，难道这个戏天和炼药师还有什么牵扯？真是深不可测的一个人。

凰北月自然不会用手去碰这样的毒物，她让冰灵幻鸟将幼蛇整个冰封起来，然后放进了纳戒中。

“吞天红蟒，是什么等级的灵兽？”她对这个世界的灵兽等级还不了解，以前的凰北月养在深闺，不知道太多外面的事情。

战野又看了她一眼，越发觉得奇怪，一个九星召唤师级别的强者，居然不知道吞天红蟒是什么级别的灵兽？她似乎对卡尔塔大陆的很多东西都不了解，难道她不是来自卡尔塔大陆？

战野一边往前走，一边用低沉的声音说：“吞天红蟒，超等级的灵兽，成年后会进化成为神兽，不过这附近应该没有成年的吞天红蟒。”

“为何？”幼蛇在这里，成年的吞天红蟒应该在旁边守护才对。

“两只神兽不可能同时在一个地方，一山不容二虎。”战野顿了顿，说，“何况，吞天红蟒十年才会从蛋里孵化出来，这里的两枚蛋应该是灵尊从别的地方带来的。”

“原来如此。”凰北月点点头。只是，灵尊为什么要把吞天红蟒的蛋弄来这里？它已经是神兽了，还想培养一只神兽不成？

两个人顺着楼梯一直往下走，四周黑漆漆的，好像永远走不到尽头。

凰北月在心里估计了一下，他们现在应该走到第七塔的中间部位了，可是一点儿神兽的威压都感觉不到，这下面究竟还有多深？

战野在她前面慢慢地走着，黑色的衣袍好像要融入无边的黑暗之中，只有紫色火焰闪着不真实的迷离光芒。

她想起在丞相府听到的那些话，齐丞相和安国公都打算把他从太子的宝座上拉下来。一个十六岁的少年，在她那个时代应该在学校里无忧无虑地生活，他却要面对这么多尔虞我诈、阴谋倾轧。

凰北月轻轻地叹了一声，忽然很想告诉战野，那天她和薛彻走在一起不过是个意外。可还没等她开口，战野的脚步突然停下了。她以为发生了什么事，立刻全神戒备，凝神一看，只见战野后退了一步，抬头望着无边无际的黑暗。借着紫色火焰的光芒，她发现一堵漆黑的墙壁挡在面前。没路了？不应该啊！

“这应该是一道石门。”凭借着多年的盗宝经验，凰北月一眼就看了出来。

说完，她走上前去，伸手在石墙上摸索了几下，很快就摸到一个凹陷处，里面有一个沉重的铁环。她吸了一口气，抓住铁环用力一扯。吱嘎嘎……沉闷的声音响起，石门缓缓旋转了起来。

战野惊讶地看了她一眼。机关这种东西他略知一二，没有她这么娴熟。这个戏天，如果能成为他这方的人就好了，可惜……

石门打开后，里面火光耀眼，灼热的气浪猛烈地扑打在他俩的脸上。

凰北月目瞪口呆地看着眼前的一幕，这里简直是火海炼狱啊！她拉起斗篷，才能稍微挡一挡那灼热的气浪。

凰北月看向战野，发现他比自己好不到哪里去，光是站在门外就觉得这么煎熬，进去了还得了？

"冰。"凰北月低呼一声。再可怕的炼狱也要进去闯一闯，来都来了，现在退走岂不是白费力气？

冰灵幻鸟从上空飞下来，极寒之气在四周蔓延，灼热的气浪被压制了几分。

凰北月跳上冰灵幻鸟的背，转身对战野道："上来吧。"

战野一怔，随即轻轻一跃跳了上去，冰灵幻鸟身上的极寒之气将他的手刺了一下。

"小心一点儿。"凰北月小声提醒。

战野点点头。

冰灵幻鸟展开羽翼，从石门飞了进去。

触目所及，到处都是熊熊燃烧的烈焰，凰北月只觉得身体里的血液都跟着沸腾起来。

"这就是惩罚之火？"凰北月被眼前的情景震惊住了，她觉得自己好像来到了另外一个世界，熊熊烈火是这个世界唯一存在的东西。

"不。"战野摇了摇头，"惩罚之火在更里面，这些不过是外围的屏障而已。"

凰北月微微一惊。这些火焰的力量已经非常强大了，她能感觉到，飞在火海上空的冰灵幻鸟都有些吃力了。

呼啦一声，一团巨大的火焰翻腾而起，刚好在他们下面。冰灵幻鸟翅膀一展，猛地飞高，堪堪避过那团火焰，但是溅起来的几点火星，还是在冰灵幻鸟雪白的身体上留下了几个黑色的灼点。

"冰，飞高一点儿。"火海上面空间广阔，只是无边的黑暗让人有些心寒，但也总比被火焰烧成烤鸟要好。

冰灵幻鸟听令，立刻往高处飞。

战野黑色的眸子转了转，周围没有强大的威压，让他放心了一点儿。

火焰时不时翻滚上来，不过有了上次的经验，冰灵幻鸟也知道怎样躲避了。

“凰北月，不要再往前了。”魇的声音忽然响起，带着浓浓的警告。

“你感觉到什么了？”凰北月拧着眉，根本没有想过退缩，她字典里就没有“害怕”这两个字。

“灵尊就在前面。”魇闷声说，“它正在休眠，所以没有发现你们。神兽一向不喜欢被打扰，它的怒气，你们承受不起。”

“休眠？什么意思？”

魇哼了一声，说：“意思就是，它正处于某个突破阶段。你们打扰了它突破，它会放过你们吗？就算上天入地，它也会弄死你们两个小小的九星召唤师。”

小小的九星召唤师？凰北月撇了撇嘴。九星召唤师在卡尔塔大陆算是至高无上的强者了，在魇的嘴里，九星召唤师却成了“小小的”，这家伙要不要这么自大？

不过，灵兽在突破期被打扰的话，怒气确实会非常大，何况是灵尊这样的神兽了。

凰北月转头对战野说：“灵尊可能在不远处休眠，打扰了它，后果不堪设想。”

战野眉头微微一皱，正想开口说话，下面的火海忽然一阵剧烈地翻涌，烈焰冲天而起，那些隐藏在黑暗中的东西瞬间全被照亮了。

那是一只只倒挂在顶部的蓝蝙蝠，原本它们全都闭着眼睛，烈焰翻涌上来的时候，灼热的温度和耀眼的光亮立刻让它们睁开了闪着蓝光的眼睛，分外骇人。每一只蓝蝙蝠都有鸵鸟那么大，翅膀张开的时候就更大了。

蓝蝙蝠是十级灵兽，性情凶残，酷爱吸食鲜血，被它们抓住的兽类或者人类，无一例外都死得很惨。

在迷雾森林里，它们算是横行霸道的族类了，因为它们通常成群出现，就算是攻击力非常强、等级非常高的灵兽，一不小心也会栽在它们手上。

十级灵兽在凰北月和战野的眼中和小孩子一样，不足为惧，可是这里的蓝蝙蝠实在太多了，密密麻麻地挂在头顶，一双双诡异的蓝眼睛看得人头皮发麻。

凰北月心里咯噔一下，身上汗毛都竖起来了。

身下烈焰翻涌，头顶蓝蝙蝠成群，他俩的处境突然变得万分危险起来。

“退吧。”战野低喊一声，召唤出了紫焰火麒麟。

凰北月点点头。

两个人驾驭着自己的灵兽，飞快地往回飞去。

回去明显比来的时候困难多了，他们身形一动，那些蓝蝙蝠眼中的蓝光就幽幽闪动起来，然后呼啦啦凌乱的翅膀拍打的声音响起，无数蓝蝙蝠朝他们飞了过来。

人类身上鲜血的味道充满了诱惑，这些蓝蝙蝠跟打了鸡血似的，狂猛地追在他们身后。

战野转身，那把紫光闪烁的宝剑立刻出现在了他的手中，剑气凝聚，他用力一挥，一道紫色的烈火瞬间烧死了一大群蓝蝙蝠。

凰北月暗暗叫了一声“好”，随即她又低低咒骂了一声。一群蓝蝙蝠烧死了，更多蓝蝙蝠追上来了，如果和它们苦斗，势必要耗费太多元气，再被灵尊追上的话，他们就真的倒霉了。

“别管它们，尽快往前赶！”凰北月大喊一声，催促冰灵幻鸟死命地往前飞。

战野会意，也不再恋战，宝剑往身后一划，又烧死一大群蓝蝙蝠后，他驾驭着紫焰火麒麟快速朝前飞去。

转眼间，那道石门已在眼前，凰北月心中一喜，可她还没来得及松一口气，忽然火焰冲天而起，朝她和战野汹涌而来。

凰北月面色大变，立刻驾驭着冰灵幻鸟往另一个方向飞去。

战野的应变能力也非常人可比，和凰北月一左一右分开了。

分开的一瞬间，战野的剑挑起一团紫焰，迎着那团火焰而去。一红一紫，猛烈地撞击在一起，轰然巨响，烈焰狂飞。

双方僵持了一会儿，紫焰便撑不住了，被红色的火焰撞开。与此同时，战野驾驭着紫焰火麒麟快速地朝后飞去，迎面而来的蓝蝙蝠们顿时被紫焰烧得七零八落。

惊心动魄地过了一招后，火焰噌噌噌往上涌，扭曲旋转，最后变成了一条巨大的火龙，火龙狂吼一声，整个火海被震得摇晃不已。

出现了！凰北月倒吸了一口凉气，原来灵尊的本体这样庞大，太恐怖了。

这时，魇的声音响了起来：“发什么愣？太子战野已经引开了灵尊的注意力，你还不快点离开！”

“离开？”凰北月一愣。她从来没有想过离开，特别是丢下一个肯为自己牺牲的人。

战野到现在都以为戏天投靠了安国公府，可是刚才那一瞬间，想也没想就飞向了与自己不同的方向，并且先出招，引开灵尊的注意力。这么仗义的一个人，她怎么可以丢下不管?

“凰北月，你别傻了，你想去送死吗？”魇声音凌厉地道。

“哼，是你怕死吧？”凰北月冷笑一声，“你要是不想死，就出来帮忙。”

“我不是每次都能出去的，上次出去已经让我……凰北月！”魇大喊一声，却来不及了，凰北月驾驭着冰灵幻鸟已经掉转方向扑向了灵尊，他气得直想捶胸。这丫头平时那么冷血狡诈，怎么突然这么讲义气了？气死他了。

“冰盾，开！”斗篷下，少女坚定的声音响起来。

战野眉头微微一蹙，看见她折身回来，他的心情忽然有些复杂。安国公一党不是希望自己早点死吗？为什么她要回来？看见她瘦弱的身体坚定地立在冰灵幻鸟的背上，他焦虑之中竟然夹杂着一点儿喜悦。

随着她的声音，一道道坚固的冰墙竖立起来，将火海和灵尊挡在了一边。

“走！”凰北月冲战野大喊一声，转身往后飞去。石门已经被灵尊挡住了，他们只能另寻出路。

冰灵幻鸟和紫焰火麒麟在翻涌的火海上空左冲右突，不断有蓝蝙蝠扑过来，凶猛地攻击他们。

“找死！”凰北月咬着牙低喝一声，双手快速结印，无数寒冰利箭从她手中暴射而出，准确无误地刺中了一只只蓝蝙蝠。

强悍的杀伤力让远处的蓝蝙蝠却步了，不敢上前来面对这个可怕的黑斗篷人。

就在这时，砰砰砰！一连十几声冰盾破裂的声音让人心寒。随即，一声狂怒的咆哮让凶猛的蓝蝙蝠们纷纷退避逃命。

灵尊庞大的身躯从火海中盘旋而出，漆黑的鳞片闪着诡异的光芒。它的眼睛死死地盯着前面那两个逃跑的身影，怒吼一声，迅猛如电般追了上去。

火海无边无际，根本看不到尽头。灼热的温度让站在冰灵幻鸟身上的凰北月都有些受不了，额头上冒出大颗大颗的汗珠儿，可想而知，战野的情况绝对比她惨上无数倍。

身后，冰盾破裂的声音像死神的脚步一样踏在她的心上。想不到灵尊这么厉害，片刻工夫就把她的十二道冰盾全部破开了。

“凰北月，往左边！”危急时刻，魇忽然大喊一声。

她是魇的封印容器，她死了，魇会跟着一起死去，所以，谁都有可能害她，但魇绝对不会。

“太子，这边！”想也不想，凰北月立刻朝战野招呼一声，往左边疾飞而去。

左边的火焰翻涌得更高，好几次他们都差点儿被卷进去，好在两只灵兽反应灵敏，危急关头总能化险为夷。

茫茫无际的火海，根本看不到可以躲避的地方，凰北月不禁急了：“魇，你不是蒙我吧？！”

魇沉声喝道：“停下来！”

停？凰北月立马让冰灵幻鸟停下来，不解地道：“怎么了？”

战野也一脸不解地看着她，生死关头，为何要突然停下来？

她不知道魇有何打算，但是在这个上天入地都不能的地方，魇是她全部的希望。

“到底怎么了？”凰北月表面上镇定，心里却着急地问魇。

魇说：“我数三下，你立刻往下，冲进火海里。”

“什么？”凰北月惊道。往下冲进火海里？这不是自寻死路吗？

魇没再解释，开始慢悠悠地数数：“一……”

“太子，一会儿我干什么，你就跟着干什么。”无奈之下，凰北月只能这样对战野说。

战野对她的实力是绝对相信的，因此丝毫不怀疑这个神秘的戏天已经想出了逃离这里的法子，他点点头。

“二……”

魇数数的速度实在太慢了，慢得她都想暴走了。

他们身后，灵尊的怒吼声越来越近，强大的威压好像一座高山当头笼罩下来。

在凰北月心急火燎的等待中，魇终于慢吞吞地道：“三，冲！”

凰北月想也不想，驾驭着冰灵幻鸟猛然向下俯冲。

战野愣了一下，冷酷的俊脸上第一次露出惊讶的表情。这个戏天搞什么鬼？

战野虽然一头雾水，但是比起身后愤怒的灵尊来说，跳入火海已经算不得大事了。因此，战野也驾驭着紫焰火麒麟俯冲下去。

就在他们俯冲而下的时候，一道高高的火焰翻涌而起，一个黑漆漆的洞口露了出来。

凰北月心中一喜，双手立刻结印，一颗巨大的冰雹砸过去，将洞口周围的火焰统统砸开。这个洞口刚好能让冰灵幻鸟侧身飞进去。紫焰火麒麟没有翅膀，也轻而易举跟着进来了。

和外面的灼热火海不一样，他们刚进洞里，头顶便有滴答滴答冰凉的水珠落下来。周围一片漆黑，如果不是冰灵幻鸟和紫焰火麒麟身上的光芒映照，凰北月和战野根本没办法看清楚洞里的情形。

他们此刻飞过的地方比较狭窄，两侧光滑的石壁上长满了厚厚的青苔，不断有冰冷的水渗出。大概十分钟后，他们眼前渐渐开阔起来，只是这里什么都没有，只有一片黑沉沉的水，发出潺潺的流动声。

凰北月侧耳听了一会儿，说："我们可以从水里离开。"只要水是流动的，就一定会有出口。

凰北月从冰灵幻鸟的背上跳下来，看着那片黑沉沉的水。

战野也从紫焰火麒麟身上跳下来，走到她旁边，皱着眉说："这片水域不知道有多广，也不知道有多深，潜下去，不知道什么时候才能到达外面。"如果这片水域像火海那样宽广无边的话，他们恐怕还没有逃出去，就先溺死在里面了。

"这个不用担心，我有办法。"凰北月语气轻松地说。

说完，她从纳戒里将避水珠拿了出来。紫光萦绕的避水珠，在水光的映照下，显得尤其通透绚烂。

战野转头一看，大吃一惊，低呼道："避水神珠！"

"太子殿下好眼力！"凰北月竖起拇指夸了一声。看来，这避水珠真是个宝贝。

战野看着她，嘴角的弧度有些冰冷，心里却像是阴云密布的天空霍然透出了一抹阳光。联系起安国公府失窃的种种，他还有什么不明白的？这个戏天，真是个喜欢胡作非为的家伙啊！他微微抿着的唇角，难得地露出了点点笑意。

凰北月没想到误会这么容易就解开了，不需要一句话，他就完全明白她了，这种感觉非常好，她内心顿时轻松了许多。

"我们顺着水流的方向走，应该会有出口。"凰北月淡淡地说。

说着，凰北月把避水珠抛进水中，避水珠顿时绽放出绚烂的光芒，光芒所到之处，水面翻转，形成了一个圆形空间，好像一个玻璃房，可以同时容纳四五个人。

凰北月微微挑眉，如此神奇的宝器，她还是第一次见。

"走吧。"她想试试不用背着氧气、戴着潜水镜在水中行走的感觉，于是当先踏进水中。

触碰到冰冷的水，她忍不住倒吸了一口气，好冷啊，都快比上冰灵幻鸟身上的极寒之气了。

突然，水面一个细小的波纹腾起，她的脚踝被什么东西咬了一口，就像被针轻轻戳了一下，可是当她想动的时候，发现全身的力气都被抽空了。

"有蛇！"战野一把将她拉上来，只见一条手指粗细的红蛇缠在凰北月的脚踝上，战野想伸手去拽掉，却被蛇尾狠狠地扫了一下手背。然后，刺啦一声，红蛇回到水中，波纹一荡，消失得无影无踪了。

“是另一条吞天红蟒。”战野的声音中有着不易察觉的颤抖。

他立刻蹲下身，斗篷下是一双小巧的少女的脚，穿着粉红色的绣花鞋，他微微一怔，随即将凰北月的鞋子脱下来，只见一个小小的毒蛇牙印在她的玉足上。

凰北月倒吸一口凉气，脚上的伤口不疼，可是毒素蔓延很快，她的胸口闷得发慌，身上的力气完完全全被抽空了，她双手无力地抓着战野的手臂。

“快出去……出去找大夫！”她不禁后悔，应该先把炼药术学好，多炼几枚解毒的丹药随身带着，就不怕出现这样的意外情况了。

“吞天红蟒的毒，是火属性中最强烈的，无药可解！”虽然嘴上这样说，战野还是飞快地从纳戒中拿了一个小瓶子出来，倒了一颗绿油油的丹药递给她，“先把这个吃下去。”不能解毒，但可以护着她的心脉不受损。

凰北月点点头，无力地抬起手把丹药送进口中，下一秒，她低声惊呼道：“你干什么？”

他捧起她的脚，低下头，嘴唇对准伤口，一口一口地把毒血吸了出来。整个过程，他一句话也不说，好看的眉头紧紧蹙着，整个人好像一座布满阴霾的山峦。

凰北月怔怔地看着他，半晌后，她伸出手，在他肩膀上轻轻一拍，低声道：“多谢你。”

最后一口毒血吐掉后，战野抬起头，擦了一下嘴角的血渍，面色冷酷地说：“父皇想要招揽你，你死了，父皇会很难过。”

这个冷漠的少年，就不能说一句，他也很想招揽她吗？

在这里停留的时间越长，凰北月觉得越不安全。灵尊不可能就此罢休，它肯定会追进来，所以，他们还是尽快离开这里为好。

待战野把她脚上的伤口包扎起来，凰北月立刻说：“赶快离开这里。”

战野点点头，扶着她站起来。

看到她那双玉足，他已经认定她是个货真价实的少女，出于男性的保护欲，他很想背着她离开，可是想到她还有戏天这个身份，怕有损她的骄傲，他怎么也开不了口。

战野扶着凰北月走进圆形空间里，紫光慢慢聚拢，形成一个绝水的屏障，慢慢地沉了下去。紫色光芒流转，照亮了黑沉沉的水底，入眼皆是断壁残垣，这里原先应该是一座小城，在这水底恐怕已淹埋了上千年。

看来临淮城是修建在一座沉没的古老城市之上，而第七塔下面的火海，恐怕是一座火山。这里的地质奇特，熔岩活动频繁，万一有一天火山喷发，临淮城是不是……

“太子殿下……”凰北月刚想说话，忽然脚下一颤，她的身体因为蛇毒发作有些虚弱，差点儿摔倒。

那一颤之后，好久没有动静，又过了十几秒，水底剧烈摇晃起来，水波掀起巨浪，他们躲在避水珠中，也被晃得东倒西歪。

“灵尊追来了，快走！”凰北月大惊。她中了蛇毒无法作战，而战野根本不是灵尊的对手，他们现在只有赶紧找到出口，逃出去。

她一瘸一拐地被战野扶着，跑了没几步，地面忽然裂开，他们差点儿掉下去。

冰冷的水立刻变得温热，岩浆从深坑冒上来了。这水要是被煮沸了，他们可就变成饺子了。

附近的水流有些急，都涌向一个地方。

凰北月露出笑容：“应该就在附近了。”她的话刚说完，身后的水流猛然一乱，紧接着，汹涌的巨浪掀起来，一股威压逼来。

黑色巨龙的尾巴在水中一扫，闪着寒光的鳞片犹如利刃一般，将残垣断壁扫得粉碎。

“打扰了我的休眠，岂能让你们这么轻易就跑了。”灵尊的声音在水中回荡。

避水珠形成的光圈渐渐变得微弱，显然在神兽的威压之下，宝器都快支撑不住了。

水流被搅成一个个巨大的旋涡，黑龙的巨尾扫在避水珠上，紫色光圈瞬间散开，水流从四面八方涌了进来。

“小心！”战野的声音刚发出，便被激流淹没了。

在水中，紫焰火麒麟和冰灵幻鸟的实力也不能完全发挥，召唤它们出来反而是累赘，凰北月只能紧紧握着黑玉，在心里呼唤魇：“魇，别装死！”要不是她中了毒，身手不灵便，此时也不会这么狼狈。

魇郁闷地说：“开什么玩笑？我被黑水禁牢的四十九道禁制封印着，就算出去也只能勉强对付一下司马归燕那样的九星小角色，对付这个老怪物，我还是等死吧。”

“你这家伙！”凰北月被他气得差点儿吐血。

“不好，那老怪物好像是冲着你来的。”魇的声音微微变了。

凰北月心中一凛，冲着她来的？她一边想着，一边手忙脚乱地把脸上碍事的斗篷拉开，抬眼一看，顿时吓得魂飞魄散。只见那巨大的龙尾扫开一切阻挡的东西，朝着她席卷而来。

她立刻从空间里取出冰羽，以横扫千军之势冲着巨大的龙尾扫去。冰羽的威力虽然不及冰盾强悍，但是胜在量多，以她现在的实力，一共可以发出二十四道冰羽。

然而，在灵尊眼中，这不过是小孩子过家家一样的游戏，中了蛇毒、力量不足的人类的一击，对它来说能造成什么伤害？巨大的龙尾躲也不躲，与冰羽一一相撞，顿时冰碴四溅。冰碴被反击回来，嗖嗖嗖，攻击力很强，凰北月拿着冰羽在水中挥舞，全部挡开了。

这样一回合后，中毒的身体更加支撑不住了，脑袋一阵阵发晕，她努力睁开眼睛才能看清楚面前的状况。她在水中行动不便，氧气不足，那股难受劲儿就别提了，何况还要全力对付这条黑色巨龙。

战野见她体力不支，立刻逆着水流游了过来。

灵尊的尾巴一扫，水波形成一个又一个旋涡。刚刚往前游了几米的战野一下就被卷进旋涡中去了。然后，灵尊用尾巴卷起凰北月，转身拖着她离开了。

战野立刻召唤出紫焰火麒麟，命令道："救她！"

紫焰火麒麟看了一眼在水中横行的灵尊，那是真正的神兽，别说在水里，他们的实力已经削弱了一半，就算是在陆地上，他们也不可能是灵尊的对手。

"战野，出口就在附近，再不走，你也会死的。"紫焰火麒麟冷静地说。

战野咬着牙，坚持道："救她！"

"召唤师和灵兽的性命是连在一起的，你死，我也会死！"

"救她！"

紫焰火麒麟不再多说，低吼一声，身体猛涨了无数倍，然后大口一张，将战野衔进口中，顺着水流狂奔而去。

蛇毒发作，加上在水中缺氧，凰北月的脸色很快变成青紫，一丝力气也没有，身体软软地趴在灵尊的尾巴上。锋利的鳞片割得她手臂鲜血淋漓，她嘴巴里冒出一个泡泡，显然是最后一丝空气也从肺部抽走了。

"主人！"冰灵幻鸟急道，"请召唤我出来吧，我能保护您！"

凰北月摇了摇头，幸好和冰灵幻鸟交流不需要张嘴："不，这老怪物暂时应该不会杀我，你出来只会激怒它。"

命悬一线之际，凰北月还可以这么冷静，不禁让冰灵幻鸟更加佩服。

虽然凰北月不知道灵尊费了这么大的力气抓住她却不杀她是因为什么，不过只要保住了性命，她凰北月就有办法脱身。

"哼，你倒是冷静。"魇慢条斯理地说，"你也见识过灵尊的惩罚之火，它要是把你扔进惩罚之火中，你的小命确实保住了，可那种煎熬啊……"

凰北月不禁打了一个寒战，惩罚之火……

惩罚之火不会伤及性命，却是直接燃烧到灵魂深处。灵央学院有这样的说法，惩罚之火是可以将灵魂中一切邪恶的意念都煅烧干净的火焰，所以名为"惩罚"。

"惩罚之火，怕什么？"凰北月在心里自负地冷哼了一声。

时间越长，蛇毒在体内扩散得越广，大脑缺氧的感觉也越来越明显，凰北月慢慢闭上眼睛，陷入了昏迷。

迷迷糊糊中，凰北月只觉天地颠倒，日月无光，星辰隐没，一条赤红色的巨蟒从天的尽头爬来，张开血盆大口，将整个世界吞入腹中。

吞天红蟒！凰北月想起咬了自己的那条小蛇，不过拇指粗细，没想到长大了居然这般巨大。

吞天红蟒把整个世界吞吃以后，慢慢爬到凰北月面前，赤红色的蛇眼瞪视着她。

凰北月傲然直立，不知道哪里来的风，将她身上的黑色衣袍吹得上下舞动。她冷眼看着吞天红蟒，清冷的声音缓缓地从红唇中倾吐而出："你的子孙咬我之仇，他日必当十倍奉还！"

吞天红蟒巨眼一转，声音森冷地说："女娃儿，你太狂妄了，分明是你先动手伤我子孙。"

"它若不先来惹我，我岂会屑于对它动手？"

吞天红蟒冷哼一声："好，那便等你找我复仇吧！"说完，吞天红蟒转过身，缓缓地离开了。

凰北月看着那赤红色的背影，觉得脑袋隐隐作痛，嗞了一声，猛地睁开了眼睛。火光太过刺眼，她又立刻闭上了眼睛，半晌之后，才再次慢慢睁开。

此时，她身处一间空旷的石室中，周围是黑色的石墙，墙壁被火焰烧得通红炽热。石墙下面有一个宽阔的池子，不过这池子里装的不是水，而是熊熊燃烧的烈火。

她被困在烈火中间的一块石板上，石板飘来飘去，好像随时都会触礁沉没。奇怪的是，石板冰凉，四周火焰虽然炽烈，却一点儿火星都溅不上来。

这里应该是灵尊生活的地方，可是灵尊呢？它那样庞大的身躯，能藏到哪里去？

她正想着，一面石墙从中间向两侧分开，一艘小船慢慢地划了进来，船上站着一个身穿黑色锦袍、身材颀长、面如冠玉的年轻男子。他眉眼精致，好像画里走出来的人一样，容色倾国，只是冷漠的表情少了些人气，轻抿着的薄唇显得有些不近人情。

他狭长的眸子看了一眼凰北月，神情傲慢，高高在上。

凰北月一愣，这人是从哪里跑出来的？这样的炼狱火海，居然有人能够生存？

石板摇摇晃晃的，她怕站起来站不稳，摔倒了又比较丢脸，就这么坐着，一双明眸抬起来看着那个男人。

"你叫什么名字？"男人冷冷地开口，声音好像冰冻在地底下几千年的寒泉一样，冷冽清寒。

凰北月抱着手臂，闻言，只是淡淡地挑挑眉："你都没告诉我你叫什么，我为何要告诉你？"

她话音落下，只见他微微一抬手，她的脸便被一根细得几乎看不见的红色鞭子抽了一下。鞭子的力道非常重，但是没有把她的脸抽花，只留下一道细细的红色血痕，而她整个身子却被抽飞了出去。

石板不大，她差点儿掉进火海中。她死死抓着石板，抬头怒瞪着他，狠狠咬牙："你欺我中毒打不过你是不是？！"她已经好多年没被人这么打过了，那鞭子抽来的时候，自己竟然连还手的能力都没有。中毒确实让她的身手减弱了，但是她不得不承认，这个男人的实力绝对在她之上。

"你即便不中毒，我一样可以打得你还不了手。"男人冷冷地说，眸中闪着寒芒，和这漫无边际的火海实在不相称。

凰北月心中的怒火瞬间被激发出来，强烈的自尊哪能这么被人践踏？擦了一下脸上的血，她动作迅速地站起来，在摇摇晃晃的石板上，身姿傲然地挺立着。

冰羽浮现在她手中，她清澈的眸中闪过一抹杀意。

男人冷冷地看了一眼她手中的冰羽，嘴角掠起一抹讽刺的弧度。

"冰牢，开！"

无边的火海之上，巨型冰牢从四面八方围拢过来，将男人连同他的小船一起笼罩在其中。

凰北月微微喘息着，额头渗出一层细密的汗珠儿，中毒的身体更加虚弱了。

她手中的冰羽慢慢变大，最终变成一柄雪白色的巨型战刀，她双手举起战刀，冷冷地说：“去死吧！”战刀砍下去，冰牢瞬间四分五裂，被困在里面的人也绝对会变成无数碎片。

冰牢是冰属性中等级比较高的技能，能瞬间将目标冻结在一个立方体中，使其失去战斗能力，并且永远囚禁在其中不得解脱。囚禁，或许还能留有生命，若敲碎了，那就死得透透的了。

可是……凰北月眉头微微一皱，这人明显没有这么好对付，碎成无数片的冰牢中，只有小船的碎片，没有他的碎片。

“已经能使用冰牢了，不错啊！不过，你身体里没有元气，冰牢的力量弱得就像小孩子的玩具一样。”清寒的声音在凰北月身后响起。

凰北月的身子一僵，慢慢回过头去，只见他黑衣飘飘，从火海中慢慢走了过来。

舔了舔有些干裂的嘴唇，凰北月冷哼一声：“等我完全恢复实力，你未必能说得这么轻松。”

他走近了几步，神情傲然地看着她：“还想打吗？”

“不打！”她又不是吃饱了撑的，明知道打不过还自讨苦吃，“你让灵尊把我抓来这里干什么？”

目光微微一闪，他淡淡地道：“拜我为师。”

凰北月诧异地看了他一眼，觉得有些震惊，又有些好笑，道：“你做梦呢？”

啪！他指尖一动，红色的鞭子就抽了过来。

吃过一次亏，凰北月怎么可能吃第二次，她身子敏捷地闪开，刚松了一口气，第二条红色的鞭子便从另外一个方向抽了过来，不偏不倚，还是抽在她的脸上。

凰北月火了：“你大爷！打人不打脸，你别欺人太甚！”

她话刚说完，又一鞭子抽在了她的脸上。

这绝对是她这辈子最大的耻辱，她凰北月宁可和他拼个鱼死网破也不受这般屈辱。

“冰！”低喝一声，凰北月召唤出了冰灵幻鸟。

冰灵幻鸟的爪子抓住她的肩膀，如同她的背上生出了巨大的双翼。

她手握雪白色战刀，背上双翼一展，她便如死神一般扑向了那个男人。

凰北月忽上忽下、忽左忽右、忽高忽低，动作快得让人眼花缭乱，雪白色战刀冲着男人往死里砍。

她的动作快，他的动作更快，两个人打了上百回合，凰北月处在下风，被他的鞭子把脸都抽花了。

凰北月平时虽然不自恋，可到底是女孩子，自尊心又超级强，被人在脸上抽了那么多鞭子，心里那个火啊！

她是遇强则强的性格，敌人越是强大，她的好战之心就越发强烈，只是，这个男人的实力明显高了她不止一两级，估计已经达到传说中的天级召唤师级别了。

似乎厌倦了这样纠缠不休的打斗方式，他手中的鞭子忽然一卷，卷住了她的腰，然后狠狠甩在石板上。这么大的力道，可以看出他绝对没有对女人手下留情这种习惯。

凰北月被摔得五脏六腑都快碎了，她胸腔里一热，一张口，一摊黑色的血吐了出来。

黑衣男人眼眸微微一眯，目光在那摊黑色的血液上停留了一瞬，然后问："要不要拜我为师？"

"不要！"想也不想，凰北月脱口喊道，"老子对你非常不爽！只想打败你，死也不会拜你为师！"

"哼。"他不悦地哼了一声，轻轻一挥衣袖，一团火焰猛地冲向凰北月。

"惩罚之火！"魇惊呼一声。

凰北月愣了一下，下一秒，火焰就烧到了她的身体。

"啊！"首先发出惨叫的是魇。

他是她身体里最邪恶的存在，惩罚之火能燃烧到灵魂中，被封印在她身体里的魇怎么可能逃得了，越邪恶的人受到的煎熬越深。

凰北月只觉得五脏六腑瞬间被烧成了灰烬，自己的灵魂在颤抖。她猛地吐出好几口黑色血液，然后在石板上滚来滚去，表情狰狞恐怖，好像濒死者最后的挣扎。

"要不要拜我为师？"黑衣男子站在她身边，冷眼看着她痛苦挣扎却无动于衷，只是冷冷地发问。

凰北月全身颤抖着，嘴唇都咬破了，七窍慢慢渗出鲜血来。

她睁着带血的眼睛，狠狠地瞪着他，喉咙里发出撕心裂肺的嘶吼："不……"

她凰北月只有一个师父，那是从小养育她、教导她、陪伴她、她最尊敬最爱的人，谁也无法代替。

他眼中流露出明显的不悦："这火会烧半个时辰，你若改变主意，我就收回来，若不……”

“不！”坚定的声音，就算死，也绝对不改变。

“好个倔强的丫头，那你就慢慢煎熬吧。”说完，他一眼也不看她，从打开的石墙中间走了出去，随即化身成黑色巨龙，在火海中遨游。

片刻后，它走进另一道石墙内，庞大的身躯顺着凹凸不平的墙壁爬到最高处。

这里类似于山洞，到处是凸起的锋利岩石，顶部很高，似乎藏着什么秘密。

灵尊的巨大眼睛看着前方一座石台，上面似乎供着一个灵位。它看了半晌，才说：“你的后人，终于还是来了。”说完这句话，灵尊便陷入了长久的沉默，看向灵位的目光有些许怅然和追念。

当年，上天入地、摘月披星的时光，再也不可能回来了。随着那个人长埋于黄土之下，那潇洒快意的辉煌岁月也一同被埋葬了。

“嗯……”落寞的叹息声中，带着一丝不易觉察的痛苦和压抑。

半个时辰后，灵尊回到石室，惩罚之火已经熄灭了，石板上的少女奄奄一息地躺着，脸上鞭伤遍布、血迹斑驳，不过肤色已经不似中毒时那样青紫，恢复到了正常状态。

灵尊抬起她的脚，被吞天红蟒咬过的伤口周围，黑色的血液渗出来，把她雪白的玉足都染成了暗红色，这是被逼出体外的毒素。

吞天红蟒的毒，世上无药可解，不强行逼出来的话，会将她的五脏六腑一点儿一点儿蚕食、摧毁。

既然毒已经解了，她的性命也没有大碍了。

凰北月陷入昏迷中，半点儿意识都没有。同样被惩罚之火烧过的魇，躲在黑水禁牢的深处，奄奄一息。

“你迟早会拜我为师。”灵尊清冷的声音响起，“否则，你永远也无法领悟黑玉中的法则。”

魇的耳朵微微一动，似乎听到了什么关键信息，期待他继续说下去。

灵尊却什么都不说了，抱起昏迷的凰北月，踏上缓缓划过来的小船，慢慢地漂向了远处。

第十七章
炼药之术

长公主府，流云阁。

凰北月没有回来，东菱睡不着，在房间里等到天都快亮了，外面还是一点儿动静都没有，不会出什么事了吧？东菱不禁有些着急。

她在房间里走来走去，忽然听到身后有声音，她连忙转身一看："小姐，你回来了！"

床上多了一个身影，东菱立刻松了一口气，可能是太累了，小姐已经睡着了。

她走过去，想把被子盖在凰北月身上，待看清凰北月的脸，上面一道道血痕，整张脸都毁了，她顿时惊恐地低声道："小姐……小姐！"这种时候，她知道不能大喊，引来太多人的话，事情就糟了。

凰北月嘤咛一声，慢慢地睁开眼睛，太阳穴不停地跳动着，显然，刚才被惩罚之火焚烧的痛苦，此刻还没有完全消散。

"小姐，究竟发生了什么事？"见凰北月醒过来，东菱总算松了一口气。

凰北月一怔，摸摸自己的脸，声音虚弱地道："没事，扶我起来。"

东菱连忙把她扶起来，将一个软垫垫在她身后。

"把镜子拿给我。"

东菱犹豫了一下。

凰北月轻声说："没事，再丑我都能接受。"

东菱把妆台上的镜子拿过来递给她，低声说："小姐，这……"

凰北月拿过镜子一照，顿时苦笑。那个该死的家伙，竟敢把她的脸抽得这么花，她非要找他报仇不可。

脸毁了，她倒没有特别难过，但是以后还要用北月郡主的身份做很多事情，所以这张脸，还是要尽早恢复才好。

“小姐，是谁把你伤成这样的？”

如今的小姐强大到了拥有九星召唤师的实力，还有什么人能把她伤成这样？

“这只是小伤而已。东菱，刚刚是谁送我回来的？”

东菱摇摇头：“我也没看到，我听到有声音，转头一看，小姐你已经在床上了。”

凰北月眼睛眯了眯，那个男人为什么要送她回来？到现在她都不知道他是谁，他为什么要让她拜他为师呢？刚刚被惩罚之火烧过，她身体虚弱得不行。她拿出太子战野给的翡翠玉液，让东菱帮她涂在脸上的伤口上。这药的功效非常强，东菱身上的鞭伤，现在一点儿痕迹都看不出来了。

她一边擦药一边运气，检查体内的蛇毒，惊奇地发现，毒素已经完全消失了。奇怪，不是说吞天红蟒的毒很厉害吗？怎么会这么快就消失了？

“不是消失，是经过惩罚之火的淬炼，毒素已经从你的体内排出去了。”魇不知道什么时候也醒了，声音虚弱地道。

凰北月知道惩罚之火的厉害，她心性那么坚定的人，在惩罚之火中，都想要自杀以结束煎熬，可想而知，魇也好不到哪里去。

凰北月认真地思考了一会儿，说：“这么说，他还帮了我？”

魇沉声说：“我看，他一开始就是想帮你把毒素排出来吧？！惩罚之火可以淬炼一切不干净的东西，甚至连灵魂中的邪恶都能焚毁。吞天红蟒的毒太强，世上根本没有解药，惩罚之火却可以将其排出来，并且被惩罚之火淬炼过的身体，对大多数毒素都免疫了。”

凰北月的眼睛一亮。这倒是个不错的收获！

她忽然想到了什么，连忙问：“这些年雪姨娘在我身上下的毒，是不是也被淬炼掉了？”

“没错。”

“太好了！”

她之前一直在想怎么把凰北月的身体养好，奈何她迟迟没有研究透炼药师的炼药秘诀，这件事就一直耽搁了下来，没想到这次意外倒让她因祸得福了。

“凰北月，你为何不肯拜他为师？”魇很不解。那个黑衣人的实力在她之上很多，这丫头却宁可死都不愿意拜师。

“我不喜欢被威胁。”凰北月淡淡地说。她这个人的性格，向来是宁为玉碎不为瓦全，要让她拜他为师，他必须得让她打心底佩服，否则，一切免谈。

魇沉默了一下，说："可是，我觉得他似乎知道那块黑玉的秘密。"

凰北月一惊，忙问："你怎么知道？"

魇把刚才在火海中听到的话说了一遍。

凰北月早就想过灵尊和凰北月会有关系，没想到灵尊竟然和万兽无疆也有牵扯。

魇低声道："你怎么考虑的？"

"没怎么考虑。我只有一个师父，不想再拜他人，而且我很不喜欢他，不可能心服口服地做他徒弟。"

魇听了她这话，便不再说什么，潜入黑暗中养伤去了。

"东菱，天亮以后，你去打听一下太子殿下在干什么？"

在水中分别后，他应该是逃出去了，但是以他的个性，逃出去后肯定会带人去救她。第七塔是灵尊的地盘，他去了恐怕要吃更大的亏。所以，她想打听一下他在干什么，然后通知他，她也逃出来了。

东菱点点头。

天亮了以后，东菱让凰北月好好休息，她出去打听太子战野的消息。

凰北月确实很累，脑袋沾了枕头就沉沉睡了过去。

不知道睡了多久，她听到窸窸窣窣的声音，以为是东菱回来了，正想让东菱给她倒杯水喝，她嗓子都快冒烟了，天生的警觉却让她一下子翻身坐起来，扭头一看，一张俊美的脸正含笑看着她。

"你……"她嗓音沙哑，但依然冰冷肃杀。

长公主府的守卫不是特别严密，加上流云阁地处偏僻，有人闯进来并不稀奇，只是，居然敢闯到她睡觉的地方来，是不是嫌命长了？

风连翼微微一笑，居然很体贴地转身倒了一杯温热的茶水递给她。

凰北月接过去，一口喝干。

"不怕我下毒？"他笑着问。

凰北月冷冷一笑："你敢吗？"

就算有毒，她也不怕，被惩罚之火淬炼过，她现在的身体可谓是百毒不侵了。

看她嚣张的样子，风连翼也不恼，只觉得非常有趣。

凰北月喝完茶水，将茶杯随手递给他，跟递给下人一样。

风连翼含笑接过去，问："还要喝吗？"

“喝。”

风连翼一连倒了三杯茶让她喝下去，她喉咙里才算舒服了一点儿。

她清清嗓子，问：“有事？”

“洗髓丹还需要这几种药材，比较难找。”风连翼也不绕弯，直截了当地拿出一张折好的纸递给她。

凰北月接过去看了一眼，纸上只写着三种药材，她微微诧异：“就这三种？”

洗髓丹需要的药材种类很多，而且每一种都很珍贵，他只列了这三种药材的单子给她，是不是表示其他药材他都有了？

风连翼点点头：“这几种药材恐怕要到浮光森林里才能找到，比较麻烦。”

“没事，再麻烦我也会找到的。”凰北月收起那张纸，又说，“那些药材的钱，我以后会还给你。”

她从来没想过要占他便宜，让他连药材的钱都出了。那几种药材很昂贵，她是清楚的。他只是身在敌国的一个质子，就算受人尊敬，他也不一定会像真正的南翼国贵族一样，有数之不尽的金钱。她虽然不是什么善类，但也不是全然没了良心。

听她说要给钱，风连翼先是一怔，随即明白了她的想法，她不想占他的便宜，也不想拿人手短落下把柄，这丫头很聪明。

他也不说破，随意地问：“你想要给自己洗髓？”

“我自己不用。”她只是身体很虚弱，她的天赋和能力还是毋庸置疑的，根本不需要洗髓，她要洗髓丹是想给东菱用。东菱小时候学习过武道，多年耽搁下来，如今实力不强。她有一天终究是要从南翼国走出去的，甚至可能会走出卡尔塔大陆，在那之前，她希望东菱能变得很强大，至少能保护东菱自己以及长公主府。

风连翼看着她。以她冷漠的性格，加上她对萧家人的态度，他不相信她会把洗髓丹给她的兄弟姐妹用。不过，既然她不想说，他也不勉强，该给她的东西给完了，他也该走了。

风连翼站起来，正想告辞，凰北月忽然问：“翼王子，你是一位炼药师吗？”

风连翼想了想，认真地说：“不算是。”

“什么叫不算是？”凰北月皱眉。她对这个人的印象一直不怎么好，现在听他这样说，她觉得他更不怎么样了。

“我刚开始接触炼药，只学了一点儿皮毛。”

“能拥有炼药师的血统，已经很了不起了。”凰北月公正地说。

“你很羡慕炼药师？”风连翼含笑问道。

“羡慕谈不上，我只是觉得能成为一位炼药师，今后会对我有很大的帮助。”凰北月如实说。

“炼药师对于血统的要求比较严格。”风连翼单手撑着下颌，慢慢地说，“不过，也许洗髓丹可以帮助你。”

凰北月淡淡地笑了笑。她所掌握的炼药知识跟这个时代的有些出入，这才导致她上次炼药失败了，而风连翼所说的血统在这个时代太少见了，她也不想靠洗髓丹去撞那微乎其微的概率，她有自己的一套办法。

“对了，炼制洗髓丹需要一枚三眼灵蛇的蛇胆，这种蛇很稀有，我们到浮光森林也不一定能找到，能不能用其他蛇胆代替？”

“同等级的灵蛇不多……”风连翼俊逸的面庞上有淡淡的流光，凰北月不禁暗暗赞叹这人长得怎么这么好看。

“那高等级的呢？”凰北月问。

风连翼微微笑道：“三眼灵蛇是十一级的灵兽，而灵兽等级越高越稀有，恐怕……”

“这个行不行？”凰北月手上的纳戒光芒一闪，一条全身赤红的小蛇出现在了她的掌心。

风连翼大吃一惊，道：“吞天红蟒！”

“只是一条幼蛇。”凰北月动了动小蛇的身体，想起自己被它的同伴咬了一口差点儿死掉，仍恨得牙痒痒。

“幼蛇已经很难得了。”饶是风连翼见多识广，此时也着实震惊了。这丫头怎么随手一拿，就能拿出一条超灵兽的吞天红蟒呢？要知道，吞天红蟒已经千百年没有在卡尔塔大陆出现过了，世人都猜测它们可能已经灭绝了。

“我听说吞天红蟒是超灵兽，它的蛇胆应该比三眼灵蛇的要高级吧？”

“那是自然。用吞天红蟒的蛇胆入药，炼制出来的洗髓丹，药性上绝对比用三眼灵蛇的蛇胆炼制出来的要高出一个品级。”

“那太好了。”凰北月大喜。药性上高出一个品级的话，对东菱的帮助也会更大。于是，她把吞天红蟒的幼蛇交给风连翼，让他抓紧取胆炼药。

这时，天已经完全亮了，长公主府的下人们忙碌起来，风连翼继续待下去恐怕不方便，他便告辞离开了。

临走之前，他说：“你要是想成为炼药师，我炼制洗髓丹的时候，你可以在旁边看着。”

凰北月一怔。炼药师不都是性情孤僻，特别是炼药的时候，绝对不可以有人在旁边打扰吗？

“可以看？”她不禁有些怀疑。他是在开玩笑吧？

“你，绝对可以。”少年眨着黑宝石般的眼睛，冲她微微一笑，清雅的气质让人有一瞬间的失神。

凰北月扬了扬唇角，心里还是无法放下对这个神秘叵测的人的戒备。

外面有脚步声响起，风连翼又看了凰北月一眼，然后翻窗离去了。

东菱推门进来，微微喘息着，面色有些凝重。

凰北月一看她这个样子，顿时有种不好的预感。

“太子殿下召集了帝都的高手，说灵央学院里有凶兽作祟，要进去查看。”东菱连气都没来得及喘一口，立刻把打听来的消息告诉了凰北月。

如今，外面传得沸沸扬扬的，都说太子殿下不知道中了什么邪，要和灵央学院撕破脸了。

灵央学院在南翼国存在了千百年，地位何等高，虽然太子战野一向得人望，但是比起灵央学院的根深蒂固，还是差了许多，他这样的举动，无疑会让那些等着看他出错的人暗暗高兴。凰北月想起在丞相府听到的话，齐丞相一派正打算使手段削弱太子战野在民间的威望，这不就是绝佳的机会吗？

凰北月立刻凝眉和冰灵幻鸟沟通：“冰，你还能行动吗？”

“可以的，主人。”冰灵幻鸟的声音明显比平时弱了好多。

“拜托你了。”凰北月清澈的眸子里闪着莹莹的光芒，“不用做什么，只要让太子看到你，他自然会明白的。”

这个时代，召唤师和灵兽的性命是联系在一起的，同生共死。大家都以为冰灵幻鸟和她缔结了本命契约，冰灵幻鸟没事，凰北月自然也不会有事，所以，只要冰灵幻鸟出现，战野的担心就可以消除了。

“小姐，怎么了？”东菱见她忽然沉默，疑惑地问道。

凰北月对冰灵幻鸟交代完，抬起头笑了笑：“没事。”

东菱在床边坐下，擦了擦额头的汗，忽然低声笑起来：“小姐，我刚刚出去的时候，还听说了一件十分有趣的事情。”

“哦？什么事能让你这么高兴？”

东菱捂着小嘴，表情娇俏地说：“刚才我看到琴姨娘冲佩香发了好大一通脾气。”

“琴姨娘又发什么脾气？”

东菱笑道：“还不是因为昨天红绫郡主生辰宴的事情，让齐丞相大怒了。”

昨天，萧韵在一群小姐、少爷面前说的那番话，很快就在帝都传开了，大家都说不是一家人不进一家门，这母亲是什么样的，女儿自然也会是什么样，而妹妹是什么样的，姐姐能不一样到哪里去？

平北侯夫人从小就是端庄贤良的名声，嫁给平北侯后，更是相夫教子、言行得体，堪称贵妇中的典范。这次因为庶妹多年前不检点的丑事，让自己的名声有了污点，她哪里会高兴？

红绫郡主也因为萧柔的不当举止，成了众人私下议论的对象。她和三皇子的关系本来发展得好好的，而昨日之后，三皇子的态度就变得冷冷淡淡的。红绫郡主跑到平北侯夫人那里哭闹了一番，加上平北侯夫人心中也有气，平北侯夫人便将这件事告诉了丞相夫人。

平北侯夫人是丞相夫人的亲生女儿，丞相夫人和琴姨娘的母亲多年来争宠，在府中不睦，这下子抓到了琴姨娘的把柄，当晚，丞相夫人就在齐丞相耳边吹了枕边风，齐丞相大怒。在女儿的名声以及最疼爱的孙女的前程面前，琴姨娘和萧柔算什么？

今天一早，琴姨娘打发人去丞相府送东西，是一批上好的血燕，她花了高价买回来的，给自己的母亲送一份，自然也讨好地送一份给丞相夫人和平北侯夫人，谁知道送东西的人刚进丞相府大门，就遇上了下朝回来的齐丞相。齐丞相正在气头上，一看是琴姨娘派来的人，立刻让人给轰了出去。

那个送东西的人不懂事，小声嘀咕了几句，让齐丞相听见了，大怒之下，齐丞相让家丁把那人打得只剩半条命，并且说从此以后，琴姨娘的人不准踏进丞相府一步。

那人被抬回来，跟琴姨娘回禀了，琴姨娘顿时脸色苍白，昏过去好一会儿，醒来后就冲下人发脾气。

现在，她想指望齐丞相帮萧仲琪已经不可能了。齐丞相是最重名声的人，当年她犯了错，被齐丞相轰出家门。这么多年过去，那件事慢慢淡了，加上她在长公主府有了地位，齐丞相这才勉强接纳了她和两个孩子，却没想到那件事居然被人翻了出来。

萧柔哭哭啼啼地说了昨天在丞相府的事情。琴姨娘气得眼珠子都凸出来了，好你个萧韵啊！

凰北月听完，难得地捧着肚子大笑：“雪姨娘和萧韵果真有点儿本事，几句话就让琴姨娘失去了丞相府的支持。”

“琴姨娘没了齐丞相的帮助，只能来求小姐您了。”东菱开心极了。这么多年，她就等着看琴姨娘和雪姨娘失势，得到报应。

“求我也没用，萧仲琪要是不把净莲炎火鼎交出来，安国公岂肯放过他？”凰北月拥着被子，一头青丝散在枕头上，如同上好的绸缎般闪着光泽，衬得她肤色白皙娇嫩。刚才涂了翡翠玉液，脸上的伤口已经慢慢愈合，看不出痕迹了。

“这个黑锅，大少爷背定了。”东菱看着这些人一个个遭到报应，心里那叫一个爽啊！这件事，不管安国公怎么查，都查不到她们身上，这真是玩死人都不留痕迹。

两个人说说笑笑，忽然有人敲门。

“这个时候谁会来？”东菱一边疑惑着一边走去开门：“四姑娘，您怎么来了？”

“东菱，三姐姐在吗？”萧柔的声音听起来很急切，看来今天丞相府发生的事情给她的打击太大了。

她以前一直以为有丞相府撑腰，他们什么都不用怕，而现在连外祖父都不庇护他们了，哥哥惹了事，母亲又有不检点的过去，她现在能求的人只有这个心善软弱的三姐姐了。

“我们小姐昨晚感染了风寒，一夜没睡，现在好不容易睡着了。”东菱面色和善地说。

萧柔一下子就慌了：“那怎么办？我在这里等三姐姐睡醒好吗？”

东菱微笑着说：“四姑娘，你不是还要去学院吗？我们小姐今天是去不成了。”

“我不要去！”萧柔忽然惊恐地摇头，“我……我不去学院了……”

“发生什么事了？”东菱一看萧柔这惶恐的样子，就知道发生了大事。

萧柔吸了吸鼻子，好像随时都会哭出来：“现在府里的人，谁出去谁死啊！安国公府的人不敢去灵央学院闹事，就把咱们府包围起来了，凡是出去的人，他们都不留情面。”

“什么时候的事？”东菱惊呼。她刚才出去的时候还好好的，怎么一会儿就出事了？

“就在刚才。那个薛彻醒了，把被灵尊惩罚的原因都归在我哥身上，说要来报复。父亲上朝回来，马车都被堵在路上，被安国公府的人好一通威胁呢！”

东菱暗暗高兴。安国公丢了净莲炎火鼎，果然不会善罢甘休啊，什么手段都使得出来。

东菱心里高兴，却皱着眉说：“可是，即便这样，四姑娘找我们小姐也没用啊！我们小姐自小病弱，又没势力，什么都做不了啊！”

“不是的，现在长公主府里的人，只有三姐姐他们不敢动。”萧柔立刻说了自己的打算，“上次宫宴上，皇上大怒，大家都知道皇上有多看重三姐姐，我跟着三姐姐，绝对是安全的。”

东菱在心里冷笑一声。现在知道小姐的好，就没脸没皮地贴上来，以前她是怎么欺负小姐的？

“四姑娘，只要不出府，你也是安全的。”东菱假意安慰着。

安国公只敢在府外闹事，不敢真正上门挑衅，多多少少还是忌惮着长公主府这个门面。若这里是萧家老宅，恐怕安国公府的人早就冲进去打成一团了。

萧柔犹豫了一下，脸色微微泛红，道：“可是……可是我今天和尚书府的五小姐约好一起去游湖。”

听了这话，东菱真想大骂这没脑子的四小姐。这都什么时候了，她居然还想着去游湖。东菱脾气再好，这个时候语气也冷下去了：“四姑娘，现在这种情况，还是少出门吧。”

“三姐姐睡醒后，也许会想出去透透气……”

“我们家小姐身体不舒服，今天是不会出去了。”东菱语气平淡地道，“四姑娘，你还是回去，好好想想以后的日子该怎么过吧，毕竟大少爷出了那样的事。”

萧柔脸一红，还想再说些什么，东菱后退一步，把门关上了，现在她可不需要看着他们的脸色过日子了。

萧柔第一次吃了闭门羹，还是在一个被她一直看不起的人的丫鬟手上吃的，顿时心头火起，正想张嘴大骂，猛地想到今后还得依靠凰北月，只能把这口气忍下去了。

凰北月在里面听得清楚，眉头一皱，道：“这种时候，萧柔怎么还要出去呢？”

“跟尚书府的庶小姐游湖。这些庶小姐整天想的都不是好事，谁知道她们又想干什么。”东菱不屑地说。

"游湖？"凰北月觉得事情没这么简单，游湖而已，能让萧柔这么不要命？

她正想着，又有人敲门，心思一转，凰北月便让东菱去开门。

来的是雪姨娘和萧韵，发生了丞相府的事情，母女俩都特别高兴。

"三姑娘，听说你身体又不好了，雪姨把药给你送来了。"

凰北月坐起来，掩着嘴咳嗽几声，哑声道："劳烦雪姨了。"

雪姨娘见她这么虚弱，眉毛一拧，萧韵的脸色则直接变得很难看。

"三姑娘，你身子这么弱，能不能出门？"雪姨娘试探着问。

凰北月摆出一个虚弱的笑容，问："出门做什么？"

"当然是好事了。"雪姨娘看了一眼萧韵，连忙说，"今天，逍遥王在碧波湖举办丹药会，听说他新炼制了一枚灵丹，帝都的贵族都会去开开眼。"

原来是逍遥王的丹药会，怪不得萧柔连命也不要地想去参加了。

凰北月现在除了想探知万兽无疆的秘密，还想尽快学会炼药术，于是，她说："逍遥王的丹药会，我也想去看看。"

雪姨娘和萧韵交换了一个欣喜的眼神。

"你身子虚，先喝了药，再和你二姐姐一起去吧。"雪姨娘把药端了过来。

凰北月摇摇头说："我刚吃过东菱抓来的药，这药先放着，等我晚上回来再吃吧！"

雪姨娘现在要倚仗她，自然不会逼她做任何事情，反正这药天天吃，毒素已经在她身体里累积了，一天不吃也没什么。

"那好吧！让东菱给你穿厚实些，我们在前院等你，马车已经备好了。"

凰北月点点头。

看着雪姨娘和萧韵出去了，她才下了床，换了一身简单轻便的衣服。

"小姐，真的要去吗？你刚好了。"东菱有些不放心。

"放心，我现在身体好得很。"凰北月笑道。

惩罚之火已经将她体内的毒素焚尽了，她现在的身体是健康的，以后再调养一下，就什么问题都没有了。

看到她自信的笑容，东菱彻底放了心，给她披上披风，和她一起走出门去。

前院，萧韵已经精心打扮好等在那里了，萧柔不知道从哪里得到的消息，也精心打扮了一番走了出来。

凰北月姗姗来迟，也没人敢对她露出一丝不满的表情，就连萧灵也没敢吭声。

"三姐姐，我和你坐一辆马车吧！"萧柔看见她，立刻迎了上来。

萧柔是个典型的只为自己考虑的人，琴姨娘的名声坏了，她就想跟琴姨娘脱离关系，这种人最好利用了。

凰北月虽然瞧不起萧柔，但这个时候还得利用她，于是，凰北月笑道：“好啊，一起吧。”

听凰北月这么说，萧韵不高兴了，板着脸说：“三妹妹刚刚可是答应跟我坐一辆马车的。”

外面都是安国公府的人，有皇上撑腰，安国公胆子再大也不敢对凰北月动手，这个时候和她乘同一辆马车当然是最安全的了。

凰北月心想，我什么时候答应过你？不过，她才没有闲工夫在萧韵和萧柔之间做选择，只是让东菱扶着她上了马车。

“我今天头晕，忘记了，二姐姐和四妹妹，谁愿意跟我同车谁就上来吧！”说完，凰北月让东菱放下车帘，她坐在车里等着外面的人争执。

没过多久，萧韵掀开车帘坐了进来，外面响起了萧柔低低的啜泣声。

凰北月微微挑眉，倒是对萧韵有几分佩服。这个世界本来就是弱肉强食，实力不强的人只能被人踩在脚底下，哭泣是永远不能解决问题的。

萧韵这个人，狠就狠在她遗传了雪姨娘那蛇蝎一样的心肠，为达目的不择手段，而萧柔能力弱又自私，比起萧韵，容易对付多了。

碧波湖在临淮城南，风景优美，堪称临淮城一绝。烟波浩渺的湖面上有几艘精美的画舫漂荡着，画舫上轻纱随风而舞，有歌声、琴声婉转传出。远远望去，湖中心还有几座山峦，山色青翠，被烟雾笼罩着，宛如仙境。碧波湖边，栽种了一排排柳树，修建了不少亭台楼阁，行人走在其中，如同行走于水墨画中，意境非凡。

此时，因为逍遥王的丹药会，大半个帝都的人都赶来了，湖边人山人海，都在争着租赁小船。

凰北月等人一路行来，除了有安国公府的人悄悄跟在后面，倒没遇到袭击。这里好歹是帝都，北月郡主在马车里，安国公府的人怎么说都是有些忌惮的。

凰北月从马车上下来，外面飘起了细雨，东菱连忙撑开纸伞遮在她的头顶。

萧柔伸长了脖子往人群中看着，焦急不已：“婉姐姐在哪儿呢？你们快去找找啊！”

“小姐，找不到婉姑娘，怕是已经上船了。”她的丫鬟找了一圈也没找到。

“说好等我的。”萧柔怨怼地低声说。

萧韵冷笑，吩咐丫鬟、小厮去弄一艘小船来，她自己则撑着伞在马车边等着。

凰北月往人群中看了一眼，没有她认识的人。

“小姐……小姐，租到船了，只是太小，恐怕不够……”过了好一会儿，萧韵派出去的人才回来禀报。

这个小厮鼻青脸肿的，显然租船的时候和人动手了。

“够几个人坐？”萧韵表情厌恶地问。

小厮道：“恐怕……恐怕只够一两个人……”

“那是什么破船？！”萧韵一听，顿时大怒，只够一两个人坐，顶多是渔夫打鱼时用的渔船。

小厮哭丧着脸道：“小姐，只剩下那种破船了，其他船都被人租走了。”

萧韵一咬牙，一两个人是吗？那丫鬟是不能带了。她转头看着凰北月，佯装好意地说：“三妹妹，跟我同船吧？！”

凰北月自然不会跟她上船，摇摇头：“船太小，我晕水，不敢上去。”

“晕什么水？哪有那么没用？”萧韵怒了，不带着凰北月，自己怎么跟逍遥王套近乎？

东菱连忙道：“二姑娘，我们小姐今天身子不舒服，恐怕不能去了。”

“不去就算了。”萧韵冷冷地一哼，带上一个丫鬟，去坐她的小船了。

这时，萧柔在人群中找到了尚书府的林婉君。林婉君虽然是庶出的小姐，但是因为有召唤师的天赋，林尚书对她格外看重，庶出的待遇并不比嫡出的小姐差。今天，尚书府买了一艘大一点儿的船，林婉君和萧柔早就说好了，便同意让萧柔上船。

看见凰北月，林婉君冷冷地说：“柔妹妹，我们家的船不是特别大，让你上去就够挤了，可容不下别人了。”

萧柔暂时也不指望凰北月，便说：“三姐姐，碧波湖上风大，你身子弱，还是别上去了吧。”

凰北月冷眼看着她，倒不生气。

东菱就没凰北月那样的好脾气了，她哼了一声说：“四小姐尽管去玩吧！小心一点儿，湖上风大得很！”

东菱话刚说完，身后就响起了一个清澈的少年声音：“北月郡主！”

一个穿着华丽雪貂短袄、皮带上镶嵌着七色宝石的少年跑了过来。他看见凰北月，眼睛笑得弯弯的，道：“真是你！你也要去逍遥王的丹药会吗？”

凰北月转头一看，是布吉尔家的小少爷洛洛。她对洛洛的印象不错，因此，笑着点点头。

“正好我也要去，我已经让人把船开过来了，不如你和我同行吧，我一个人怪无聊的。”洛洛热情地道。

凰北月想也不想便点头答应：“我正愁没船呢！谢谢你了。”

“四姑娘，祝你玩得愉快了。”东菱笑着对萧柔说完，便和凰北月一起跟着洛洛走向岸边。

萧柔翻了个白眼，说：“哪里跑来的臭小子！”

林婉君看见洛洛出现，非常震惊，等他走了才回过神来，听到萧柔的话，她惊诧道：“你不知道他是谁？”

“他是谁？”萧柔一头雾水地问。

“他是布吉尔家族的小少爷洛洛！”林婉君跺着脚说，“布吉尔家族你知道吗？洛洛少爷最近刚来帝都，很少露面，可他是布吉尔家族未来的继承人！”

“布……布吉尔家族？你说的是那个布吉尔家族吗？”萧柔也震惊得脑子有些混乱。

“还有哪个布吉尔家族吗？”林婉君有点儿鄙视这个没见识的女人，“柔儿，你姐姐怎么会认识他？”

“我哪儿知道？”知道了洛洛的身份后，萧柔对凰北月更加羡慕嫉妒了。

布吉尔家族的大船从港口开过来，巨大的船身吃水很深，旁边的一些小船立刻被掀翻了。船身上绘制着布吉尔家族的族徽——红色十字星，船头雕刻了一只展翅欲飞的雄鹰，栩栩如生，威风凛凛，周围的人看着都倒吸一口冷气。

“布吉尔家族啊！”

“连布吉尔家族都来了。”

议论声中，大船上的吊桥慢慢放下，一个衣着华丽的少年非常有绅士风度地伸出手，轻轻扶着身边美丽少女的手臂，踩着吊桥往船上走去。少女湖绿色的披风在风中飘扬，领子上雪白柔软的狐毛衬托着精致清丽的小脸，身形消瘦却傲气。

“那个女孩子是谁？怎么没有见过？”

“那是惠文长公主的女儿北月郡主啊！”有知情的人大声说。

“咦，北月郡主？传言她是个……”

“胡说！几天前，北月郡主在灵央学院的擂台上杀死了横行霸道的薛梦，这么勇敢的女孩子，怎么可能是废物？”

“说得对！有其母必有其女，我们长公主的女儿也会像她一样。”

“对……对，北月郡主一定会成为长公主殿下那样的人。”

……

听着下面一声声夸赞，凰北月嘴角微微上扬。她倒不是喜欢别人称赞吹捧自己，而是她喜欢别人称赞惠文长公主。

“郡主，你的母亲很受百姓爱戴。”洛洛回过头，表情郑重地对她说，清亮的眸子一闪一闪的。

凰北月点点头，脸上漾起自豪的笑容：“对，她是一个非常了不起的女人。”

凰北月登上船，举目瞭望。广阔的湖面上，一艘艘画舫行驶着，场面非常壮观。

洛洛转身下了命令，布吉尔家族的人立刻扬帆起航。

大船启动，波浪起伏。

“逍遥王的船在那边，我们过去，到他的船上，就能看到他新炼制的灵丹了。”洛洛指着前方一艘很大的画舫说。

“逍遥王会让我们上船吗？”凰北月没想过还能上船去，她最好的打算就是在附近转悠转悠。

“会的，逍遥王和我们家族的关系一向很好。”洛洛直言道，半点儿炫耀的意思都没有。

船开到湖中心，凰北月一眼就看到了萧韵的那艘小船。

萧韵不愧是冰属性的三星召唤师，对水的操控能力非常强，只见她手拿荧光流转的冰羽，将元气注入冰羽中，在水中轻轻一划，小船就飞快而平稳地在水面行驶起来。

萧韵一身华丽的裙裳在细雨蒙蒙中飘扬，她妆容精致，满脸的骄傲自信，不将任何人放在眼里。

凰北月倚在船舷上，远远地看了一眼，清灵的眸子一转，唇边漾开浅浅的笑意。

“洛洛少爷，船速再快点儿吧，不然逍遥王的丹药会都要结束了。”

“说得对，再快一点儿。”洛洛点点头，立刻吩咐船员加速。

船员把帆撑到全开，借着湖面的风，飞速朝前驶去。浪涛翻涌，他们的大船超过萧韵的小船时，萧韵就倒霉了，一个浪花掀过去，萧韵的小船立刻摇晃起来。

萧韵脸色一变，立刻用冰羽在水面结了一层冰，好歹稳住了小船。

凰北月看得直想笑，那样薄薄的一层冰能干什么？照样掀翻你啊！

果然，一个浪头过去之后，第二个浪头很快就跟上来了，并且比上一个更大，萧韵费力弄出来的冰层一下就碎了。

“啊！”侍女惊叫一声。

萧韵一巴掌拍上去：“叫什么叫？啊！”话还没说完，小船就翻了一个底朝天。

东菱没忍住，扑哧一声笑出来。

这场景确实搞笑，洛洛也忍不住笑了。

凰北月比较淡定，只是嘴角微微扬了扬，拉起湖绿色的披风打了一个喷嚏，说：“外面好冷啊！”

“我们进去吧。”洛洛连忙关切地说。

凰北月有些诧异地看了他一眼：“你不救她吗？”

“她出手打人，我不喜欢，管她死不死呢！”洛洛任性地说。

一个冰属性召唤师是不会那么容易死在水里的，顶多吃点儿苦头而已，后面船上的人说不定会救她，不过萧韵刚才的样子太高傲，多少人看了不爽，如今她被两个浪头打得翻不了身，后面船上的人应该是幸灾乐祸多一些吧？！

凰北月也不说破落水的人是她姐姐，隔那么远，加上细雨绵绵，雾气缭绕，怎么能看得清楚？淡淡看了一眼在水中兀自挣扎的萧韵，凰北月心安理得地走进船舱休息。

大船没过多久就追上了逍遥王的船，那是一艘三层楼的画舫，雕花绣栏，龙蟠螭护，气势非常。

逍遥王果真和布吉尔家族交情匪浅，听下人禀告说布吉尔家族的船靠过来了，他便亲自带着人站在甲板上等候。

两艘船慢慢靠近，放置好了连接的木桥，洛洛才小心翼翼拉着凰北月过去。

待凰北月下了木桥，逍遥王咦了一声，有些惊喜：“月儿，你怎么也来了？”

逍遥王身后站着不少陌生的高人，还有风连翼那个总是一脸笑容、在别人眼中是温煦文雅、在她眼中却是冰冷无情的家伙。

“我在岸边遇到北月郡主，便和她同船而来。”洛洛笑着说，有些迫不及待，“王爷，你新炼制的灵丹在哪里？快让我瞧瞧！”

“哪有什么灵丹？不过是强身健体的丹药而已。”逍遥王淡淡地说，温煦的目光看了一眼凰北月，颇有些深意。

“逍遥王炼出的强身健体的丹药，自然比普通人炼制出来的要好。”

洛洛的夸奖一向真诚，听得逍遥王眉开眼笑，引着众人进了船舱。

一枚闪着橘色光芒的丹药用上好的紫金石盒子装着，放在船舱中间的桌子上，丹药表面光华流转，一看便知非凡。船舱里弥漫着浓郁的药香味，光是闻一闻，都让人觉得神清气爽。

凰北月还是第一次看见炼制好的丹药，不免有些好奇，多看了几眼。想起自己第一次炼药把药炉都炸了的事，有些受打击，她什么时候才能炼出这么完美的丹药啊？

“月儿，闻着这药香，觉得身体怎么样？”逍遥王走到她身边，表情温和地笑着问。

“很舒服，浑身都舒服。”凰北月如实说。这丹药的作用果然不可小觑。

逍遥王看着她，笑容中带着一丝宠溺：“这枚丹药，是准备送给你的。”

“我？”为什么要送她这么贵重的东西？

“这是一枚凝玉丹，能让你的身体好起来。”他目光真诚地直视着她，“你身体不好，我总是担心，希望你尽快康复。”

这是他一番心意，如果自己还推脱不要的话，就显得太矫情了：“多谢王爷了！这份恩情，北月会记住的。”

“谈什么恩情？你就不能当成是朋友送给你的一件小礼物吗？”逍遥王笑看着她。淡淡的光芒在他俊逸的脸上流转，丰神如玉，气质逼人。

凰北月爽朗地一笑：“好，王爷这个朋友，我认了！”

“什么认了？”洛洛的声音忽然插进来，他天真地眨着两只黑白分明的眼睛，“哇，不愧是逍遥王，炼制出来的丹药，闻一闻，便觉浑身筋脉都通透了。”

“过奖了。”逍遥王倒是谦逊。

洛洛笑着说：“这是凝玉丹吧？跟我以前吃过的一样吗？”

凝玉丹能直接改善体质，锻炼筋骨脉络，通常只有身体虚弱的人才会吃。

听洛洛这么说，凰北月有些不解：“你怎么吃过？”

“我打娘胎里出来就带了病症，一直不见好，大夫都说活不过十岁，后来逍遥王为我炼制了一枚凝玉丹，我吃了之后，身体就一天天好了。”

要不是洛洛提起，凰北月绝对不会相信他以前是个病秧子，看来凝玉丹的药效确实非同一般。药效奇好的丹药，炼制的过程也会很复杂，难度会更大。逍遥王能想着为她炼制一枚凝玉丹，可以看出他对她果然是真心实意的。

洛洛看着凝玉丹，忽然说："成为一名炼药师的感觉是什么样的？"

"你想学炼药？"逍遥王轻轻拍着折扇，眼神微微掠过，看向凰北月。

"炼药不是想学就能学成的。"洛洛嘟囔着，"我什么天赋都没有，只能进入太学，太失败了。"

"你要学的东西多着呢，不是只有成为高手才能出人头地啊！"逍遥王用折扇拍了一下他的脑袋。

洛洛"哎哟"一声，笑嘻嘻地抓抓脑袋，转头问凰北月："北月郡主选了医学，是不是也想成为炼药师？"

"这世上有不想成为炼药师的人吗？"凰北月淡淡地反问。

逍遥王听了凰北月这话，温雅的表情变得深沉起来，玉质扇骨抵着下巴，衬得他的肤色比白玉还要莹润几分："想成为炼药师的话，需要一枚高品级的土属性洗髓丹改变天赋……"

凰北月见他居然认真地思考起来，忙说："王爷不用多想，我只是随口说说而已。"

她现在需要的不是炼药师的天赋，而是融会贯通的过程，逍遥王费心费力为她炼制洗髓丹也没多大用处，反而让他劳累。

洛洛嘟着嘴巴，羡慕地说："王爷对郡主真好啊！"

逍遥王轻咳一声，英俊的脸上，表情忽然有些不自然，他略带尴尬地打开折扇说："那边还有事，我过去一下。"

洛洛和凰北月对视一眼，两个感情上无比迟钝的孩子，都没有多想。

逍遥王刚走出去，甲板上就传来吵吵闹闹的声音，有人高喊着"有人溺水啦"，然后扑通一声跳进水里。

船舱里的人都很好奇，走到外面去看发生了什么事，凰北月和洛洛也跟了出去。

这时，溺水的人已经被救了上来，少女的惨哭声响起，凰北月听着有点儿耳熟。

东菱忽然说："这不是二小姐身边的丫鬟夏荷的声音吗？"

果然，东菱的话刚说完，就听到一个冻得发抖的声音道："我叫萧韵，是长公主府的二小姐。"

凰北月一听这个自我介绍，忍不住眉头微皱。这种时候，抬出长公主府来做什么？没的辱没了门面！

“原来是长公主府的二小姐。快，来人，快请二小姐进去更衣，不要冻坏了。”逍遥王清雅的声音响起来。

萧韵声音颤抖，柔柔软软地说：“多谢王爷。”

凰北月分开众人走出去，只见萧韵像个水鬼一样被人从地上扶起来，身上宽大累赘的衣服被她在水里扔掉了，否则那宽大的衣袍浸了水又沉又重，会把她整个人都坠入水中。此时，她身上只穿了一件薄薄的单衣，头发披散，脸上青紫。还好这船上没有爱嚼舌的贵夫人，否则，她这样出现在这么多男人的面前，还不被议论得清白尽毁了？！

船上大都是高人隐士，自然懂礼守本分，见萧韵这么狼狈，知道不该围着她看，便都佯装有事走开了。

“二姐姐！”

已经走开的众人听到这个清脆的声音，又忍不住停下脚步回头看了看。

凰北月跑到萧韵面前，问：“二姐姐，你怎么成这样了？”

萧韵在这里看到凰北月也大吃一惊。

她落了水，没人救她，她就凭借着自己冰属性召唤师的本事，硬是靠近了逍遥王的画舫，最终被人救了起来。她正暗暗高兴，救命之恩，她以后可以找借口慢慢报答，却没想到她现在一身狼狈丢脸，凰北月则是衣裳整齐、明眸灵动，和她正好是非常强烈的反差。

萧韵一向骄傲非常，觉得自己在凰北月面前总是高高在上的，根本受不了凰北月哪里比 她好，何况是在现在这样的情况下、在逍遥王的面前，怎么可以？

萧韵也不知道自己怎么会那么愤怒，心里一把嫉妒的火燃烧着，烧得她快要失去理智了。

“你少来奚落我！”她说这句话时，口气并不重，只是手上用力，想把凰北月甩开。可是不知道怎么的，她一甩，身子柔弱的凰北月就被甩出去了。

她们就站在船舷边，好巧不巧地，凰北月被甩得撞上船舷，差点儿翻身从船上摔下去。

白色的身影一闪，抓住她的手，一把将她拽了回来。这风连翼的动作可真够快的。

“小姐！”东菱大喊一声，立刻跑过去，将凰北月搂在怀里，抬起一双带泪的眸子说：“二姑娘，平日在府里也就罢了，在外面这么多双眼睛看着，你好歹给小姐留几分面子啊！”

这话说得非常巧妙，把凰北月在长公主府的委屈、忍让、苦楚全都倒出来了，表面上却没有一个字是指责萧韵的，可以想见这北月郡主和丫鬟平日里多么受萧韵的欺负，多么怕萧韵。

本来打算离去的众人一听这话，看向萧韵的眼神都带着几分怒意。

萧韵张口结舌，她根本没想过要把凰北月推下水，她又不是傻子，这么多人看着，她要是做了这种事情，传开了，她萧韵以后还有什么脸面做人？可是……故意的，凰北月这死丫头一定是故意的。

“凰北月，你想陷害我？”萧韵指着凰北月怒喝，“我根本没有推你，你少在这里装模作样！”

凰北月靠在东菱怀里，侧着脸，沉默不语。

“萧二小姐，刚才我动作若慢一步，北月郡主可就真掉下去了，她值当用这么大的代价陷害你吗？”风连翼抬起淡紫色的眼睛，眸中一片森寒的冷意。

“我……”在风连翼那冷寒的目光注视下，萧韵心里一寒，说不出话来了。

不能被凰北月这么陷害了。情急之下，萧韵只好把目光转向逍遥王，求助道：“王爷，我真的没有，请你相信我。”

逍遥王的好脾气是出了名的，可是此时，他的脸上也布满了寒霜：“萧二小姐，本王的船上没有女子衣物，怕你受寒，本王这就派人用小船送你回去吧！”

萧韵的心彻底寒了。

“我以前就听说，你们长公主府的人，因为长公主殿下离世而无法无天，欺负得北月郡主连门都不敢出。我以前不相信有人这么大胆，现在一看，竟是真的。到底是谁借你这么大的胆子？”洛洛从众人身后走出来，少年清秀英俊的脸上，少有地绷得紧紧的，他年纪虽小，气势却凌厉非常。

萧韵气得胸口剧烈起伏，刚刚还好好的，逍遥王救了她，正是千载难逢的好机会，该死的凰北月却忽然冒出来，把她美好的计划都搅乱了。

不，千万不能再冲动了，她和母亲苦苦计划的一切不能就这么毁了，她很需要洗髓丹，她也很想嫁给逍遥王。

萧韵到底遗传了雪姨娘深沉的心机，她深吸一口气，将愤怒、嫉妒之火狠狠地压下去：“三妹妹，我……我刚才太冷了，也许不小心推了你，我真的不是有意的。”

凰北月靠在东菱怀里，嘴角微微一扬。不愧是萧韵，绝非轻而易举就能打压下去，这样才有意思，挑战起来才够痛快。

东菱吸了吸鼻子，那双含泪的眸子迅速抬起来看了萧韵一眼，然后又惊慌失措地低下头去，哽咽着说："对，二小姐刚才只是失手了……"

这声音里的委屈、害怕，人人都听得明白。

凰北月不禁要笑出来，东菱这丫头实在太机灵太狡猾了，抓住机会就狠狠地打，一点儿翻身的机会都不给萧韵。并且，她言语中半点儿责怪的意思都不敢有，怯懦又委屈。

周围这些可都是逍遥王请来的隐逸高人，个个豪爽洒脱，最讨厌阴险歹毒的人。东菱能一下子就明白自己的处境，稍加挑拨，就把形势扭向自己这边，聪明！

"所谓血浓于水，有这样的姐姐，真是够倒霉的。"不知道是谁说了这么一句。

逍遥王脸色越发不好看起来，冷冷地问道："船准备好了没有？"

"回王爷，准备好了。"一个小厮忙跑上来说。

逍遥王懒得去看萧韵，挥挥手："送萧二小姐回去吧。"

"王爷，我真的不是有意的。"萧韵还想多说，可是在众多高手鄙视厌恶的目光中，她明白自己变成了众矢之的，只要说错一句话，就会被这些人杀了扔到碧波湖里去。

逍遥王上前扶起凰北月，柔声问："没事吧？"

"没事，多谢王爷关心。"凰北月低声说，然后解开了身上的披风交给东菱："东菱，给二姐姐披上。"

"是。"东菱拿着披风过去，道："二姑娘，天这么冷，披上吧。"

凰北月施舍的东西，萧韵怎么可能接受？不过，眼下还不能撕破脸，她强笑一声说："不了，三妹妹身体不好，这披风还是三妹妹披着吧，二姐姐身体很好。"就算这样了，她还是不忘讽刺一下凰北月病秧子的身体。

凰北月抬起头，漆黑的眸子宛如夜空璀璨的星星，看着萧韵，她声音温和地道："二姐姐身体好自是不用我担心，可是二姐姐落了水又衣衫不整的，在这里是没事，一会儿上了岸不免叫人笑话，说我长公主府教养出来的小姐不知礼数。"

萧韵被冻得发青的脸忽然一红，这才想起自己此时穿着的是在闺房中才会穿的单衣，而且浸了水，料子轻薄透明，贴着肌肤，她身体的美好曲线都被勾勒出来，连内里的红色肚兜都若隐若现。

这里站着的都是男子，作为一个未出阁的女子，这样丢脸还不自知，举止轻浮，不懂礼数，和青楼女子无异。

顿时，周围人看向她的目光，除了愤怒，还多了一层轻视。

萧韵连忙接过东菱递上来的披风，迅速披在身上，把自己全身都裹了起来。

那些没有涵养的小厮、侍卫早就低着头嘻嘻笑起来了。

萧韵只觉得这是她这辈子最丢脸、最没尊严的一天，还是在自己心仪的逍遥王面前，她只想找个地缝钻进去。

两行泪水滚下脸颊，她也不好意思继续待在这船上了，低着头，一边抽泣，一边跟着逍遥王的人乘上小船离开了。

凰北月在心里冷笑：萧韵，跟我斗，你还太嫩了。从今天开始，临淮城会多出一个不检点、轻浮放荡、败坏风气的女人。只不过，萧韵绝对没有琴姨娘当年的运气，能遇上宽怀大度的惠文长公主，让萧远程把她接回长公主府做个姨娘。

萧韵才十六岁，尚未婚配，这辈子，大概和大家族的正室夫人无缘了。

被萧韵一闹，那些高人也无心什么丹药会了，纷纷告辞离去。

“北月郡主，”临去前，一个清瘦疏朗的老者走到凰北月面前，微微抱拳，道，“惠文长公主教养出来的女儿，果然识大体懂礼数。郡主没有辱没长公主的声名，老夫十分欣慰。”

凰北月一怔，脑海没有关于这位老者的记忆。

老者哈哈一笑，道：“郡主自然不认识老夫，老夫和长公主相识之时，长公主还未出嫁。”

“老先生，北月失礼了。”凰北月连忙以小辈的身份鞠躬行礼。

她这个人是傲气，但是对于长辈，特别是慈爱宽和的长辈，她一向是很懂礼数的，何况从这位老先生的话里，听得出来他对长公主的称赞。对于这样的人，她更要行大礼，才能不让他对惠文长公主的印象有一点儿瑕疵。

老先生抚着下巴上短短的胡须，笑道：“好……好啊！今日看见北月郡主，老夫也算了却一愿了。当年，原本要送长公主一份礼物，奈何诸事缠身，一直耽搁，直至长公主离世，也未能将这份礼物送上，老夫多年来一直深感遗憾。”

“老先生千万别这么说，能和老先生相识，母亲大人也一定觉得是毕生幸事。”凰北月笑着说。

老先生宽慰地笑道：“能听到郡主这么说，也是老夫毕生幸事。这份礼物，既然无法交到长公主手上，那就送给郡主吧，也算了却老夫一桩心愿。”说着，他手一翻，从一枚紫宝石的高阶纳戒中拿出一份卷轴，笑着递给凰北月。

凰北月连忙双手接过，道："多谢老先生！"

"哈哈哈，好孩子，后会有期了。"老先生见她举止得体，越发感到欣慰。他点点头，身子一飘，便到了百丈开外的湖面上，再一飘，便消失不见了。

凰北月看得目瞪口呆。好潇洒的身法！

东菱惊得张口结舌："小姐，那……那老先生是神仙吗？"

"独孤药圣，漂泊不定，与神仙无异了。"逍遥王笑着走过来，看了一眼凰北月手中的卷轴，眼中闪过一丝惊讶，"《百炼经卷》？"

凰北月不知道这是什么，不过看逍遥王的表情，应该是好东西。

"小丫头，你走运了。"逍遥王用折扇轻轻敲了一下她的头，动作中满含宠溺。

小丫头……凰北月一头黑线，已经多久没人这么叫过她了？

"这《百炼经卷》是什么？"金色的卷轴上面有元气禁制的波动，她的手指放上去，禁制就被打开了，看来刚才独孤药圣把元气禁制设定成只有她的气息才可以开启了。

"这《百炼经卷》是药圣前辈毕生所学的结晶。药圣这一生都没收过弟子，他的所学也就没有传人。"逍遥王折扇轻摇，慢慢地说着，脸上不无羡慕之色，"当年，药圣前辈遇到长公主，见长公主德行端正又颇有天赋，本欲收她为徒，可是后来诸多波折，这件事最终没有达成，直到惠文长公主去世，药圣前辈都在遗憾。"

凰北月安静地听着，这些事情在她的记忆中是没有的，她不知道原来长公主除了身份尊贵、德行出众，居然还有炼药师的天赋，连号称药圣的独孤都曾想收长公主做弟子。心中升起一股极其强烈的自豪感，同时她也暗暗惋惜，像惠文长公主那样出类拔萃的人，怎么会嫁给萧远程这种莽夫？她不相信萧远程这种人，惠文长公主会真的喜欢，这其中应该是有什么难言之隐吧？

"药圣前辈把这《百炼经卷》给我是为何？"刚才独孤药圣也没说要收她为徒，只说这是送她的一件礼物。一出手就送这么大的礼，凰北月还真有些招架不住。

逍遥王知道她心中的疑虑，笑着宽慰说："放心，药圣前辈没有说要收你为徒，你也不必扛着药圣弟子的重担，就当这是一件礼物吧。"

听他这样说，凰北月心里的压力确实小了不少。

像独孤药圣这样的人，让她拜他为师的话，她也不会像对那个奇怪男人一样死都不肯。独孤药圣只将这《百炼经卷》当作礼物送给她，可见他老人家也不想给她太大的压力。这样一来，她更佩服独孤药圣的品格，暗暗发誓一定要好好钻研这《百炼经卷》，不会给他丢脸。

逍遥王邀请来的那些高人都已经离开了，船上剩下的几个人也没事可做。逍遥王让人准备了饭菜，几个人围坐在桌前，听着窗外雨声潺潺，他们把酒言欢。有洛洛和逍遥王在，一顿饭吃得倒也开心。

酒足饭饱，已是午后斜阳，晚霞在湖边镀了一层炫目的金色，细雨初歇，湖面之上，浮光跃金，旖旎迷离。

凰北月从船舱里走出去透透气，意外地看见风连翼斜倚着船舷，望着湖面出神。点点金芒洒进他那双特殊的紫色眼眸中，折射出一种妖异的色彩。

听到脚步声，风连翼回头看着她，轻轻启唇微笑，那妖娆之姿让人不禁失神。

凰北月面无表情地走过去，站在船舷边，离他有好几步远，意思很明显：我跟你不熟！

风连翼假装看不出来她这刻意的疏离，笑着朝她走过来。

凰北月冷冷地抬起眸子，目光一扫而过，像刀锋一样犀利。

风连翼立刻停下了步子，自己再不识相，就没意思了。

挺秀的眉峰微微蹙着，他只好重新靠在船舷上，单手撑着身子，睨着她："郡主好像对我防备过多了。"

"应该的。"凰北月淡淡地说。一句话，能彻底把别人想要继续跟她搭话的勇气击溃。

风连翼笑得很无奈，不过，他不是轻易就会被打败的人。因此，他淡淡笑着问："为何？"

"你不是什么好东西。"凰北月说得很直接。甲板上只有他们两个人，不怕别人会听见。

"就因为我抢了净莲炎火鼎？"

凰北月冷淡的目光在他俊美的脸上扫了一圈，开口道："我第一次看见你，就断定你不是好人。"

这下子，风连翼彻底无话可说了。原来第一次见面的时候，他就已经被她分到坏人那边去了。他当时不过是恰好到了那里，恰好看见她出手扭断了那家丁的脖子，恰好听见她威胁那小丫鬟……他可不是故意的，这丫头也太记仇了吧？

"有的人，要慢慢相处才知道他是好是坏，不能只看一眼就下定论的。"他试着想挽回一丁点儿自己在她心里的形象。

凰北月冷冷地说：“我看人一向很准，好人就是好人，坏人就是坏人。”

风连翼笑得更加无奈了。唉，看来自己暂时是没有办法在她心里建立一个好形象了。

“那你和坏人合作，不怕是与虎谋皮？”他笑着问。

凰北月嘴角扬起，一丝傲然的笑意缓缓绽放，清澈的眸子中闪着和她年龄不符的冷芒：“你是虎，我是狼，虎狼之争，不知道谁会赢、谁会输？”

风连翼俊眉一挑，真想拍手称赞。她这几句话说得精彩极了，狠辣、果决、自信，他非常欣赏！

“好吧，就看看虎狼之争，最后胜负如何了。”

凰北月看他一眼，目光没有半点儿波动，冷冷地哼了一声，便转身走到更远的地方去吹风了。

风连翼看着她那娇小却挺直的背影，看起来柔弱的身体里面，怎么会有一颗那么强悍果决的心呢？

第十八章

云泥之别

回到流云阁，凰北月迫不及待地拿出《百炼经卷》来研究。上面的字体古朴大气，让人一看，心中就充满了力量。

东菱把烛灯挑到最亮，不敢在房间里打扰她，退到外间去缝衣服。

凰北月这一坐下就整整坐了一夜，看着卷上记载的内容，他只觉得胸腔内热乎乎的。

这是这个世界顶级的炼术，包含了炼药和炼器，以前她不明白的地方，现在都一一通顺连贯了。

她本来就聪明，一边看一边推算，越推算心里越踏实，迫不及待地想要试验一番。安国公送的紫淬金炉还没用过，她之前买的药材也还在纳戒里，正好可以拿出来用。

她刚想把紫淬金炉拿出来，院门就被人一脚踹开了，雪姨娘带着几个高壮的家丁和丫鬟走进来，萧韵紧随其后。

看见凰北月，萧韵脸上立刻浮现愤恨怨毒的表情。

“姨娘这是做什么？”东菱走到院子里，伸手挡住雪姨娘等人。

凰北月刚想叫东菱回来，就见雪姨娘抬起手，一个巴掌打在了东菱脸上。东菱被打得摔了出去，脸立刻肿了。

“下贱的东西，谁准许你来挡道的？”雪姨娘一声大喝。

啪！一个花盆飞过来，正好砸在雪姨娘头上。雪姨娘惨叫一声，额头鲜血直流，倒在地上。

“娘！”萧韵大喊一声，抬头怒瞪着凰北月：“凰北月，你活腻了？”

“活腻的是你们！东菱是我的丫鬟，谁准许你们对她动手的？”凰北月冰冷的目光一扫，威严甚重。

萧韵忍不住打了一个寒战。

凰北月最不喜欢的就是别人欺负她的人，如果雪姨娘没有动手打东菱，她还能忍一忍，而现在……

萧韵忍不下这口气，站起来，手中冰羽立现，寒气逼人。她眼中闪过阴森的光芒，语气恶毒地说："我看你胆子越来越大，不给你点儿教训，你是越发不知道规矩了。"

凰北月冷眼看着她，目光里满是讽刺。

"二姑娘！"东菱捂着脸从地上站起来，擦去嘴角的血迹，慢慢走到凰北月身边。

东菱站在石阶上，居高临下地看着雪姨娘等人，道："我们小姐是皇上钦封的北月郡主，你们敢动手，就是藐视天威！"

"我……"萧韵想说话，却被雪姨娘一把拉住。

丫鬟手忙脚乱地擦着雪姨娘额头的血迹。

雪姨娘冷冷地一笑，道："一天不见，三姑娘就跟换了个人似的，我都认不出来了。"

凰北月淡淡地勾起嘴角，道："雪姨说笑了，哪里是北月变了，分明是雪姨你眼拙了。"

"呵，是我眼拙了。这么多年，竟没看出三姑娘也有这样的气魄！"雪姨娘怒极反笑。她以前竟然没有发现，这个弱不禁风的丫头会有这般高贵凌厉的气质。

"过奖了。"凰北月淡淡一笑，不骄不躁，不疾不徐，"北月的性格是遗传自母亲的，所谓有其母必有其女，你说是不是啊，雪姨？"她说着，看了一眼怒气冲冲的萧韵，讥诮地扬起了唇角。

东菱跟着扑哧一声笑出来。

有其母必有其女，这句话听在雪姨娘和萧韵的耳朵里，却是无比的讽刺。想起昨天在逍遥王的船上丢脸的事情，雪姨娘和萧韵的脸都一红。

好事不出门，坏事传千里。萧韵的事迹，今天一早已经在临淮城传遍了，这个昔日高傲不可一世的天才少女召唤师，如今成了人人眼中的笑柄。以前她多么高傲，现在就有多少惹人厌。萧韵早上刚出门，便在无数轻视的目光中逃回来了，一进碧水院就扑在雪姨娘怀里大哭不止。

她是天才，是南翼国最年轻的女性三星召唤师，并且召唤出了四级冰属性灵兽天雪猫。之前的她是何等风光，满城花雨仿佛都为她而落，追随她的从来都是艳羡、爱慕、崇拜的目光。她从来没有受过那样的轻视奚落，全世界的人好像都瞧不起她，私底下都说她是个不知检点、轻浮、不懂礼数的女人。

她明明没有。她一向洁身自好，有了琴姨娘的前车之鉴，雪姨娘从小就教她要好好爱惜名声。她们一直瞧不起琴姨娘，就是因为琴姨娘有不光彩的历史，而现在，这些不光彩都加诸在她身上了。

萧韵想起这些，就气得浑身发抖，她手中的冰羽指着凰北月："你少在那里胡说。昨天要不是你诬陷我，我岂会受这样的侮辱？！我今天就是来找你好好算账的。"

"我诬陷你？"凰北月淡淡一笑，"昨天那么多人在场，你伸手推我不说，还在众目睽睽之下穿成那样，要不是我好心，让东菱拿披风给你遮羞，你恐怕还要被更多人耻笑呢。"

"你说得好听，我那时根本没有推你，你装模作样演戏，让别人都相信你，才害得我出丑！"

凰北月轻蔑地看她一眼，冷笑不语。

东菱接过话去："二姑娘，话可不能这么说。昨日，那么多高手在场，你推没推，一般人看不出来，那些高手会看不出来吗？"东菱说着，灵动的目光扫过萧韵气得青紫的脸，继续冷笑，"何况，二姑娘一向有天才之名，我们小姐不过是个病秧子，那些人何以相信我们小姐，而不相信二姑娘你呢？"

东菱伶牙俐齿，真是一语既出，杀人于无形啊！

萧韵被呛得一句话也说不出来，脸涨得通红。

东菱这话说得没错，昨日确实有很多高手在场，按理说他们不可能看不出凰北月使诈，可是为什么那些人就是不相信自己呢？难道她当时真的不小心推了凰北月？这下子，连萧韵都怀疑自己了。她回过头看了一眼雪姨娘，不敢多说什么了。

雪姨娘见这对主仆的嘴皮子一个比一个厉害，说得她们母女无力反击，她心里窝着一股火，暗暗下了杀心。反正现在长公主府被安国公的人围着，在这里杀了凰北月这丫头，嫁祸给安国公的人，也是轻而易举。她以前没有这样的想法，今天却觉得，留下凰北月，以后绝对是一个巨大的祸害。

凰北月冷眼看着雪姨娘脸上变幻的表情和眼底闪过的恶毒光芒，她稍微一揣测，就明白了雪姨娘的意图。想杀人嫁祸？死，有什么可怕的？关键是怎么死，死在谁手上，因何而死！区区雪姨娘和萧韵，哪有资格杀她？不仅不能杀，她还要她们求她活着。

凰北月暗暗打定了主意，见雪姨娘正悄悄冲着家丁使眼色，她突然冷哼一声，道："雪姨，二姐姐在红绫郡主的生辰宴上把琴姨娘的事情抖出来，琴姨娘正对你们怀恨在心，如今二姐姐出了这样的事情，她拿住了把柄，把二姐姐的名声弄得跟她自己一样，一辈子都毁了。"

"我的韵儿会这样，还不是因为你，你还好意思来提醒我们？哼，凰北月，你可别忘了，是你教唆我们去败坏琴姨娘的名声，若她知道，你猜她会怎么对付你？那琴贱人的手段，可是比我狠无数倍！"雪姨娘也不傻，她和凰北月是一条船上的蚂蚱，她出了事，凰北月也别想好过。

凰北月侧头听着，忽然摇摇头，轻轻叹了一声："雪姨，你是真傻还是假傻？你说我教唆你们败坏琴姨娘的名声，你有证据吗？"

雪姨娘和萧韵同时一怔，证据？凰北月当时说的话，只有雪姨娘和她的丫鬟听到了，根本没有其他人在场。雪姨娘觉得凰北月是个懦弱无能的废物，所以压根儿没想过要留什么证据，如今想来，竟是着了这鬼丫头的道了。

凰北月使劲儿挑唆，雪姨娘就以为有了太后和皇上做后盾，所以她什么都不怕，放开胆子去和琴姨娘斗，现在一想，竟是冷汗涔涔。如果当时齐丞相顾念着和琴姨娘的父女之情，知道是她和萧韵在背后败坏琴姨娘的名声辱没丞相府，后果简直不堪设想啊！

"你这个歹毒的丫头！"雪姨娘突然撕心裂肺地大吼一声。她怎么都没想到，这个废物竟然设了这么大一个陷阱让她跳下去。这无异于一记火辣辣的耳光打在她的脸上，将她这么多年的自信和骄傲全都击溃了。她怎么能败在一个从小到大都是废物的臭丫头手里？！

"歹毒？雪姨有没有听说过一句俗语，'青竹蛇儿口，黄蜂尾上针。两般由是可，最毒妇人心！'"凰北月讥讽地冷笑道。

她歹毒，那雪姨娘多年来对她下毒又算什么？这女人真是活在自己的世界里快活疯了。雪姨娘骂别人，可曾想过自己是个什么货色？有什么资格骂她？她今时今日所做的一切，不过是把雪姨娘这些年来加诸在凰北月身上的痛苦，一点儿一点儿还给雪姨娘而已，这只是刚开始呢！

雪姨娘眼中冷光一闪，突然从疯癫状态平复下来，擦了擦额头上的血渍，理了理散乱的发鬓。她脸上的妆容已经毁了，徐娘半老的脸显得狰狞可怖。

"最毒妇人心，说得好啊！"雪姨娘声音冷狠地说，"对待敌人，一点儿的仁慈，都是对自己最大的残忍！”

清冷的目光缓缓地扫过站在雪姨娘身后的几个家丁，凰北月清丽秀美的小脸上淡定无波。随即，她一甩袖子，转身进屋，一边走一边冷声说：“我劝雪姨你还是放聪明一点儿，我若死了，你有什么本事跟琴姨娘和丞相府斗？”说罢，也不管雪姨娘作何反应，她径自回了房间。

东菱站在廊下，一边脸颊红肿着，可是这丫头仰着小脸居高临下看人的时候，还真有几分骄傲：“雪姨娘、二姑娘，有北月郡主在这府里，别说丞相府，就算是安国公府的人都不敢怎么样，你们是真的要把这样一座大靠山毁了吗？”

东菱的笑容中带着得意，看得雪姨娘和萧韵都咬牙切齿。

东菱冷冷地看了她们一眼，对雪姨娘和萧韵这样的人，她多说什么都是浪费口水。

“说句实话，我家小姐如果不在了，安国公府的人恐怕会把萧家灭门。你们沾着谁的光活到现在，也不掂量掂量，还想掀什么风浪？”她说着，看向萧韵，嘴上一点儿也不饶人，“还有二小姐，你如今可不比从前了，出去遭人耻笑，我们长公主府也颜面无光。你现在和琴姨娘是一类人，最好少出门，少丢人！”

所谓的仗势欺人，大概就是这样子了，但是东菱一点儿也不觉得仗势欺人有什么不好的，能仗着小姐的势欺负雪姨娘和萧韵，她觉得很痛快。她说完，也进屋去，潇洒地关上了门，根本不管外面的雪姨娘和萧韵的脸色是如何难看。

“娘，那小贱人……”萧韵气得一口银牙都快咬碎了，恨不得冲上去扒了东菱的皮，喝东菱的血、吃东菱的肉。

雪姨娘的胸口急剧地起伏了几下。心机深沉的人就是能忍，她重重拍了拍萧韵的手，眼神阴狠地说：“她也嚣张不了多久。”

雪姨娘对凰北月投毒的事情，萧韵是知道的，想到凰北月的身体现在已经被毒药侵蚀得只剩下一副躯壳，她心里便舒服了许多。按照她娘每天下毒的剂量，凰北月不出半年，就会跟惠文长公主一样翘辫子了。至于凰北月那个伶牙俐齿的丫头，哼，嘴贱是吧？她一定要把那丫头的嘴撕烂，牙齿一颗一颗拔下来。

“娘。”萧韵搀扶着雪姨娘往外走，同时把家丁和丫鬟都支得远远的，听不到她们说话，“我们现在怎么办才好？凰北月那丫头怎么突然就翻脸了？她是不是知道……”

“不可能。”雪姨娘抬手阻止她的猜测，“这件事我很谨慎，这么多年只有你和我知道，就算是神医也看不出来。”

“会不会是昨天，让逍遥王看出来了？”萧韵的担心就像一把火焰在灼烧着。

雪姨娘一怔，随即摇头道：“不会，逍遥王如果看出来了，是绝对不会放过我们的。”

萧韵美艳的脸上忽然浮现刻骨的仇恨之色：“凰北月那个贱丫头，让她中毒而死都便宜她了，她竟然让我在逍遥王面前那么丢脸。”

雪姨娘思索片刻，说：“听凰北月的意思，她应该是和我们站在同一条线上的，只要拉拢住她，不愁没有机会和逍遥王接近。”

“娘！”萧韵陡然拔高了声音，“你的意思是，现在还要让我去捧着那个贱丫头吗？”

“韵儿！”雪姨娘瞪了她一眼，这丫头最近越来越沉不住气了。

萧韵委屈地说：“她这么害我，我恨不得杀了她，我才不要处处忍让她！”

“小不忍则乱大谋。昨天的事情已经发生了，你若想有机会挽回你在逍遥王心目中的好印象，就好好巴结着你的三妹妹吧！”

“可是……”

雪姨娘道：“韵儿，凭你的美貌、才智和能力，你比凰北月好上一万倍，逍遥王自然会发现你的好。你想想将来嫁给他，想想洗髓丹，你还有什么不能忍的？”

萧韵听了雪姨娘的话，默默寻思起来，是啊，她的美貌、才智和能力都在凰北月之上，除了那个嫡女的身份，凰北月有哪一点比得上她？她可是三星召唤师，而凰北月连个元气都不能凝聚，还是一副病恹恹的身体，她们根本就是云泥之别。等她将来嫁给逍遥王，再得到洗髓丹，凰北月更是拍马也赶不上她了。

“娘，你说得对，凰北月怎么比得上我？哼，我现在忍一忍，将来好好对付她。”

“这才是娘的好女儿！”雪姨娘欣慰地拍拍她的手，笑道，“等你做了逍遥王的王妃，那琴姨娘有丞相府撑腰又算什么？到时候，就用不着依靠凰北月这个臭丫头，好好把她折磨死就对了。”

母女俩打着如意算盘，幻想得太美好，浑然不知道她们所说的话，已经全部被凰北月听去了。

流云阁的房间里，凰北月摇着头微笑。真是一对极品到家的母女，过度幻想症不说，还有选择性遗忘。以逍遥王的身份地位，如今名声坏了的萧韵怎么可能做得了他的王妃？这母女俩自以为凭借着美貌、才智，加上那可怜的三星召唤师的实力，就能让逍遥王刮目相看？别异想天开了！逍遥王是什么人？美貌、才智和实力在萧韵之上的女人他见过无数，萧韵是哪里来的自信，觉得她一定会让逍遥王看上眼？

“小姐，你想什么想得这么高兴？”东菱看她一脸笑容，笑着问道。

“我们府里就快出一位王妃了，我能不高兴吗？”

“王妃？”东菱眨眨大眼睛，有些不解。

“小小的三星召唤师，都敢不把我放在眼里，她要是做了逍遥王的王妃，那还得了？”

东菱一听，自然知道凰北月说的是谁，掩着嘴轻笑出声：“二姑娘要做逍遥王的王妃？她这梦做得未免太离奇了。”东菱撇着嘴，想起什么，忽然说：“我倒觉得，逍遥王对小姐你……”

凰北月淡淡的眼风扫过去，东菱立刻吐吐舌头闭嘴，片刻后又笑道：“总之逍遥王对小姐很好，对二姑娘嘛，正眼都没有瞧过！”

“不管逍遥王对她有意无意，萧韵的所有美梦，我都不会让它成真。”凰北月的目光慢慢冷淡下来。这对母女，她一定不会轻易放过。

“对，只有噩梦，没有美梦。”东菱也坚决地说。

“东菱，你出去帮我守着，别让人来打扰我。”凰北月准备按照独孤药圣的《百炼经卷》试验一番炼药术，这期间不能有人打扰。

看见她严肃的表情，东菱明白该怎么做，点点头，关上门出去了。

凰北月从纳戒中拿出紫淬金炉还有一些药材，统统放在地上，然后，她盘腿坐在一块垫子上。

她准备炼制的是一种低品级的疗伤药——生肌丸。

生肌丸是很受佣兵和冒险者欢迎的一种丹药，具有快速止血、帮助伤口愈合的功效，炼制的方法比较简单，药材也很常见，价格不贵。

她点燃火，将火焰引进紫淬金炉，然后把一枚火属性的草虫果放进去。顿时，火焰将草虫果包裹起来慢慢煅烧。很快，草虫果表皮的废物就被煅烧出来，拳头大小的草虫果被烧成了一堆粉末。这时，她才将风属性的蛇尾草放进去。直至五种药材全部变成粉末融合在一起，又煅烧了一刻，一枚拇指大小的绿色丹药出现在了紫淬金炉中。

成功了！凰北月赶紧将生肌丸拿出来，放在手上细细地看。

虽然丹药表面还有些瑕疵，和逍遥王炼制的凝玉丹无法比，但是第一次炼制出来的丹药就达到这个水平，已经非常厉害了。

一枚丹药炼制成功，凰北月立刻动手炼制第二枚。

凰北月一直待在房间里炼药，等天黑下来的时候，她已经成功炼制了上百枚生肌丸。虽然累得腰酸背疼，可她心里那个高兴劲儿就别提了，她现在也算是一名正式的炼药师了。

“东菱！”她高兴地叫东菱进来。

东菱已经准备好了晚饭，正好端进来。看见地上摆着很多药材还有药炉，东菱吃了一惊：“小姐，你这是……”

凰北月宝贝地把一个木制盒子递给东菱：“你看看。”

东菱接过去打开，里面是一颗颗绿色丹药，一颗比一颗圆润、漂亮。

“这是生肌丸！”佣兵和冒险者常用的丹药，东菱还是认识的，她惊喜地喊道，“小姐，你真的成为炼药师了吗？！”

凰北月点点头，这还有假的吗？她可是天才啊！

东菱激动得目光一闪一闪的，紧紧地抱着木盒，大大的眼睛里忽然滚下两行泪珠。

“哭什么？我成了炼药师，难道不好吗？”凰北月一向不怎么会安慰人，看到别人哭，她就有些慌。

“当然不是！”东菱使劲儿摇头，“东菱自然是高兴的。小姐已经是南翼国数一数二的召唤师了，现在又成了炼药师，这可是古往今来绝无仅有的。”

“那你哭什么？快别哭了，我还有个任务要交给你呢。”

东菱擦干眼泪，道：“什么任务，小姐尽管说。”

“这些生肌丸拿到市场上，大概多少钱一颗？”凰北月对丹药的价格还不是特别了解。

“生肌丸都是放在水里化开用的，一颗可以用很多次，价格大概在两百枚金币。”

凰北月不禁咋舌，生肌丸就要两百枚金币，怪不得炼药师有钱了。

“那你明天拿去市场卖掉吧，然后帮我买些药材回来。”

“是！”东菱爽快地答应道。她早就想去布吉尔市场见识一下那些佣兵和冒险者了，可惜一直没有机会，明天一定可以大开眼界了。

炼了一天的丹药，耗费了大量的精力，凰北月累得只想睡觉，匆匆吃了晚饭，她就爬上了床。

凰北月刚闭上眼睛，冰灵幻鸟的声音就响了起来："主人。"

"冰，怎么样了？"凰北月迷迷糊糊地应着。冰做事，她很放心。

"战野太子已经撤了人马，并向苍河院长致歉，苍河院长也并未追究。"

"那就好。"凰北月喃喃地说，"还有事吗，冰？"

"战野太子希望见你一面。主人，他似乎很担心你。"

凰北月微微牵起唇角，心头划过一股暖流，和战野并肩作战过的情谊，比任何感情都要浓烈。何况她中毒时，他还亲自帮她吸出毒液，这份情谊足以让她铭记一世。

没有缔结过契约的召唤师和灵兽不能交流，而灵兽和灵兽可以无障碍地对话，这话必定是紫焰火麒麟转达给冰灵幻鸟的。

凰北月虽然很累，可是想到战野此刻正担心她，她觉得还是应该去见他一面。她强打精神坐起来，拿起斗篷披上，让东菱好好看家，便出去了。

长公主府外面果然守着很多安国公府的人，她偷偷潜出去，没被任何人发现。

离长公主府远一些，她才召唤出冰灵幻鸟，让它带路去见战野。

冰灵幻鸟没有朝皇宫飞，而是朝着城郊一座别院而去。

别院很大，但是只有一间屋子有烛光。冰灵幻鸟从高空慢慢降下来，在别院上方绕了一圈，那间屋子的窗户便被人打开了。乌发黑袍的俊美少年出现在窗边，冷峻的面庞有几分苍白，然而一看见她，不苟言笑的脸上还是浮现了一丝浅浅的笑意。

半空中，巨大的冰灵幻鸟浑身是水一样通透的冰蓝色，鸟背上神秘的披着黑色斗篷的人冲着他微微点了点头，火红的长发从斗篷中露出来，随风飞扬，潇洒恣意。

战野离开窗前，将门打开，大步走了出去。他步子急切，心跳的频率也和往常不一样，这辈子，他还从来没有哪一刻，心情像现在这么激动。就算当年召唤出了紫焰火麒麟，他也没像现在这样，觉得自己整颗心都要跳出来了。

凰北月从冰灵幻鸟的背上跳下来，动作漂亮潇洒，黑色斗篷一扬，火红的头发就像灼烧的火焰一般。她抬头看着从屋内走出来的战野，两个人的目光在空中交会，不用过多的言语，便知对方的想法——你没事就好。

凰北月的面容隐藏在黑色斗篷之下，战野看不清她的表情，可是他知道此刻的她也是非常高兴的，因为她身上的气息很柔很淡。

"太子殿下似乎身体不好。"凰北月注意到他的脸色比平时苍白了几分。

“感染了风寒，小事。”战野邀请她在院子中的石桌旁坐下，招手让一个小厮端了热茶过来。

凰北月抬眼凝视着他，发现他苍白的唇色中隐隐泛着一丝青色，她忽然心里一沉，凝眉说：“你中毒了？”

“喀喀……”战野轻咳了两声，摇摇手，“没有，只是风寒。”

凰北月面色一沉，道：“太子殿下若把我当朋友，就不应该隐瞒，是不是那天为了帮我……”

“你不要往心里去，这都是我自愿的。”战野连忙说。听到她有些不悦的语气，他立刻不安起来。

果然是这样！吞天红蟒的蛇毒和普通蛇的蛇毒不一样，毒液进入口中，他就算吐出来了，仍会残留一部分在口腔里，然后流入身体里。当时情况那么紧急，事后又发生了太多事情，她竟然一点儿都没有想起这件事，现在只觉得愧疚无比。

“我去想办法！”凰北月站起来。吞天红蟒的蛇毒非同小可，一定要尽快解毒，否则，等毒素毁了他的五脏六腑，就来不及了。

“戏天！”战野忽然伸出手，隔着石桌抓住了凰北月的手臂，然后觉得这样不妥当，又立刻松开了。

凰北月倒是没有多想，重新坐下，声音微微沙哑道：“太子殿下，吞天红蟒的毒非同小可，一定要尽快解毒，否则……”

“我知道，父皇已经派人去找逍遥王想办法了。”战野面色平静，仿佛没将中毒的事情放在心上。

逍遥王可能会有暂时抑制毒素的丹药，而要彻底清除毒素，只能依靠灵尊的惩罚之火，可是惩罚之火不是轻易可以得到的。

“戏天阁下，你体内的毒素如何了？”战野关切地问。她中的毒，应该比自己更深才是。

“我已经没有大碍了。那天误打误撞受了一次惩罚之火，毒素就被焚烧干净了。”凰北月半真半假地说。

那天在火海中遇到那个男子的事情，她暂时不想让别人知道，不是信不过战野，而是觉得那个男人太过诡异，说出来也没什么用。惩罚之火可以把吞天红蟒的毒焚烧干净这件事情，她倒是没有瞒着战野。

听了她的话，战野冷峻的面上浮现惊讶之色：“你受了惩罚之火？”受过惩罚之火的人要昏迷几天才能醒过来，而这个戏天看起来并没有大碍。

“可能是我运气好，受的只是一般的小火，没有被烧成重伤。”凰北月其实很清楚，那个男人并不想用惩罚之火伤害她。

战野微微沉吟：“没想到，惩罚之火竟然能焚烧掉吞天红蟒的毒。”

凰北月心思微微动了一下，问道：“如果皇上下令，苍河院长能不能请动灵尊，出来帮太子殿下解毒？”

“不可能。”战野想也没想地摇头，他俊美的脸上没有失望或者愤恨、不满之意，而是坦坦荡荡，一派君子风度，“灵尊虽为灵央学院的守护神，可事实上，它和灵央学院并没有瓜葛，住在第七塔中这么多年，连苍河院长都没见过它现身几次，苍河院长根本请不动它。”

凰北月失望无比。她本来想着如果皇上下令，灵尊就算本领再大，也会出来一下。现在听战野这么一说，她觉得那个灵尊真不是什么好东西。

凰北月沉默了一下，既然灵尊是请不动的，只能另外想办法了。不知道独孤药圣送给她的《百炼经卷》上面有没有解毒之法，她今晚回去一定要好好翻一翻。

她正这么想着，魇突然冷笑起来：“别做梦了凰北月，吞天红蟒的毒只有惩罚之火可以焚烧干净，这世上绝无二法！”

凰北月冷哼一声。魇这只老怪物，都快被烧死了，还出来说风凉话。

“魇，你是想让我去求灵尊？”

“你若想救太子战野，只有这一个办法了。”

凰北月不再回应魇。如果真的无路可走了，为了救战野，她还是会去找灵尊的。

一起出生入死、并肩作战过，他信任她，也帮过她，她凰北月向来是滴水之恩涌泉相报，无论如何，她都不能让战野因为救她而丧命。

“我认识一些炼药师，也许他们会有办法。”凰北月整了整黑色的斗篷，声音微微放轻松，“太子殿下这几天请务必保重身体。”

“多谢阁下了。”战野微笑着点头。他知道这个戏天来历神秘，听她说认识一些炼药师也不奇怪。

凰北月爽朗地笑起来：“如果太子殿下当我是朋友的话，就不用对我说谢谢。”

战野一怔，被她爽朗豁达的性格深深打动，也朗声一笑：“好，我凰战野，一辈子认你这个朋友！”

听到战野的话，凰北月心中顿时涌起一股热血，她伸出手，笑道：“好，一辈子的朋友！”

战野看见她从黑袍底下伸出来的手，指尖修长、漂亮，肌肤白嫩如玉，不知道为什么，他心脏忽然猛跳了一下。

佣兵之间经常有这样豪爽的握手仪式，两个人的手交握在一起，就表示把对方当成生死之交。他心里也涌起一股热血，伸出大手，握住她的小手，豪爽地笑道：“为朋友两肋插刀！”

“死而无憾！”凰北月爽朗地接口。

两个人的笑声在繁星密布的夜空下回荡。

他们身后，两只灵兽都懒懒地抬起眼睛，一个火属性，一个冰属性，水火难容，此时互望了一眼，然后又都非常高傲地别开了脸。

紫焰火麒麟道：“这个戏天未免虚假，既然和战野交朋友，何不以真面目示人？”

冰灵幻鸟冷冷地说：“我主人自有我主人的苦衷，太子战野尚不计较，你计较个什么劲儿？”

“主人？”紫焰火麒麟诧异地睁大了眼睛，“冰灵幻鸟，你好歹是‘五灵’之一，居然叫一个人类‘主人’？”

“哼，我主人神秘莫测，你以为只是普通凡人吗？我遇到这样的主人自愿臣服，是我的骄傲，与你何干？”冰灵幻鸟不屑地说。

“臣服？”紫焰火麒麟像听到了天方夜谭一样，一向冷傲淡定的性子也有些沉不住气，“你的意思是说，你没有和戏天缔结本命契约？”

“自然。”冰灵幻鸟鼻孔朝天，一点儿都没有将对方的嘲讽放在眼里。哼，愚蠢的紫焰火麒麟，要是知道主人的厉害，就不敢这么高傲放肆了。

紫焰火麒麟这次彻底被冰灵幻鸟打击到了，它呼哧呼哧喘了两口粗气，不可思议地看了一眼隐藏在黑色斗篷下的神秘人，这个戏天，究竟什么来历？

战野知道凰北月不愿意以真面目示人，也就没有提及她的斗篷。

小厮烫了一壶酒来，两人谈天论地，把酒言欢。

凰北月见多识广，说出来的话让战野频频惊叹，战野不禁对凰北月更加敬佩不已。

凰北月原本以为战野天生是寡言少语、冷漠淡然的人，一番交谈下来，才发现以前的认知错了，遇到谈得来的朋友，他也可以侃侃而谈，朗声大笑。

由此，他们对对方冷漠的印象都大大改观，竟有一种相逢恨晚的感觉。

夜已深沉，战野中毒的身子虚弱，凰北月便告辞离开了。

回到流云阁，凰北月拿出《百炼经卷》彻夜研读，寻找清除战野体内毒素的办法。

《百炼经卷》里记载了一种百毒丹，可以压制吞天红蟒的毒，但是品级太高，以她现在的炼药水平，难度太大了，不过，为了战野，怎么都要试一试。

她将百毒丹所需要的药材记在纸上，明天让东菱去布吉尔市场采买，剩下几种不好弄到的毒物，只有她亲自去找了。

天快亮的时候，凰北月才闭眼休息了一会儿，清早到了去灵央学院上课的时间，她两个黑眼圈，眼球上布满了血丝。

东菱一大早起来看到她这副模样，心疼得不得了："小姐你本来身子就弱，怎么还这么不爱惜？"

"这没什么的。"想她在之前，为了完成师父交代的任务，潜伏在热带雨林中，三天三夜不合眼，还要被各种野兽、毒虫袭击，那才叫痛苦呢。现在她只是身体底子不好，等吃了逍遥王送的凝玉丹，应该就会好很多了。

穿好衣服，简单地梳洗一番，她和东菱一起去了前院。

萧家上下包括萧远程都在等着她。真是可笑，现在没了她，这些脓包都不敢出门了是吗？

她谁也没看，径自上了马车。

"父亲，您看看她那嚣张的样子。"萧灵不忿地说。

"闭嘴！"萧远程低喝一声，招招手让萧韵、萧柔等人上了马车，这才出门。

因为要防着安国公府的人，所以现在萧家人出门都是大批高手护卫着，浩浩荡荡的几十个人。

经过昨天雪姨娘的开导，萧韵那比别人强悍的优越感又回来了，俨然一副未来王妃的架势，坐在凰北月对面。

凰北月懒得搭理她，现在的她可不比从前了，名声败坏，哪里还风光得起来？她也只能自己安慰一下自己了。

第十九章 马场惊情

车队行到灵央学院门口，凰北月和萧韵等人从马车上下来，萧远程则带着人进宫去了。

萧韵刚下马车，四周无数目光就唰唰唰投了过来，带着各种各样的嘲讽奚落。萧韵脸一红，忙拉着萧仲磊快步走进学院。

凰北月看到她的窘态，冷笑了一下，朝东菱吩咐了几句。

东菱点点头，提着一个包裹离开了。

凰北月和萧柔等人从黑色牌坊下走过，听到许多人议论着什么，很是兴奋的样子。

“是敬王殿下和王妃一起来了，好久没看见他们了。”

“原来敬王和王妃还会来灵央学院啊？”

“当然会啊！敬王殿下和王妃也是我们学院的人啊！”

……

敬王？听到这个称呼，凰北月的脚步不由自主地顿了一下。和安国公是一党的敬王也在灵央学院上学吗？她从前都不知道。

萧柔看见她脸上的疑惑之色，立刻说：“三姐姐不知道吗？敬王殿下今年就要从灵央学院毕业了，是一名很厉害的七星召唤师，而敬王妃也是武道院的翘楚。”

敬王和尚书府的嫡小姐在年前定了亲，婚礼会在今年年底举行，虽然还没有完成仪式，但是众人都习惯称呼林小姐为“敬王妃”。

凰北月对敬王感兴趣，只是因为那天她在丞相府偷听到齐丞相和几个密党的对话，知道这位敬王和安国公勾结在一起，是一个对太子战野不利的人。

敬王今年二十二岁，七星召唤师，听说治国之道上，皇上对他也颇为看重，只是这么多年在太子战野的风头之下，敬王再怎么出色，也如同明珠蒙尘一般，被掩埋遗忘。

“你跟敬王妃也很熟吧？”敬王妃是尚书府的嫡小姐，前几天在碧波湖边遇见的尚书府三小姐林婉君是敬王妃的庶妹。

萧柔脸上带着几分得意，说：“熟是不敢说熟的，只是幼年和敬王妃一起玩过。”

凰北月笑了笑，没再说什么。反正太学和东院不在一起，她也遇不到敬王和敬王妃，多打听无益。

和萧柔分开后，凰北月提着书具去太学。

今日要学的是医学，正好是她现在最感兴趣的。听说医学院士是一位炼药师，等级不高，不过关于炼药的基础知识，相信他会好好讲解。

医学院里，众人乱哄哄地议论着什么。这些学生都是贵族出身，平时教养礼仪是最得体的，现在怎么乱成了一团？

“北月郡主！”洛洛从座位上站起来，朝凰北月招招手。

凰北月走过去问：“发生什么事了？”

洛洛眨巴着大眼睛说：“灵央学院要举行技艺比试，今年院长特批，我们太学也可以参加！”

“哦。”凰北月对这个没兴趣。太学就擅长文绉绉的东西，和东院那些高手一比，不是笑话吗？

“大家都这么高兴，怎么你不高兴？”洛洛不解地看着她。

“我想好好学习医学，反正技艺比试也没我什么事。”

“谁说没你什么事？”洛洛的眼睛亮晶晶的，好像两颗黑色的宝石在她面前一闪一闪的，“上次你在擂台上打败薛梦，郭院士可是对你非常赞赏！这一次，咱们太学主要派骑射方面不错的学生去参赛，郭院士推荐了你。”

凰北月惊道：“什么？”

“你也不用太担心啦！技艺比试和打擂台不一样，你输了也没关系的，主要是咱们太学不派人去的话，更要让东院的人笑话了。”

输？凰北月眯了眯眼睛，不管是比试还是擂台，她脑子里从来没有闪现过“输”这个字。

“我不想参加，我会去跟郭院士说的。”凰北月淡淡地说。她最近那么忙，哪有时间去参加什么技艺比试？何况和东院那些人比试也太没意义了，她才不会浪费时间在这种事情上，她现在最重要的事情，就是赶快帮战野解毒。

洛洛一愣，飞扬的眉毛随即垮了下来：“连你都不去参加……”

凰北月随意地笑了笑。洛洛还是小孩子心性，一心想看热闹，她可没这么悠闲啊！

因为技艺比试的事情，太学的几位院士正在讨论，恐怕一时不会过来了，凰北月不想被学院中的人烦，就走出去透气。

太学是古典的园林式建筑，为了培养学生们的情操，特意把各处景点设计得雅致有韵味，曲径通幽，林木深深，稍微不注意就会迷路。

凰北月在一片竹林外站了一会儿，眺望着远处的第七塔。此刻，天朗气清，悠悠白云之下，第七塔雄伟壮观。

她脚底下说不定就是那天的火海，真是难以想象那样宽广的火海之上，竟会是临淮城这样繁华的都城。

忽然，竹林深处传来窸窸窣窣的声音，凰北月抬头看去，一个身穿斑斓锦衣、头戴玉冠、身佩宝剑、气宇轩昂的男人走了出来。

凰北月目光淡淡地扫了他一眼，刚想走开，那人开口了：“你是灵央学院的学生？”语气高高在上。

凰北月自顾自地转身，迈步走开。谁理他？

那人一愣，明显长这么大没被人这样无视过，顿时脸上闪过一层薄怒，继而身形一闪，挡在了凰北月面前：“你是哪个府的丫头？竟然这么不懂规矩？”

丫头？凰北月看了一眼自己身上颜色素净的衣服。太学不比东院，东院的贵女们，个个教养良好，注重衣着礼仪，出个门都要拾掇上几个时辰，穿得自然不会像她这样简单朴素。她这个样子被认作丫头也没什么，只不过这人的口气让她实在喜欢不起来。

她冷冷地瞥了他一眼，道：“敬王殿下觉得什么才叫规矩？”

他吃了一惊，轻咳一声，有种做了坏事被人抓到的心虚感。

“你如何知道我是敬王？”他眼中有一丝赞赏闪过。

他宝剑上刻着那么大一个篆体的“敬”字，居然还问她为什么知道他是敬王？

“敬王殿下器宇不凡，皇族之人自是和普通人不一样。”凰北月淡淡地说。她这话绝对不是恭维，不过敬王要听成是恭维也无所谓。

敬王眉眼一展，似是对她的话相当满意。这小丫头看着年纪小，却这般聪明，难得还长得清丽可人，明眸皓齿，令人心动。

“你叫什么名字？”敬王的声音也不知不觉放柔了一些。

“原来敬王殿下来了这里。”

凰北月本就不想回答他的问题，恰好这时一个清脆的声音闯了进来，帮她解了围。

几个衣着华丽的少女说说笑笑着走过来，其中两个，凰北月倒是眼熟。

“三姐姐，你怎么也在这里？”跟在众人身后的萧柔突然喊道。

那群说笑的少女顿时都不作声了，纷纷朝凰北月看过来。

和萧柔走在一起的正是尚书府的五小姐林婉君，她一看见凰北月，心里就泛酸，不舒服。

“大姐姐，那个女孩子就是长公主府的北月郡主。”林婉君凑到未来敬王妃、尚书府嫡小姐林婉仪耳边悄悄地说，“你看她和敬王殿下居然有说有笑的。”

林婉仪被一群衣着光鲜的少女簇拥在中间，骄傲美丽，像一只开屏的孔雀。孔雀和凤凰是比不了的。

林婉仪有着一双晶亮的大眼睛，脸盘像鹅蛋一样圆润，额头光洁饱满，嘴唇丰厚红润，正是相术上所说的富贵之相。她已经十七岁，从小就被林尚书当成母仪天下的皇后培养，气势上和那些贵族小姐是不一样的。

她眼中含威，看了一眼凰北月，带着审视和一丝不屑。

“原来是北月郡主，久仰大名啊！”她吐字清晰，声线优美，不愧是从小就被培养的皇后。

凰北月只轻轻瞥了她一眼，然后看向萧柔：“四妹妹，这位姐姐是谁？你怎么也不跟我介绍一下，若是失礼了，岂不显得我们府没教养？”

萧柔一怔，随即脸上一红。凰北月这几句话，说的是不认识这位未来的敬王妃，还把她也扯进来，好像都是她的错一样。

说到失礼，林婉仪现在还不是正式的敬王妃，见了北月郡主本该行礼的，而她一开口口气就这么冲，隐隐有挑衅讽刺之意，已经是极大的失礼了。

凰北月话一出口，敬王就不可察觉地皱了一下眉。

林婉仪自小聪明，并且一直观察着敬王，见他皱眉，她心里微微一沉。

萧柔连忙说：“三姐姐，这位是尚书府的嫡小姐、未来的敬王妃。”

凰北月这才说：“原来是敬王妃，北月失礼了。”

“哪里，郡主大度，是婉仪失礼了。”说着，林婉仪屈膝，行了一个标准的礼，心里却暗暗不满。

“敬王在此，王妃行这么大的礼，北月不敢当。”凰北月一口一个王妃，喊得极其顺溜自然。

敬王却有些冷淡地说：“郡主是皇族之人，应当知道，未正式册封之前，不应当称王妃。”

敬王此话出乎众人意料，连凰北月都微微惊讶了一下，不由得回头看了一眼敬王，心里忽然有些通透了。

政治婚姻，自古有之，为了权力高位，有时候不得不牺牲一些东西，比如爱情。身在皇室之中，将来的枕边人是谁，自己根本做不了主。

林婉仪的脸色有些难看，不过她教养毕竟很好，脸上一直保持着端庄的笑容：“北月郡主年纪小不懂事，所谓童言无忌，殿下不要生气。”

童言无忌……凰北月不禁郁闷。

敬王脸色稍微和缓。其实他心里不快，倒不是因为凰北月，而是自己和林婉仪定亲之后，那些人就一口一口地称呼林婉仪为“敬王妃”。这桩婚事本来就不是他愿意的，这样一来更让他反感，只是林婉仪端庄贤淑，平时也挑不出什么不好，他现在不过是借题发挥而已。

敬王微微点头，说：“多年不见北月郡主，不想郡主都长这么大了。刚才没有认出郡主，是本王眼拙了。”

“敬王说笑了，北月身上没有像敬王一样挂着标记，敬王认不出也是自然。”凰北月说着，清灵的目光看了一眼敬王身上佩的宝剑。

敬王一怔，随即低头看了看自己宝剑上那个篆体的“敬”字，顿时反应过来，爽朗地哈哈大笑：“郡主聪慧过人，本王佩服佩服！”

林婉仪见一向对自己礼节多于感情的敬王笑得如此爽朗，心里微微一酸，强笑着说：“殿下，刚才苍河院长问起您，您是不是过去看看？”

“苍河院长？”敬王的笑容一收，面色顿时严肃起来，和凰北月道了别，就赶快离开了。

“敬王怎么回事？竟不跟姐姐说一声就走了。”林婉君不满地小声嘀咕。

这话听在林婉仪耳朵里，就是另外一种感觉了，又酸又涩又苦，五味杂陈，说不出地复杂。

敬王走了，周围都是和她亲厚的人，她也不必伪装，慢慢走到凰北月面前，眼神有些轻蔑：“听闻郡主从小身子弱，不能习武，怪不得只能进入太学学习了。”

“大姐姐有所不知，北月郡主前些天可是在擂台上打败了安国公府的薛梦小姐，现在灵央学院的人都称她为‘勇者’呢。”林婉君走上前来，不冷不热地说，明着是夸凰北月，暗里却是在讽刺挑拨。

凰北月在擂台上打败薛梦的事情，在临淮城传得沸沸扬扬，没几个人不知道。前段时间林婉仪跟随敬王外出巡视了一个月，而帝都的事情他们也有所耳闻，想起当时敬王也赞了一句“勇者无畏”，她心里就越发不舒服。

“哦，原来是我看走眼了，想不到北月郡主竟如此厉害，想必这次灵央学院的技艺比试，北月郡主绝对会代表太学出赛了？”林婉仪瞥了一眼凰北月瘦小的身子，她才不相信这个大家眼中的废物凰北月能够打败薛梦，那次多半也是运气。

薛梦那个人，自大狂傲，身手不错，脑子却不怎么样。凰北月可不一样，她听凰北月说两句话就知道凰北月很聪明。薛梦多半是被凰北月用计才栽了，她林婉仪可不是薛梦那样的傻瓜。

“三姐姐要参加这次的技艺比试？”萧柔惊呼一声。别人不清楚凰北月的实力，她还能不清楚吗？

凰北月抱着双手，安静地听着。她虽然性情冷淡，但是被人欺负到家门口了，她继续忍气吞声就有点儿窝囊了。漆黑的眸子如同清晨最亮的启明星，光芒流转，她微微仰起的精致的小下巴透出一股高贵优雅的气息。

“当然，我会参加技艺比试，到时候，还请未来的敬王妃，多多指教了。”

她话一说完，那些叽叽喳喳的贵族小姐就全部闭嘴了，人人都用看神经病一样的眼神看着她。

林婉君忍着笑，一脸不屑地道：“你的意思是，你想挑战我大姐姐？”

“不可以吗？”凰北月清亮的眸子看向同样震惊的林婉仪，“我听说每年的技艺比试，低等级的学生都可以向高等级的学生发出挑战，如果赢了就可以直接越级，是不是？”

“三姐姐，”萧柔走过来，低声说，“你是不是疯了？你知不知道，敬王妃可是和大哥哥同等级的白银战士啊！”

“白银？”凰北月微微挑眉。

“当然！”林婉君得意地大声说，“怕了吧？你敢向一位白银战士挑战？”

凰北月摸着下巴认真地想了一下，然后说：“原来只是白银战士，我还以为至少到黄金级别了呢！”

她说的话落到其他人耳中就跟梦话一样，原来她不是不知道林婉仪是什么级别的高手，而是知道了，却还想向一位白银战士挑战。疯了！看来上次在擂台上打赢了薛梦，这凰北月便以为高手都不过如此。

林婉仪好笑地看着她，刚才觉得她挺聪明，现在怎么跟个傻子似的？

“北月郡主，你当真要向我挑战？”

“你不敢接吗？”

林婉仪轻蔑地笑了一声，道：“我有什么不敢的？卡尔塔大陆上的人，都是靠实力说话的，而不是靠运气！”

“嗯，我也是这样想的。”

痴人说梦！林婉仪在心里冷哼了一声，转头问林婉君：“五妹妹，和太学比试的项目是什么？”

林婉君连忙说：“因为太学只有骑射一科能上赛场，因此，苍河院长今年决定武道院和太学比试骑马射箭。”

林婉仪听了，自信地笑起来。她从小跟着身为武将的爷爷在军中，放眼整个南翼国，女性之中骑马射箭的技术，她林婉仪认第二，绝对没人敢认第一！

“北月郡主，到时候马场上见了，相信郡主的骑射也是一流的。”林婉仪语带讽刺，说完，她笑容满面地带着她的人走了。

萧柔慢走一步，一脸无语加无奈的表情，看着凰北月：“三姐姐，你是怎么想的？你从小连马都没骑过几次，更别说能拉开弓了！”

凰北月冷冷地看她一眼：“这件事，四妹妹就不用担心了，就算丢脸也是丢我自己的，你急什么？”

“你真是不知好歹！”萧柔狠狠地跺了跺脚，“随便你了，到时候输了可没人同情你。”说完，萧柔生着气走了。

凰北月抱着双手站了一会儿，目光往身后的竹林里一扫，道：“这么喜欢偷听人讲话吗？”

几片竹叶飘然而下，一缕白色的衣角随着竹叶在风中飘扬，被压弯的翠竹上，白衣少年枕竹而卧。

“是我先来这里的吧？”含着笑意的声音格外温润，如春风般。

“君子非礼勿视、非礼勿听，不懂吗？”

风连翼眨着紫色的眼眸，慵懒地笑道：“我不是君子。”

“这我知道，不用你强调。”凰北月说完，不打算继续和他废话，转身想要离开。

“北月郡主，你是否真的不会骑射？”散漫的声音又在凰北月身后响起。

“不会。”凰北月如实回答。

骑射这样古老的技术，在二十一世纪基本淘汰了。她会飙车，会开歼击机，航空母舰都能开一开。而骑术，她只能算一般，加上射箭的话，就有点儿困难了。

风连翼看着她淡淡一笑，说：“跟我来吧。”

白色身影从翠竹上轻盈落下，衣袂微动，人已经走向竹林深处，风姿卓绝。

凰北月看着他的背影三秒，还是快步跟了上去。

竹林深处有一片开阔的空地，风连翼从一间木屋后面牵出两匹黑马，雄赳赳气昂昂。

凰北月抱着手靠在竹子上，懒懒地问：“你要教我？”

“你不愿学？”他含笑问道。

她当然愿意学，只是，他干吗这么好心？

看见她脸上的疑惑之色，风连翼笑得有些妖：“你就当我是在攒人品好了，上马吧。”

攒人品……凰北月看了他一眼，有些好笑。这个人，神秘莫测，她一点儿也看不透。

不过，她还是走过去，动作利落地跨上了马背。那黑马性子极其刚烈，她刚触碰到它，它就扬蹄长嘶起来，似乎很是愤怒。

凰北月伸手按在马头上，俯下身，在黑马耳边不知道说了什么，原本极其愤怒的黑马立刻安静下来，乖乖地扒拉着蹄子。

风连翼挑了挑眉。那黑马名叫雷光，是帝都出了名的烈性名马，从北部的野人部落驯化得来，和一般的马不一样，它们桀骜不驯，几乎对人类的命令充耳未闻。

他牵雷光出来，本是想自己骑的，雷光在他面前还算温顺，却没想到凰北月动作那么快，一下子就跳上了雷光的背，他想出手阻止的时候已经来不及了。看到凰北月说了几句话，雷光就安静下来，他吃了一惊。

凰北月抬起头，冲他仰了仰下巴，道：“你的马不错！”

从小到大，师父教过她各种各样驯服野兽的方法，她能在短短的时间内驯服一头凶残巨大的海怪，这一匹马，对她来说不算什么。

“你后天赢了比试的话，雷光就送给你！”风连翼风度翩翩地一笑，跳上另一匹温顺一些的马，然后将一副弓箭扔给她，“搭弓射箭会不会？”

“还用说吗？”说完，凰北月拍马，黑色骏马闪电一样冲了出去，飘逸的鬃毛在空中留下一道残影，瞬间到了十多米之外。

凰北月一边驾驭着黑马，一边试图拉开弓箭。她身子太小，说实话，在马背上不好发挥。十二岁女孩短短的双腿要夹住马腹本来就很不容易，加上颠簸和弓箭的沉重，要一边灵活驾驭马匹，还要一边准确地射箭，确实很难。

她曾经见过蒙古人，都是粗壮的汉子，策马狂奔，弯弓射箭，像郭靖一样潇洒快意，可到了她这里，就有苦头吃了。

“不用顾虑自身，踩住马镫稳住缰绳再拉弓。”风连翼始终在她身后不紧不慢地跟着。

凰北月咬着嘴唇，使出全身的力气，终于将弓拉了一个半满，马儿一颠簸，箭就失手射了出去。

风连翼身子一偏闪过，苦笑道：“你讨厌我，也不用这么快就想对我下手吧？”

“哼！”凰北月冷冷一哼，重新拉弓。

两人两马，白衣黑马，在竹林中如同水墨画一样，带着十足的动感和美感。

嗖嗖嗖……不时有射箭的声音传来，夹杂着男子低沉的指导声。嗒嗒嗒的马蹄声忽远忽近，没多久就渐渐规律，射箭的声音也一次比一次更有力度，张满的弓弦如同圆月一样，肃冷，充满力量。

风连翼策马跟在凰北月后面，眸中带着欣赏。她太聪明了，只要指点一次，她绝对不会出错，而且爆发力相当惊人。她刚拿到弓箭的时候，只能拉开个半圆，现在居然能拉开一个满弓了，箭射出去的准确度也在慢慢提高，可以说，她完全是个骑射天才。

风连翼不知道的是，凰北月虽然对骑马射箭不太熟悉，但在二十一世纪的时候，她的枪法是相当精准的，射杀的都是高速移动的目标，并且她飞镖玩得不错。

刚接触弓箭的时候，确实不得要领，但是慢慢地将枪法和飞镖的技巧融入进去，她就找到窍门了。

太阳眼看就要落山了，也到了灵央学院放学的时候，凰北月勒马停住，用袖口擦了擦脸上的汗水，转头对风连翼说：“多谢了。”

“不用这么客气。”听到她开口说谢，还是真心实意的，风连翼的嘴角扬了起来。

凰北月却面色清冷地说：“应该客气一点儿的，毕竟我们不熟。”

“好吧。”风连翼无奈地说，“后天就是技艺比试，祝你打败林婉仪，一战成名。”

“打败她，不是想一战成名。”

“是吗？”见她不想多说，风连翼非常识趣地也不多问。

他策马来到她身边，和她并驾齐驱。竹林的风吹着他们的衣裳和发丝，他温润优雅又俊美，似魔似妖。相比之下，气质冷傲淡然的凰北月则像是竹林间偶然掠过的一只飞鸟，优雅却冷漠如神。

“技艺比试之后，东院四阶以上的高手，便能跟随灵央学院的师长到浮光森林的外围去历练。你如果能打败林婉仪，便能一跃成为四阶高手，到时，你就能成为太学有史以来第一位有资格进入浮光森林的高手了。”风连翼语气淡淡地说。

凰北月自然明白他的用意。他教她骑射，便是希望她能打败林婉仪，成为四阶高手，得到去浮光森林的资格。炼制洗髓丹需要的几种药材，只有去浮光森林才能找到，而一般人单独进入浮光森林是很危险的。迷雾森林对佣兵和冒险者们来说，已经是一个危险重重的冒险乐园，而浮光森林是上百个高手组成的队伍也不敢轻易踏入的地方。

灵央学院为了培养东院学生的实战能力，每年都会组织四阶以上的高手，由经验丰富的师长带领着在浮光森林外围训练。

如果凰北月一个人进入浮光森林去找那几种药材，不知道会遇到什么危险，她若能跟灵央学院的高手们一起去，是最好不过的。

凰北月策马停住，淡淡的声音从口中飘出来：“翼王子，别忘了我是狼，帮助一只狼，并不是聪明人会做的事情！”说完，她跳下马背，将弓箭挂在马鞍上，转身离去。

素色的身影在竹林中慢慢远去，风连翼微微偏头看着，不知不觉中，他还真的帮了她不少，这举动连他自己都觉得有些莫名。

一个这么有意思的小丫头，让他忍不住想要靠近，然后他发现她的爪子太锋利，一不小心会把自己的命都搭进去，但是感兴趣的东西，他很少会主动放弃。

东菱拿到布吉尔市场的生肌丸很快就被抢购一空，她用卖来的钱加上凰北月给她的兰姆卡买了药材，回到灵央学院等了好久不见凰北月，急得快疯了。

放学的时候，灵央学院传出一个爆炸性的消息，从小就有废物之称的北月郡主居然向白银战士林婉仪发出挑战，两天之后，灵央学院一年一度的技艺比试大赛上，凰北月和林婉仪要比试骑射。

这个消息比技艺比试本身还带劲儿，毕竟现在凰北月和林婉仪都是灵央学院的名人，只是两个人在实力上的差距有那么一点儿……大了！

东菱听到这个消息的时候还不相信，找人问了才确定是真事，她心想，小姐何时变得这么冲动了？

终于等到了凰北月，东菱急急忙忙地问：“小姐，他们说的不是真的吧？你要和林婉仪比骑射？”

凰北月从小没接触过骑射，而林婉仪是在马背上长大的，这比试一听就很不公平啊！

“这件事不着急，我让你买的东西买了吗？”凰北月问。

“买了。”东菱点点头，把纳戒交给她，小声说：“小姐，那些药材真贵，兰姆卡里的钱都用掉三成了。”贵不说，有的还很难找，她跑遍了布吉尔市场大大小小的药材店和摊位才勉强凑齐。

“没事儿，钱没了再赚。”她现在也是炼药师了，等炼制出高品级的丹药，绝对会财源滚滚来。

“小姐，那比试的事情……”东菱还想问。

“这件事你尽管放心，我敢挑战，就不会让自己输。”

东菱连忙点头道：“小姐这么说的话，东菱自然放心！”

一整晚，凰北月都窝在房间里炼制《百炼经卷》上的百毒丹，她反复研究了好几次，还是以失败告终了。

百毒丹属于高品级的丹药，对她这个刚刚进入炼药世界的菜鸟来说，确实有些难度。

眼看着让东菱高价买回来的药材越来越少了，凰北月不敢再随便试验，仔仔细细研究《百炼经卷》上的内容，任何细节都不放过。

魇慢悠悠地说：“其实，去求灵尊是最便捷的方法了，何必让自己这么苦呢？”

魇是个典型的喜欢给人捣乱的家伙，他自己被封印在黑水禁牢中不能出来，能交流的只有凰北月，他便时不时要撩拨她一下，让她和自己说说话解解闷。

凰北月这次理都不理他，沉浸在浩瀚的炼药世界中，脑子飞速运转着，把所有可能的情况都假设了一遍，然后才开始重新炼药。

剩下的药材只能炼两次了，如果这两次都不成功，就只能等明天了，可是战野体内的毒不能再拖下去了，她一定要成功。

她封闭了和魔沟通的神识，不被他打扰，自己才能安心地炼药。

第一次，眼看着丹药在紫淬金炉中慢慢成形了，不知道为什么，丹药突然全部散开了，变成了一堆废渣。

凰北月气得要昏过去了，继续翻看卷轴，思索再思索，两三个时辰后，才重新小心翼翼地炼制。

火候，五种属性药材的控制，精神的感应能力……一项项，全都要控制好。

火焰舔舐着五种属性的药材，将其慢慢融合在一起，煅烧、凝结，一刻钟后，一枚通体火红的丹药出现在了紫淬金炉中。

成了！凰北月愣了很久，才伸手把百毒丹拿出来，虔诚地捧在手心，以一种近乎膜拜的眼神看着。

这百毒丹至少是四品丹药了。她刚刚学会炼药，就能炼制四品丹药，传出去，怕要成为天方夜谭了。

“冰！”凰北月一刻都不愿意多等，立刻把冰灵幻鸟召唤出来。

水色的冰荧光芒一闪而过，冰灵幻鸟出现在了凰北月眼前。

凰北月把百毒丹放进它口中让它衔着，叮嘱道：“交给太子战野。”

冰灵幻鸟点点头，庞大的身躯瞬间又消失不见了。

凰北月累得瘫倒在床上，想起后天的技艺比试，又是一声沉重的叹息。

两天后，灵央学院的技艺比试正式开始。

这一天，整个灵央学院都是开放的，不仅学生可以进来，普通百姓也能进来观战，许多贵族自然也会来。

东院，武道院的学生除了要和召唤师比试，今年还要和太学派出的三个学生比试。除了向林婉仪发出挑战的凰北月，太学派出的另外两个学生是樱夜公主和洛洛·布吉尔，他们是在听说凰北月向林婉仪发起挑战后，主动报名参赛的。

樱夜公主的实力不用说，就算把她放到武道院，她也是出类拔萃，至于洛洛嘛……据说他有经常和佣兵团以及冒险者们一起进入迷雾森林做任务的经验，但是入学时测试召唤师和战士都没有通过，所以他的实力为零。

郭院士也不指望他，派他纯粹是因为没人报名，而洛洛自告奋勇，他怎么能拒绝？至于凰北月，在得知她向林婉仪发起挑战的时候，郭院士心里又是悲又是喜，无比复杂。这么多年来，他在太学窝囊地教着一群软弱没用的贵族，好不容易遇到个这么有勇气的，他自然高兴，可是一想到凰北月挑战的人是林婉仪，他又开始忧愁了。不过，凰北月有如此大志向，他怎么都不能指责，只能鼓励啊！

清早看到凰北月，郭院士就不厌其烦地给她讲解骑射种种，听得凰北月耳朵都出茧了，连忙说要去厕所，借机避一避。

灵央学院的厕所隔音效果太差了，她刚松了一口气，就听到有人走进来，小声说着话。

“大姐姐不放心，那个凰北月太阴险了，万一她使诈，大姐姐输了可就没面子了。”说话这人，凰北月听得出来，是林婉君。

听到自己的名字，凰北月皱起眉，正想走出去吓吓林婉君，让她知道背后说人坏话不好，可是还没行动，就听另一个人开口说话了：“放心吧小姐，敬王妃买通了看马的马夫，让他在凰北月那匹马的草料里下了点儿料，那凰北月就算再聪明，也是铁定要输的！”

“还是大姐姐有远见啊，这一招实在太妙了。凰北月绝对不能赢，她要是赢了，以后还有人看得起我们东院吗？”

“就是啊，一个废物而已，出了一次风头还不够，还想出第二次，想得美！”说完，两个人进了厕所方便。

凰北月趁机走出去，眼中闪过一道寒光。好你个林婉仪，我不阴你，你却阴到我头上来了。既然你自作孽，就别怪我了。嘴角微微一扬，她找了个没人的地方，从纳戒中拿出黑色斗篷披上，然后隐没在了阴影中。

马厩里，一共有几十匹良马，每个马槽上都有编号。凰北月如同鬼影一样，走到和自己比试编号一样的马槽前，这匹枣红马耷拉着脑袋，眼角堆着很多眼屎，一看就是被人动了手脚。

凰北月从纳戒中拿了一颗药丸出来，塞进马嘴里。这是她研读《百炼经卷》的时候，发现的低品级的解毒药丸，很容易炼制。她为了让炼药技术更加娴熟，偶尔会用这些低品级的丹药做实验。

“哎，快开始了，北月郡主和未来敬王妃的比试肯定精彩，一会儿我要去看看。”

“北月郡主这次恐怕要吃亏了，真不希望看到她输啊！”

“是啊，我也希望北月郡主能赢，但是对方是白银战士，这希望太渺茫了。”

……

几个马夫说笑着走进来。

凰北月身形一闪，从马厩另一侧出去了。

脱下斗篷，她闲散地走了几圈，然后去了赛场。

赛场是一片露天的宽阔场地，此时，两侧的看台上已是座无虚席。赛场前方有箭靶和各种障碍物，都是为了考验马术的。

第一场比赛马上就要开始了，林婉仪在一群戎装的武道院女性高手的簇拥下走过来，她身穿白银战甲，头发绾在头顶，手中握着一条红色马鞭，英姿飒爽。

她不是贵族小姐中长得最美的，那端庄大气的气质却绝对是数一数二的。她一出现，看台上不少人喝彩呼喊。林婉仪抬头一笑，正好看见从对面优哉游哉走过来的凰北月。

凰北月穿了一身轻便的黑色骑马装，脚上是同样轻便的鹿皮小靴，头发编成一根辫子垂在胸前。路过武器架的时候，她随手拿了一条普通的马鞭甩了几下，勉强用得顺手吧！

林婉仪笑着出声："北月郡主怎么一个人来，也不派个丫鬟跟着？"

"我家东菱不喜欢打打杀杀的场面，在家里休息呢。"凰北月无所谓地说。

林婉仪轻蔑地看了她一眼："今天来的人里，有很多皇族贵胄、富贾名流，大家都看着，北月郡主好好发挥吧。"

凰北月看了她一眼，淡淡地说："你也一样。"说完便走向了马场。

林婉仪看着她的背影，心里冷笑：一会儿有你的苦头吃！

马夫将马匹牵过来，凰北月朝着枣红马走去。

林婉仪看了那牵马的马夫一眼，马夫微微点头，林婉仪微不可察地笑了笑。

樱夜公主的比试是第二场，她穿着简单的骑马装，不像林婉仪那样高调，但是樱夜公主的天生高贵美丽明显要压林婉仪一头。

"北月，一会儿小心一点儿，不要逞强。"樱夜公主走到凰北月面前，扫了林婉仪一眼。

敬王一向对太子有不臣之心，樱夜公主对未来的敬王妃显然也没什么好印象。她知道林婉仪很厉害，北月和她比试，恐怕要吃亏。不过，众目睽睽之下，林婉仪要是敢做什么，自己一定不会放过她。

凰北月点点头，道："多谢公主关心。"说完，她跳上马背，勒着缰绳扫了一眼看台。

太子、敬王、三皇子，还有几位年幼的皇子、公主都来了。逍遥王也在其中，似乎一直在看她。她的目光转过去后，他便打开折扇，对着她笑如春风。凰北月礼貌性地点点头。之后，她扫了一眼逍遥王身边的风连翼，他只是随意地坐着，冲她笑了笑，看样子，他倒是对她很有信心。

凰北月的目光继续扫视看台。安国公府那个老胖子挤在一张椅子里，一脸横肉地看着她。薛彻则是一脸幸灾乐祸的表情。萧家的人在另外一侧看台上，萧远程正脸色铁青地瞪着她。凰北月不想多看他，移开目光，拿起了弓箭。

林婉仪也上了马，拉着缰绳看了凰北月一眼。这比试用的弓箭可不是太学专用的小弓，而是实实在在用在战场上的，她就不信凰北月能拉开。

郭院士和雷院士作为裁判，分别给自己的学生打气。

发令官在两匹马前面拿着一面铜锣，敲了三下，人声鼎沸的马场立刻安静下来，看台上的人都把目光转过来，看着传闻中的废物挑战白银战士。

苍河院长坐在裁判席最中间的位置上，捋着胡子笑道："比试虽然重要，但切记不可不择手段，在赛场上伤人！"

这是灵央学院多年来比试的规定，比试是比试，和擂台上的生死不论不一样。

"是！"

"是！"

凰北月和林婉仪一起抱拳，冲着裁判席行了一个礼，苍河院长满意地点点头。

发令官抬起手，耀眼的阳光下，铜锣反射出刺目的光晕，在这场盛大的比赛中，有种说不出的庄严神圣。

咚！一声锣响，发令官的声音响起："开始！"

两匹马几乎同时飞奔出去，同样的速度，互不相让。

观众们齐齐低呼了一声，不是说北月郡主是个废物吗？看这骑马的技术倒有模有样的，那身姿之潇洒灵活可是在林婉仪之上啊！

裁判席上的郭院士眉开眼笑的，想不到凰北月这么出息，给他长脸了。

苍河院长颇为欣慰地笑道："北月郡主这英姿，颇有当年惠文长公主之风啊！"

郭院士的脸立刻笑得像一朵绽放的花："院长说得是。如今北月郡主年龄尚小，已经能和雷院士的得意门生并驾齐驱，啧啧，果真是有其母必有其女啊！"

雷院士一听，脸色立刻沉了。他本来想打击郭院士几句，可是郭院士抬出了惠文长公主，他什么都不敢说，只能生一肚子闷气，暗暗祈祷林婉仪给他长脸。

上次薛梦已经让他丢尽了脸，这次要是林婉仪也败在凰北月手上，他这张老脸可就真不知道该往哪里放了。

马场上，林婉仪和凰北月的马几乎同时越过了木栅栏。阳光之下，马鬃扬起的瞬间，光晕一炫，林婉仪不知道是不是自己眼花了，感觉凰北月那匹马比她的马快了一个头。

这怎么可能？别说凰北月只是个十二岁的毛丫头，从小是个废物，就算她是天才，也不可能比自己还快啊！她那匹马可是下过药的，按理来说，现在应该体力不支慢慢落后了，怎么反倒比自己的马还快呢？

枣红马确实落地之后就超了林婉仪的马一个头。凰北月的御兽之术是数一数二的，这马在她的控制之下自然是想怎么甩林婉仪的马就怎么甩。

过了障碍物，便是拉弓射箭，谁先射中靶心谁就赢。

凰北月在枣红马落地的时候就拿起了弓箭，稳住马速，拉弓搭箭。

“哼，你休想超过我！”林婉仪不甘示弱，她的马是精挑细选的，和凰北月那匹被下了药的马不一样，她的鞭子抽在马背上，马撒开蹄子没命地往前跑，很快就超过了枣红马。林婉仪拿起弓箭，她不愧是从小就训练的，那张弓拉了一个满月，瞄准靶心，一箭射了出去。

她的箭术向来高超，凰北月怎么可能跟她相比，这一箭一定能中。林婉仪自信地扬了扬唇角，可是唇边的笑意还没漫开，就听破空之声响起，她射出去的箭在空中被另一支箭生生地射成了两半，掉在地上。

林婉仪目瞪口呆，怎么可能？

凰北月微笑着从她身边策马而过，身影不要太潇洒。

看台静了一秒钟，随即，众人纷纷大喊起来。

“好啊，太厉害了！”

“准，真准！”

别说林婉仪惊呆了，对凰北月有所了解的人，哪个不是被抽了十几个耳刮子的表情？

“怎么可能？”萧仲琪低喝了一声，看向萧远程，“父亲，那真的是我们家里那个废物吗？”

萧远程的表情也是极其震惊，半晌才回过神来，有些迷糊：“这……这……”

“父亲，三妹妹什么时候学的骑射？为何从来没听说过？”萧韵的声音里带着浓浓的酸意。她本来是想看凰北月出丑的，谁知道，凰北月一出场就出了一个大风头。

“那丫头是凰北月？”一直没说话的萧家老爷子萧启元忽然开口，声音沉稳有力，“技巧不错，就是动作不够熟练，力道也稍显欠缺，看来是刚学骑射不久。”

“刚学骑射的人怎么可能这么厉害？爷爷，凰北月一直都是个废物啊！”萧韵听到萧启元语气中含有一丝赞赏之意，立刻不满地说。

萧启元微微皱眉。他就是因为知道凰北月是个废物，看见她的动作才说她是刚学骑射不久，如果她之前就学了，动作和技术肯定比现在娴熟。

“远程，是谁教她骑射的？”萧启元目光严肃地看向萧远程。

萧远程立刻毕恭毕敬地说：“父亲，从来没有人教过她，是不是来了太学之后，郭院士的教导……”

“父亲，你忘了？三妹妹来太学不过几天，骑射课也只上过一次，那次还是郭院士带着他们去武道院，在擂台上和薛梦打了一场。”萧仲磊从凰北月潇洒利落的身影上抽回目光，带着一丝维护的口气，道。

闻言，萧启元的目光变得深邃起来。没人教过她，她之前也没学过的话，一上场就能这么厉害，莫非凰北月不是废物，反倒是个天才？不，怎么可能？凰北月的身体连一丝元气都凝聚不起来，她根本不可能是天才！

看台上多半是诧异的目光和议论声，看到凰北月那凌厉充满力量的一箭，众人都没办法淡定了，只有逍遥王和风连翼除外。

折扇轻轻点着膝盖，逍遥王道：“萧家的人真是有眼无珠，如此顶级的天才，却被他们当成废物，我看萧启元怕是要气死了吧？！”

“我敢打赌，现在大多数人都还觉得凰北月那一箭是靠运气。”风连翼漫不经心地说着，眼睛却一眨不眨地盯着马场上那个潇洒的身影。

逍遥王笑道：“本王也这么觉得。不过，月儿现在还小，等她长大，那些错看了她的人便该后悔了。”

风连翼紫色的眼眸渐渐染上深深的笑意。何止是后悔啊，萧家那群人加起来都不够凰北月耍的。那丫头小小年纪，却聪明狡猾、冷酷无情，实在叫人又爱又恨。

自己信心百倍射出的一箭居然被凰北月如此轻松地拦截了，林婉仪怎么都不能相信，过了好久才回过神来。

此时，凰北月已经策马跑出去一段距离了。

“臭丫头，我小看你了！”林婉仪愤恨地低喝一声，“你有第一次好运气，可不一定有第二次！”说完，林婉仪策马追了上去。

她骑射的功夫一流，第一次挫败后，她很快调整好状态，再次拉满弓弦。

第二箭刚刚准备好，林婉仪余光一瞟，凰北月的一箭已经当先射了出去。

那一箭很准、很快，以她这么多年的经验来看，绝对会射中的。

林婉仪心思一动，鬼使神差地把箭对准了凰北月的后背。

她的箭只是微微一偏，谁也看不出来她到底瞄准的是哪里，到时候就算射中了凰北月，也可以推说是马上颠簸失了准头，反正谁也抓不住她的错处。

林婉仪松开手指，嗖的一声，利箭破空而去。

看着自己的箭已经射向靶心，凰北月刚刚扬起唇角，忽听身后传来破空之声，径直朝她的后背而来。

在二十一世纪有过多次生死历险，凰北月对危险的感知和反应速度超乎常人，避无可避的情况下，她身子一转，猛地伸出手，硬是抓住了那支箭。

灵央学院有规定，骑射比试中，从马背上落地的一方就算输了。那靶心离得远，而凰北月也和林婉仪不过几步之遥，自然是把凰北月射下马来得快。等凰北月落了马，凰北月的箭才会射中靶心，输的人是凰北月。赛场之上，比试的不仅是实力，还有机智。

林婉仪已经算好了一切，正得意着，却见凰北月硬生生抓住了她全力射出的一箭，她顿时震惊得瞪大了眼睛，怎么可能？！

这一箭的力量太强，凰北月死死地抓住枣红马的鬃毛，身子向后一荡，才没有摔下马去。那支箭虽然没有射中她的后背，但仍把她的掌心摩擦得血肉模糊。

如果是同等的高手，她就算不光彩地输了也没什么，可这林婉仪是什么东西？先给她的马下药，现在又来偷袭她？！原来只打算让林婉仪吃一点儿小苦头，堂堂白银战士输在她这个默默无闻的病秧子手上，这件事传出去，林婉仪还有什么颜面在临淮城立足？再加上，如果林婉仪给她的马下药的事情传开了，如此心胸狭隘、歹毒的女人，敬王妃的位置恐怕也保不住。她凰北月是喜欢阴人，阴得对方有苦说不出，可是现在，她不想用这么温和的手段了。

敢惹我，我让你知道什么叫阴险毒辣！凰北月抓住那支箭的瞬间，冷眸抬起，瞪向林婉仪身下的马。那匹马一接触到她那暗含着绝对威慑力的目光，便像发了疯一样在马场中撒蹄乱奔。

林婉仪还没从凰北月抓住那支箭的震惊中回过神来，她身下的马突然这样一颠簸，她惊呼一声便从马背上摔了下来。

四周纷纷响起倒抽凉气的声音。这马发疯了？！

众人正这么想着，那发疯的马突然狂吼着旋身回来，扬起了前蹄。林婉仪刚想爬起来，猝不及防，马蹄狠狠踢在了她的脸上。顿时，鲜血狂涌而出，林婉仪撕心裂肺地惨叫一声，再次倒在地上。那马又扬起前蹄，重重地踏在林婉仪的胸膛上，骨骼碎裂的声音传入凰北月耳中。

众人只看见林婉仪的身体像虾子一样弓起来，一口鲜血喷出，在璀璨的阳光下划出一道美丽的弧度，她便倒在地上一动不动了。

那匹发疯的马却不知道为什么，还想继续踩踏林婉仪，好像要活生生把她踩成肉泥才甘心。

“畜生！”充满威严的声音突然响起来，苍河院长衣袖一挥，便将那匹发疯的马挥了出去。

从林婉仪的箭射向凰北月，到林婉仪被自己的马踩成重伤，这一切发生在眨眼之间，看台上的观众还来不及发出震惊的呼喊声，一切就都结束了。北月郡主那一箭稳稳地射中了靶心，箭上的尾羽还在颤抖。

林婉仪那一箭没有射中靶心，而是射向了北月郡主不说，林婉仪自己也落马了，输的人不言而喻，自然是未来敬王妃林婉仪。

满身鲜血躺在地上、脸被马蹄毁了一半的林婉仪，可谓是惨不忍睹。

苍河院长立刻赶过去，撑起风属性的结界，为林婉仪疗伤。

第二十章
雏凤初鸣

凰北月从马背上下来，掌心出了不少血，她只是皱了皱眉，面色肃杀冷酷。她眼神阴冷地看了一眼林婉仪，不死，也要弄个残废吧？！

“哼，是不是你搞的鬼？”一声大喝响起，是林尚书府的大公子林子成。

他看见自己的亲妹妹受了这么重的伤，再看眼神阴冷的凰北月，觉得肯定是自己的妹妹被人暗算了。

比试之前，他听林婉仪提起过，凰北月是个狡猾的丫头，之前就是因为她耍诈才赢了薛梦。他原本想众目睽睽之下，凰北月一个废物，有天大的本事也耍不了诈，没想到他妹妹堂堂的白银战士，居然会败在这个名不见经传的丫头手上。这样的结果，除了凰北月耍诈，还能有其他解释吗？

林子成抽出剑指向凰北月，道：“你用卑鄙手段赢了我妹妹，我不会放过你！”

“子成，住手！”林尚书大喝一声。

林子成根本不管。

这时，林尚书看见太子一脸阴沉地走过来，心里顿时一沉。凰北月是皇族人，不管什么事情，太子都只会偏帮着凰北月。

“子成，收起你的剑。今日之事，相信太子殿下和苍河院长都会明察秋毫，还你妹妹一个公道！”林尚书的声音充满了威严。

林子成再不愿意，也明白父亲的意思，恨恨地准备收起自己的剑。

这时，凰北月却慢慢地抬起手中握着的那支鲜血淋漓的箭，叮的一声，抵在林子成的剑上：“你说我耍诈？”她清冷的声音、清冷的目光蕴含着怒气，让人心底生出阵阵寒意。

林子成不由得心虚，为了掩饰这种心虚，他大声地说："难道不是吗？"

凰北月只觉得好笑，这些人都是选择性的睁眼瞎吗？

"证据呢？"

林子成昂起头，伸手一指那匹疯了的马："那马突然发疯就是最好的证据！技艺比试中使用的所有马匹都是经过严格挑选、出赛之前由马夫精心看管的，如果不是你买通了马夫下毒，这马怎么会突然发疯？"

凰北月本想着教训一下这个狂妄的小子，听到他忽然这样说，脸上的表情就有些微妙了。她买通了马夫，下毒？

"大哥哥，话可不能乱说啊！那马夫怎么可能买得通？"林婉君一听，连忙走过来，拉了拉林子成的衣袖，低声说。

林子成挥开林婉君，冷着脸说："堂堂北月郡主自然有办法买通。"

凰北月神色一凝，道："好啊！林大公子这样说，必定是有十足的把握，那就请苍河院长和太子殿下彻查吧！"

"对，彻查！"林子成也大声说。

太子战野微微皱了一下眉，语气冷淡地道："林子成，你知道诬赖皇族的罪名是什么吗？"

林子成一愣。诬赖皇族，无异于是以下犯上，重则可以乱棍打死。

见林子成愣住，林尚书立刻上前，抹着一把老泪说："太子殿下，小女被疯马所伤，其中必有隐情啊！老臣虽然相信北月郡主的为人，绝对不会做出这等卑鄙无耻之事，可殿下若不彻查，难以服众啊！"

林婉君在旁边暗暗着急，怎么连父亲都开口了？这件事要是查起来，牵扯出了姐姐，尚书府意图谋害皇族的罪名压下来，他们林家可真是要完蛋了。可这里人多，她也不能直接告诉父亲和兄长，只能悄悄退出去，去找那个马夫。不管怎么样，先杀人灭口再说，否则严刑逼供之下，马夫说出姐姐指使他给北月郡主的马下药，那就惨了。

林婉君刚从人群里走出来，便看见一个高大英俊的武士拎着一个身形瘦小的男人走了过来，林婉君的脸色立马变了，被拎着的男人正是那个马夫啊！

林婉君的心咚咚咚直跳，她抬头看了一眼那个高大的男人，这不是北曜国翼王子身边的护卫吗？名叫宇文获。

这个宇文获在武道上很有天赋，听说还是一位召唤师。虽然他很少在外显露身手，但这么多年能把一个在敌国做质子的少年保护得这么好，便知道他不是好惹的。

林婉君不敢轻易招惹他，要是闹出了动静，就更显得林家人心虚了。

宇文荻一手拎着马夫，目不斜视地从林婉君身边走过，推开人群，将马夫往地上一扔。

“荻，怎么回事？”风连翼优雅从容的声音响起来。

宇文荻弯腰，恭敬地说：“殿下，此人想逃，我给抓住了。”

“饶命……饶命啊！我什么都不知道。”马夫一看周围这么多大人物，连太子和苍河院长都看着他，顿时吓得心慌了。

“咦，这不是看守北月郡主和林小姐的赛马的马夫吗？”不知道是谁说了一声。

马夫吓得胆战心惊，在地上不住地磕头求饶。

林子成一步跨过去，喝道：“是谁指使你的？快说！”

“哼，你要是敢有一个字说谎诬赖，本公主一定将你满门抄斩！”樱夜公主凌厉的声音也响了起来。

苍河院长慢慢走过来，衣袂飘飘，道骨仙风，捋着胡须道：“今日之事关系重大，你若不说实话，我便将你送进第七塔接受惩罚之火，届时……”

“我说……我说！”马夫一听惩罚之火，吓得牙齿打战，结结巴巴地说，“是、是敬……敬王妃……”

敬王妃？

“什么敬王妃？你胡言乱语什么？”脑子缺根筋的林子成还没反应过来。

林尚书却是心里咯噔一声，暗叫不好，连忙说：“这马夫言语不清，疯癫之态，恐怕吓傻了，还是先拉下去，等他冷静下来再好好审问吧。”

可是马夫已经开口说出了关键，众人怎么肯轻易作罢？

“林老，这事儿还是问问清楚吧，免得错怪了好人哪。”齐丞相慢悠悠地开口道。

齐丞相和林尚书一向不和，一个拥护三皇子，一个拥护敬王，自然是找到机会就互相拆台。

林尚书脸色很不好看，强笑道：“就是怕错怪了好人，才不能让这疯癫之人随口乱说话！”

“我看他正常得很，哪有疯癫之态？林尚书不用担心，有皇兄和苍河院长在，绝对不会颠倒黑白、诬赖好人！”樱夜公主声音清脆地道，眼眸如星辰一样晶亮。

她看了一眼凰北月，微微笑了笑。

“公主殿下说得是。”林尚书立刻低下头，不敢再多说什么了。

樱夜公主微微抬起下巴，对马夫说：“说吧，你都知道什么？”

马夫看见林婉仪凄惨的下场，知道她大势已去，这个时候不说出实情，自己肯定会跟着遭殃，便把林婉仪怎么指使他给北月郡主的马下毒的事情说出来了。

“你胡说！我妹妹怎么可能做这种事？”林子成没有听完，就愤怒地大吼起来，要冲过去将马夫一剑劈了。

马夫吓得往前爬，爬到苍河院长身后躲着：“小的……小的没有说谎，林小姐给了我五十枚金币，说事成之后还有五十枚金币！”

此话一出，众人哗然，都看着林尚书。

林尚书的脸一会儿红一会儿白，又碍于太子和众多权贵在，他不好发作，只能躬身对太子道：“殿下，此事恐有误会……”

他的话还没说完，负责照看林婉仪的丫鬟突然低呼一声：“小姐醒了！”

林婉仪痛苦地呻吟着醒过来，满脸血污，嘴唇青紫。她缓缓睁开眼睛，在看见跪在地上的马夫后，她眼前一黑，知道自己的事情败露了。

“你……”她想抬起手，试了几次，最终也没抬起来。

马夫说：“林小姐，你的钱我不要了，求你们放我一马吧。”

林婉仪吐出一口血，泪水不甘地流出来，愤恨地看了一眼凰北月，又昏过去了。

林婉仪的表现，已经是最有力的证据。

林尚书腿一软，差点儿也昏过去。

太子战野冷冷地扫了尚书府的人一眼，说：“这件事，林尚书打算怎么解决？”

林尚书脸色苍白，一时间说不出话来。

旁边不少人道：“请太子殿下秉公处置！”

“是啊！林家人蓄意谋害北月郡主不说，还污蔑郡主，如此卑劣的行径，简直丢了南翼国的脸！”

“请太子殿下还北月郡主一个公道！”

“对，赢的人本来就是北月郡主，林家的人太可耻，让他们下跪道歉！”

……

安国公府的人想帮着尚书府说几句话都不可能，这时候还是明哲保身最重要。

凰北月简直是个扫帚星，得罪了她的人，都要倒八辈子的霉。

“我怎么可能向一个弱者下跪道歉？”林子成高高在上地看着凰北月。他身材高大，娇小的凰北月在他眼中，自然是不屑一顾。

他轻蔑的眼神，让凰北月眯起了眸子。

“弱者？”这个词用在她身上，就是一个天大的笑话，她目光斜斜地看向林子成，“如果我不是弱者，你就向我下跪道歉？”

林子成挑着眉，哈哈大笑，仿佛听了这个世界上最好笑的笑话一样：“你说你不是弱者？你这个废物的名声在南翼国谁不知道？你想诳本少爷？”

林子成这话，是不少人都在想的，毕竟北月郡主一直以来都被人称为废物，长公主在世的时候便对此有诸多遗憾和无奈。北月郡主但凡有一点儿实力，也不会让林子成欺辱成这样。

不管周围人怎么想怎么看，凰北月抬头看着林子成：“我再问一遍，如果我不是弱者，你就向我下跪道歉？”

林子成收了笑声：“对，你若能真刀真枪打赢了我，我立刻向你下跪道歉！”

凰北月嘴角微微扬起：“这可是你亲口说的。”

“没错。”林子成颇为嚣张地道。

凰北月转头看向太子战野、苍河院长和逍遥王，道：“请诸位做证！”

战野和苍河院长都犹豫了一下才点头，倒是逍遥王看了一眼风连翼，然后打开折扇，风度翩翩地说：“非常愿意为郡主效劳。”

风连翼有些同情地看了一眼林子成，这个脑子缺根筋的笨蛋还在扬扬自得，不知道自己已经走进了狼的圈套。凰北月这丫头也忒阴险了，根本是在欺负笨蛋啊！

凰北月扔了那支带血的箭，左手拿起马鞭甩了一下，一声爆响，吓了林子成一跳。

“你想用左手跟我打？”林子成的面色顿时沉了下来，被侮辱了的羞耻感涌上心头。

凰北月淡淡地说：“用左手已经抬举你了。”在她发挥真正实力的情况下，林子成这种小角色，她一根手指就能弄死。

林子成脸上青红交加。他的实力快要突破到黄金战士境界，比起白银战士高了三倍不止，这丫头能在林婉仪那里讨了便宜，在他这里完全不可能。

围观的人自动退开，空出中间的场地用来比试。

林子成手中的宝剑青光闪闪，他要让凰北月输得比林婉仪还惨，所以他准备一开始就发挥全部实力，最好让凰北月在他手下一招都过不了。

他提着宝剑，蓄势待发，等着凰北月先进攻。强者对弱者的比试中，强者为了显示高手气度，一般都让弱者先出手，这样才不会显得自己占了便宜。

凰北月用鞭子一下一下抽着地上的黄土，似乎思索着什么，根本没将对面的林子成看在眼里。

林子成沉不住气了。他计划好了一切，只待凰北月出招，就杀她个片甲不留。她不出手的话，难道自己就这样一直等着？

林子成看了林尚书一眼，只见林尚书冲他微微点了点头。林子成会意，大喝一声，冲了过去。

宝剑上凝聚着淡青色的剑气，气势如虹。周围的人都倒抽了一口凉气，看来林家的大公子，快要达到黄金战士的级别了。

樱夜公主上前一步，蹙着秀美的眉，对战野说："皇兄，北月她……"

"公主不用担心，月儿她敢挑战，就一定是有把握的。"战野没有开口，逍遥王倒先一步说话了。

樱夜公主和战野都看了他一眼。

逍遥王在南翼国的地位很高，并且他这人淡泊名利，潇洒不羁，太子战野这样天生性情冷漠的人对他都有几分尊重。听逍遥王这样说，战野略微放了心。

樱夜公主看了一眼和逍遥王站在一起的风连翼，只见他白衣胜雪一尘不染，眼中含笑看着比试场中的凰北月，好像也一点儿都不担心。他们都对北月这么有信心吗？

唰的一声，剑气如同利刃一样，直袭凰北月的面颊。

这一招又快又狠，一点儿都不留情。

凰北月的面色冷淡如霜，目光冷凝。她看了一眼那剑尖，迅速后退了三步，乌黑的发辫如同青烟一样一飘，突然从林子成眼前消失了。

林子成这一剑又快又狠，陡然扑了一个空，差点儿摔个狗吃屎。他一怔，瞪大了眼睛，不敢相信自己看到的，人呢？

"大哥哥，小心后面！"林婉君大喊一声。

林子成心中一凛，一股寒意从心头划过。他自然不是吃素的，一个旋身，一剑挥了出去。

然而，啪！重重的鞭子抽打声响起。林子成还没有反应过来，脸颊已经火辣辣地疼起来。

马鞭被凰北月一甩，可不是闹着玩儿的，力道有多大，只有被抽打的林子成知道。他稍微怔愣，继而大怒。

围观的人都吃了一惊，特别是一些高手，眼光毒辣，看得出凰北月刚才那一闪身，绝对是白银战士级别以上的水平。

这么说来，这位北月郡主非但不是废物，还是一位一直隐藏实力的白银战士？这也太能忍了吧？要成为战士，修炼的过程必须是艰苦烦琐的，她到底是怎么修炼的，竟然连萧家人都不知道？

萧家人自然是最吃惊的，身为白银战士的萧仲琪瞪大了眼睛，半晌才低呼出声：“不可能……”

萧韵脸色很难看，嘴唇发白，开口道：“大哥哥，以你的实力，能不能做到她刚才那样突然消失？”

萧仲琪的喉咙像被什么东西堵住似的，半天说不出一个字来。

他能不能做到？以他白银战士的实力来说，速度确实达到了一定境界，但是刚才凰北月消失的时候，她的发辫在空中留下了一道黑色的残影，这就说明她整个人不是靠着极致的速度闪开，而是真正的突然之间消失。

萧仲琪心慌了，如果说凰北月和林婉仪比试的时候凰北月赢了，他觉得那是运气所致，那现在他完全不敢这么想了，一次是运气，两次是运气，那三次四次呢？

围观的人再次发出一声惊呼。

林子成几次使出全力的攻击都被凰北月巧妙化解，谁也看不清楚她的动作，只觉得每次眼前一花，她的鞭子已经透过林子成凝聚的重重剑气，抽打在他的脸上。

啪！啪！啪……加上之前那一鞭，一共四鞭，又快又狠，打得林子成那张英俊的脸血肉模糊，俊颜尽毁。

侮辱，这完全是赤裸裸的侮辱。

对一个快要成为黄金战士的强者来说，身上同一个地方被人攻击了两次，已经是极大的侮辱了。凰北月却在他脸上抽了整整四鞭，这说明什么？所有人都想到了一点：差距，实力的差距！

这两个人的实力差距太大了，林子成到现在为止，连北月郡主的一片衣角都没有碰到呢。

林子成满头大汗，满脸血污，气喘如牛，眼眶因为暴怒而通红，狠狠盯着凰北月。他狼狈的样子和凰北月的悠闲潇洒比起来，可谓是天壤之别。

凰北月看向林子成，那清冷的目光、冷傲的气质，直击人心。她重重地一甩手中的鞭子，发出一声爆响。

林子成咬牙切齿，眼里凶光毕露，忽然改变攻势，剑尖指天，元气顺着他的手臂流入宝剑中，剑气慢慢变成了火焰色——火属性的元气。

当元气和剑气能够融合在一起的时候，就代表这人已经升入黄金战士的境界。林子成还不满三十岁，已有如此成就，并且出身尚书府，背景深厚，以后的前途可谓一片光明，只可惜撞在她的枪口上，她哪会那么容易放过他。

“烈焰狂啸，第一式！”林子成大喝一声，暴涨的剑气朝凰北月扫去。

带着火属性的剑气实在太强了，隔着老远都能感受到灼热的火属性波动，如果被扫到，凰北月肯定会受重伤。

黄金战士的剑诀不是盖的，凰北月不会傻傻地正面对抗，她将马鞭往上一甩，缠住一根木柱，她的身体借着力量荡出去，稳稳地站在了木柱之上。下一秒，林子成的剑气扫在她刚才站立的地方，地面顿时出现了一个深坑，还冒着火焰，看得人心直发颤。

凰北月扫了一眼深坑，神色一肃，左手握着马鞭一荡，体内的元气顺着她的手臂注入了马鞭之中，顿时整条马鞭绷成了一条直线。谁也没有注意到，一丝淡得几乎看不见的黑气，随着她的元气也注入到了马鞭中。

她一翻手腕，就在林子成刚刚使出剑诀、累得脸色苍白的瞬间，咻的一声，绷直的马鞭脱手飞出，带着灭绝一切的肃杀，射向了林子成的胸膛。

“子成！”林尚书大喊一声，可是已经来不及了。

马鞭以迅雷不及掩耳之势穿透了林子成华丽的护甲，一团血雾爆开，终结了林子成的所有动作。

林子成睁大的双眼中是满满的不可置信，怎么可能？她只是一个废物啊！长公主府的北月郡主就是一个废物啊！他怎么可能被一个废物打败了？怎么可能啊？！

“啊！”林子成大吼一声，还想继续战斗，战士的尊严不允许被人侮辱啊！可是，他体内的元气诡异地被一股力量吸走了，那丝肉眼看不到的黑气缓缓地凝聚到了软鞭中。

林子成双膝一软，跪倒在地，口吐鲜血。

凰北月站在木柱上。林子成正好跪地对着她，这下可是真正的下跪道歉了。

冷淡的眸子从他身上扫过，凰北月慢慢地开口道：“如何？谁才是弱者？”

林子成说不出话来。

一瞬间，所有人都说不出话来。

阳光太过刺眼，如同熊熊燃烧的火焰。这一瞬间，许多人都觉得，如同火焰般燃烧的光芒之中，高高地站在木柱之上的凰北月，是一只浴火而飞的凤凰。

今日，南翼国有两名出色的武者陨落了，却有一颗更加明亮的新星升上了南翼国的天空，照亮一方，雏凤初鸣！这一战之后，南翼国再也没有长公主府的废物。

所有人看向凰北月的目光都变了，没有轻蔑，没有同情，有的只是震惊，以及对强者的尊敬。

尚书府的人再也不敢多说半句话。林尚书让人扶起林子成，又偷偷看了一眼面色难看的安国公。今天这一战，尚书府损失了两个高手是小事，重要的是因林婉仪卑劣的手段，敬王殿下的名声也跟着受损，安国公拥护敬王，焉有不生气的道理。何况今天出尽风头的还是凰北月，这样一看，当初薛梦死在她手里可是一点儿都不冤枉了。

安国公冷哼一声，打道回府。林尚书也带着儿女灰溜溜地离开了。

林子成刚才已经下跪了，该丢的脸都丢尽了，留下来只会自取其辱。

凰北月这丫头委实是个歹毒狡猾的角色，杀人于无形啊！

苍河院长上前，对凰北月道："郡主入学的时候没有参加考核，过几天老夫为你另外安排一次考核，过了，你就可以到武道院学习了。"

今天的结果实在出乎众人意料，苍河院长也震惊了，郭院士则是高兴得胡子都歪了。

"哇，郡主打败了林子成，岂不是进入黄金战士的行列了？"洛洛惊叹起来，又是羡慕，又是开心。

"天才啊，绝对是天才！十二岁的黄金战士，绝对是南翼国历史上最年轻的武道高手了！"

"不愧是我们长公主的女儿，少年天才啊！"

……

众人你一言我一语地夸奖着，让一向性格淡漠的凰北月都不好意思起来。

伤口很疼，可她还是由衷地笑了起来，阳光在她清澈的眼眸中折射出一道璀璨的光芒，炫得众人眼花缭乱。

战野呆呆地看着，怎么都不能将面前这个光彩照人的北月郡主和记忆中那个懦弱的小女孩联系起来。

她终于长大了！风连翼脸上闪过不易察觉的笑容。她初露锋芒，像一只终于长出羽翼的雏鸟，即将展翅高飞。

凰北月，你怎么能这么耀眼？！

遥远的第七塔之上，一扇半开的窗户前，一抹高贵寂寥肃冷的身影笔直而立，风轻轻拂过他墨黑的头发，他清冷异常的双眸中，泛起一丝诡异的暗红色。

“凰北月……北月……”清冷的声音随风而散。

你变得越强，我就越想得到你！

灵尊关上窗户，身影如雾一般，消散在黑暗之中。

“好了，比试继续吧！”苍河院长威严的声音响起，众人纷纷回到看台上，继续观看比试。

凰北月包扎好了手上和肩上的伤口，看了一眼场中的樱夜公主和一位武道院的高手，就知道武道院高手不是樱夜公主的对手。

她没继续看，慢慢走到裁判席前，恭恭敬敬地喊了一声：“苍河院长。”

苍河院长站起来，仙风道骨的老人带着一脸慈祥的笑意，问道：“北月郡主有什么事吗？”

凰北月行了一个礼，道：“院长，其实我很喜欢在太学学习诗书礼仪，这也是我母亲对我的期望，请院长不要把我调到武道院。”

她很喜欢太学的清静平和，她选学的几门课程也不是没用的。在武道院虽然成长得快，但她的身体直到现在都无法凝聚元气，武道院教授的那些并不适合她，她去了也只是浪费时间。

苍河院长听了她的话，有些诧异。他还从来没听说过有学生不想去武道院的。但是学生的意愿，他也会非常尊重：“郡主考虑好的话，老夫自然是尊重郡主的决定。”

“多谢院长。”凰北月又行了一个礼，抬起头来看向远处的七塔，问道，“请问院长，太学的学生，也可以进入七塔翻阅典籍吗？”

苍河院长慈祥地笑道：“自然是可以的，不过，太学学习的诗书琴棋、兵法经卷等，都收藏在太学专门的图书馆里，七塔中的典籍和卷轴太过深奥，是修炼之人才用得到的，因此，太学的学生一般不会进去，但没有规定不能去。”

“明白了，多谢院长。”凰北月连忙道谢。

苍河院长深深地看了她一眼，语重心长地说：“北月郡主，你天资很高，若能专心修炼，将来必定成就非凡。去武道院一事，你还是再考虑考虑吧。”

凰北月虽然和他想的不一样，但是对长辈的关心，她也不会激烈反驳，只说会考虑。

苍河院长点了点头。

比试结束，樱夜公主果然没有悬念地赢了。

太学对武道院，两场比试都是太学赢，汇聚了众多天赋极佳的高手的武道院不禁面子全无。

裁判席上，雷院士气得吹胡子瞪眼睛，郭院士则摸着下巴哈哈大笑，那叫一个高兴啊！今年太学的这些孩子，真是给他大大地长了脸啊！

樱夜公主提着剑潇洒地走回来，笑着上前拉住了凰北月的手：“刚才人太多，没有上去恭喜你，我和皇兄都为你高兴。”

“多谢公主，多谢太子。”

樱夜公主笑道：“谢什么，都是一家人，并且你今天所为，打击了尚书府和安国公的气焰，这两个老家伙拥护敬王，意图对皇兄不利，我们该感谢你才是！”

樱夜公主带着凰北月走到皇室的席位上，不远处就是萧家那群人。他们仗着长公主府的面子，席位是离皇室最近的。

凰北月一走过去，那群人就开始紧张了。

萧仲琪和萧韵警觉地看向凰北月，好像她会走过去寻仇一样。这么多年的欺压，他们心知肚明，凰北月不报仇，他们才不信呢！

可是凰北月看都没看他们一眼，径直走到太子面前，刚要行礼，战野便抬起头，说：“不用多礼。”

樱夜公主和凰北月一起坐下。

樱夜公主笑道：“皇兄，刚才北月的表现怎么样？是不是很厉害？”

战野的脸色有些不好，透着一丝苍白，听了樱夜公主的话，他的嘴角却微微一扬，很难得地说出赞赏的话：“很不错。”

“皇兄可是难得称赞别人的。”樱夜公主调皮地说。

凰北月看着战野，暗暗担心。他的脸色怎么这么苍白，似乎毒没有解，那枚百毒丹一点儿用都没有吗？

“太子殿下似乎身体不好？”她忍不住出声询问。

樱夜公主知道太子性情冷漠，不喜欢和人说话，便开口说：“皇兄这两天受了风寒，身体有些不舒服。”

凰北月看了她一眼，见她目光清澈，不像在说谎，就纳闷了，难道战野连樱夜公主都瞒着？不是说皇上都知道了吗？还找逍遥王想办法。难道都是战野为了安慰自己才说的？她想到这里，心情变得沉重起来。

“北月郡主，你师从何人？”战野的声音淡淡地响起。

“我师父不喜欢我在人前提起他，请太子殿下体谅。”她师父是一位隐逸的高人，过着神仙一样的生活，越是幽静无人的地方他越喜欢，外界很少有人听说过他。不过，师父培养出来的人，都绝对是数一数二的高手。

战野点点头。刚才看见她出手，他眼前竟不知不觉浮现出一个熟悉的身影，那份冷傲，很像戏天。

凰北月一直是外界传言的废物，体质特殊，无法凝聚元气，遭人嗤笑排挤，近日却忽然崭露锋芒，震惊无数人。一个人怎么可能在短短的时间里变得这么厉害？除非是遇到高人指点。

他刚才看凰北月出手时的迅捷，确实有几分戏天的影子。他再想到戏天的冷漠，就算收了北月郡主为徒，戏天也不喜欢张扬出去。

“尊师一定很厉害，才能教出你这样的徒弟。”想到她可能是戏天的徒弟，战野淡淡地笑起来。

凰北月一向很尊重、崇拜自己的师父，听到有人称赞师父，特别高兴。

“对，我师父确实是一个很了不起的人，年纪很轻，却非常厉害！”

一听年纪很轻，战野更加确定了她的师父是戏天。

樱夜公主正想插话，一抬头看见萧韵走过来，便住了口。

萧韵恭恭敬敬地行了礼，温声说：“启禀太子殿下、公主殿下，臣女的爷爷让臣女过来，想请北月郡主过去说两句话。”

萧启元在南翼国声望不低，看在他的面子上，战野才点点头，道：“问北月郡主的意思吧。”

“多谢太子殿下。”

在卡尔塔大陆最年轻的天才面前，萧韵区区三星召唤师的实力实在是微弱渺小得可怜。

战野身上属于强者的威压压得她喘不过气来，她心中不禁暗暗气馁。如果她的实力能再提升一两个级别，在太子殿下面前，她就不会连头都抬不起来了。

“郡主，是不是过去一趟？”萧韵低声问。

如此恭敬地对凰北月说话，萧韵心里实在有气，就算知道了凰北月的实力不俗又怎么样？废物翻身了有什么用？她迟早是要死的。

凰北月瞥了她一眼，慢慢地站起来，道：“走吧。”说着，她朝太子和樱夜公主行了礼，然后当先走了出去。

萧启元不在看台上，而是在第七塔的树林中。此刻所有人都在看技艺比试，这里一个人都没有。

凰北月跟在萧韵身后，一边走一边暗暗观察着周围，确定没有埋伏任何人。

阳光透过枝叶照射下来，形成大大小小的光斑，光线不充足的地方，有种阴冷的感觉。

萧启元搞什么鬼？见自己的亲孙女要选在这种鬼地方？

凰北月正想着，走在前面的萧韵忽然转身，光芒一闪，冰羽出现在了她的手中，径直朝凰北月袭来。

凰北月眸中冷光一闪，迅速后退，然后一个轻巧的闪身，避过了萧韵的攻击。

“二姐姐，你这是做什么？”

目光又冷又恨地瞪着她，萧韵见一招没有得手，第二招更快更狠地攻了过来，与此同时，口中大喝：“天雪猫，出来！”

四周的温度骤然下降，一只通体雪白的大猫出现在森林中，树上的叶子纷纷落下，猫的眼睛在光影中显得非常诡异。